LOS NIETOS DE FELICIDAD DOLORES

COLECCION EBANO Y CANELA

EDICIONES UNIVERSAL, Miami, Florida, 1991

CUBENA

LOS NIETOS DE FELICIDAD DOLORES

EDICIONES UNIVERSAL
P.O. BOX 450353(ShenandoahStation)
MIAMI, FL. 33245-0353. USA

(c) Copyright 1990 by Carlos Guillermo Wilson (Cubena)

Library of Congress Catalog Card No.: 89-83579

I.S.B.N.: 0-89729-528-5

Diseño de la portada por Claudio A. Sinclair Wilson

Foto en la contraportada: Carlos Guillermo Wilson (Cubena) y sus hijos, Jaime José y Carlos José. (Abril de 1989)

A mis hijos:

Jaime José y Carlos José

We must realize that upon ourselves depend our destiny, our future, we must carve out that future, that destiny.

Marcus Garvey

ESCUDO CUBENA

CUBENA - es la hispanización de la voz Twi -Kwabena -que significa martes en la cultura Ashanti, en Ghana, Africa. Carlos Guillermo Wilson, PH.D., panameño de ascendencia africana-antillana nació el primer martes de Abril de 1941.

EBEYIYE -Voz Twi - "El futuro será mejor".

La cadena de siete eslabones representa los pueblos y culturas africanos que fueron esclavizados en las Américas:
Ashanti, Bantu, Congo, Dahomey, Efik, Fanti y Yoruba.

Las siete estrellas representan las regiones donde más africanos fueron esclavizados: Brasil, Cuba-Puerto Rico, Jamaica-Martinita, Panamá, Perú-Ecuador, República Dominicana-Haití y Venezuela-Colombia.

El libro es símbolo de la principal fuente para combatir la esclavización de la mente.

La abeja que trata de penetrar el aguijón en la caparazón de la tortuga representa cadenas, latigazos, injusticias e insultos que desde 1492 han sufrido los esclavos africanos y sus descendientes antillanos y latinoamericanos en las Américas.

La tortuga simboliza el tipo de carácter que han desarrollado los de ascendencia africana durante su odisea por las Américas.

Al disiparse lentamente el velo de tinieblas aquella madrugada huérfana de gorjeos, a las cinco en punto de la madrugada, de las chimeneas hogareñas llenas de ceniza tibia ya no salía humo negro, testigo de risas y pláticas, sino todo lo contrario, humo blanco, testigo de llantos y lamentos, los cuales retumbando a ritmo de atropello, como letanías de un velorio, sonaban a ecos de angustia en un laberinto. Y, como lágrimas cristalizadas de una viuda acongojada, la nieve se precipitaba taciturna y continuamente sobre los techos, cubriéndolos paulatinamente con una fatal blancura. Pavorosamente, por si lo de la nieve fuera poco, soplaba un recio viento nórdico azotando incesantemente las desnudas ramas de los árboles −enanos al lado de aquel robusto y frondoso baobab a orilla del río Nilo −que poblaban los parques y más lujosos vecindarios de una ciudad vetusta. Además, el viento que escoltaba a la nieve, cuyo ominoso ulular recordaba un salmo fúnebre, se oponía con tenacidad a cada paso de los pocos transeúntes madrugadores deambulando torpemente a la deriva, como barcos negreros sin timón y sin brújula en una tormenta, por las calles repletas de obstáculos cubiertos de nieve.

En efecto, el invierno de fin de siglo era violento. Jamás había nevado tan copiosamente. Nieve...nieve... Además, nunca antes había hecho frío tan glacialmente. Frío...frío...frío. Extrañamente, era como si la Naturaleza se hubiera empeñado a desencadenar su más severa temporada invernal bajo el influjo de la noble y valiente trinidad africana integrada por Obatalá, Yemayá y Changó: los orixas más indignados a causa de los lentos y dolorosos siglos de la apocalíptica odisea de los millones de hijos de Madre Africa (ashantis, yorubas, congos, bantús, dahomeyanos, mandingas, carabalís) −hijastros de las Américas−,quienes, encadenados y azotados, en Santo Domingo, La Habana, Veracruz, Bahía, Buenos Aires, Cartagena, Portobelo... de madrugada desembarcaron forzadamente a punta de latigazos de los barcos negreros que, con la bendición de fray Bartolomé de las Casas −El Apóstol de las Indias−, habían puesto proa, furtivamente largando las velas a lo largo y ancho del océano Atlántico aceleradamente tras el mismo rumbo de la **Santa María**, la **Niña** y la **Pinta**.

Transcurrieron cinco semanas. Cuando la severa tormenta invernal amainó un poco, después del mediodía de un martes, en la ciudad nevada, además contaminada con residuos tóxicos de un accidente nuclear, a las tres en punto de la tarde se anunció con voz llena de esperanza por la radio y la televisión que las autoridades aeronáuticas intentarían reabrir por tercera vez, esa temporada de calamidades, la única ruta de escape: el aeropuerto. Esta noticia, por cierto, llegó como llovido del cielo a todos los que, rogándoles a sus orixas guardianes y santos de devoción, anhelaban abandonar la ciudad la cual, desafortunadamente, la nieve y el viento arrasaban con furia tras el desastroso accidente nuclear. Por consiguiente, debido más al peligro nuclear que al riguroso invierno, los habitantes más alarmados e inquietos que rogaban a los orixas y suplicaban a las autoridades ser los primeros en participar en el éxodo de la ciudad, jubilosa y precipitadamente buscaron medios de transporte para trasladarse lo más antes posible al lejano aeropuerto enterrado en nieve nociva, sin darle importancia al coste y mucho menos al riesgo.

Luego, ese mismo martes por la tarde, a las seis y treinta, en el colmado aeropuerto, desconcertadamente los anuncios de los primeros despegues de aviones casi no se escucharon con claridad, efectivamente, por la algarabía babélica que vociferaba la muchedumbre políglota sobre la copiosa nieve, los azotes del recio e incesante viento nórdico y, sobre todo, el peligro del desastroso accidente nuclear. Consecuentemente, por lo aglomerado, el aeropuerto tenía el aspecto de una colmena bulliciosa recién colonizada; y por lo tumultuoso, el rápido y constante vaivén del gentío era tan arrollador como un caudaloso río amazónico. Pero, poco después, mejor dicho, en un santiamén, fastidiosamente, el atropello entre la bulliciosa muchedumbre en el aeropuerto se agravó por las fallas mecánicas: ni los ascensores ni las escaleras automáticas funcionaban. Por tanto, como hormigas arrieras, apretadamente uno tras el otro, muchos viajeros cargados de maletas, calladamente y, por supuesto, con mucha dificultad arrastrando los pies se movían lentamente, subiendo y bajando escaleras; y otros, como potros ariscos, imprudentemente corrían, vociferando groserías y repartiendo codazos por todo el aeropuerto, a diestra y siniestra, golpeando sin misericordia a ancianos y a niños. Luego, el pandemónium llegó al extremo cuando al gentío presente en el aeropuerto, que ya estaba lleno de bote en bote, se juntaron los técnicos de asuntos nucleares, periodistas, cronistas de noticiarios internacionales de la radio y la televisión, curiosos y otros pasajeros que llegaron en los primeros aviones que la torre de control autorizó aterrizar, ese martes por la tarde, poco después de que varios obreros, quienes parecían astronautas por la máscara protectora y la vestimenta blanca, con equipos especiales lograron retirar la nieve perniciosa que se había acumulado abundantemente en la pista de despegue y aterrizaje. Y, efectivamente, tan pronto descendieron de los aviones todos los recién llegados, entre ellos, los que arribaron con el propósito de rescatar a sus parientes atrapados en la nevada y contaminada ciudad, apresuradamente se abrieron paso a codazos entre la muralla de gente por los laberintos que formaban las numerosas maletas amontonadas en la atestada sala de espera del aeropuerto. Y, en el instante en que entre los presentes se reconocían mutuamente rostros familiares, en esa bulliciosa colmena de gente, se lanzaban a los brazos abiertos de sus parientes. Por otro lado, algunos de los recién llegados chocaban a cada paso con otros viajeros quienes, después de los efusivos abrazos de despedida entre amigos, con pañuelos a mano agitándolos unos y otros empapándolos con lágrimas mientras vociferaban con emoción: "¡buen viaje!," corrían con frenesí, toreando gente y maletas, rumbo a los aviones que estaban a punto de ser remolcaldos hacia la única pista de despegue y aterrizaje, donde la abundante nieve tóxica había sido separada como el mar por Moisés cuando lo del éxodo de Egipto.

Además del frenético vaivén del gentío, el bullicio de los frecuentes anuncios de llegadas y salidas de vuelos y la algarabía babélica de los viajeros en la atestada sala de espera del aeropuerto, donde había una inundación de zapatos de todos los tamaños, estilos y colores, también allí, se encontraban chillando cinco niños extraviados.

Chocantemente, las personas que estaban cerca de los niños extraviados les hicieron caso omiso porque, al principio, se interesaron más en una mujer histérica, a la izquierda de los niños chillones, que insultaba escandalosamente gritándole, a quemarropa, a un agente de una compañía de aviación que no se hacía el bobo, sino el sordo, por la propina recibida tras de separarla a ella de su marido, quien tenía fama de mujeriego, en un vuelo intercontinental repleto de señoritas coquetas de vacaciones; y además, luego, llamó la atención un hombre muy embriagado, a la derecha de los niños chillones, que por teléfono trataba de explicarle a su esposa, balbuceando las frases, sobre cómo ocurrió el hecho de que su equipaje, lleno de regalos, estaba a bordo de un avión secuestrado bajo el mando de piratas aéreos (fanáticos de una secta religiosa) que ya había aterrizado en el aeropuerto José Martí, en Cuba, y para colmo de males, cómo él había abordado equivocadamente otro avión que aterrizó en una ciudad lejana en lugar de su destino original: Miami, donde ese mismo día, y peor aún, esa misma hora de la llamada telefónica, marido y mujer tenían como compromiso encontrarse para, primero, juntos visitar a la refunfuñadora suegra hospitalizada y, luego, celebrar las bodas de plata y el cumpleaños de sus quíntuples, en un lujoso restaurante de fama internacional por sus suculentos platos afrocubanos, ubicado en la Calle Ocho de la Pequeña Habana.

A pocos pasos de los cinco niños extraviados, y también, cerca de la esposa escandalosa del mujeriego que se encontraba al lado del balbuceador embriagado, en el colmado aeropuerto, se encontraban muchos descendientes de los antiguos obreros afroantillanos –**diggers**– del Canal de Panamá. Eran **chombos, pichones** y **cocolos**: orgullosos hijos y nietos de los heroicos obreros que décadas atrás, buscando el nuevo Dorado, habían emigrado a Panamá principalmente de la Barbados, la Jamaica, la Martinica, la Guadalupe, la Trinidad y otras islas antillanas (en la época cuando se llevó a cabo la separación definitiva del istmo de Panamá como parte del territorio de la República de Colombia) para participar por mandato del tratado Hay-Bunau Varilla y contratados por la Comisión Istmeña del Canal en la penosa y difícil construcción del Canal de Panamá. Estos descendientes de los obreros afroantillanos del Canal interoceánico, procedentes de Nueva York, Washington D.C., Chicago, Nueva Orleans, Los Angeles y otras ciudades de los Estados Unidos, hacia donde habían emigrado en masa desde Panamá, Costa Rica, Cuba, la República Dominicana... cuando comenzó la Segunda Guerra Mundial y, luego, la Guerra de Corea, obstinadamente siguiendo el ejemplo peregrinatorio de sus progenitores **diggers** y repitiendo con empeño el anhelo incansable de la búsqueda de empleos y mejores oportunidades para educar a su prole. Elegantemente, los señores, jóvenes y niños, cada uno, lucía sombrero montuno, camisa guayabera celeste, pantalones de color azul y zapatos negros; en cambio, las señoras, señoritas y niñas, cada una, lucía sandalias de cuero, falda azul adornada con bellos diseños multicolores al estilo de las molas de las indígenas kunas, blusa rosada, como la pollera –garboso traje típico de la mujer panameña–, adornada de una cháquira guaymí en el cuello y, como corona, al igual que los varones, el sombrero típico del campesino panameño, sombrero montuno.

Casi todos los **chombos, pichones** y **cocolos** estaban desvelados, agotados, nerviosos, no por lo de la nieve y el desastre nuclear, sino porque en la víspera de la reapertura del aeropuerto, la última noche del veloriofiesta de la difunta señora Felicidad Dolores, quien en su nuevo país adoptivo murió por primera vez el invierno después del asesinato del Dr. Martin Luther King, durante los tamborileos, maraqueos y marimbeos de la música a ritmos afroantillanos y afrolatinos que, tras una opípara cena, alegraban el baile final del veloriofiesta para celebrar el más reciente fallecimiento de la anciana, regresó del Reino de los Muertos exactamente a medianoche, lo cual fue motivo de cinco horas consecutivas de llantos y lamentos, como se acostumbraba ritualmente cada vez que nacía un bebé de ascendencia africana lejos del tamarindo en el corazón de Buruco, según la tradición que tuvo su génesis siglos atrás después de la destrucción de Buruco, en Africa, de donde zarparon los primeros barcos negreros.

(En cuanto a los antecedentes de la señora Felicidad Dolores, se cree que llegó a Panamá, con un grupo polizón, a bordo el **Telémaco** poco después del terremoto que había destruido parte de Jamaica: antiguo dominio de los indígenas arahuacos y, luego, refugio de Henry Morgan tras la expulsión de los colonos españoles. Y, según otros, llegó a Panamá, con un grupo polizón, a bordo el **Juana de Arco** procedente de la Martinica poco después de que el volcán Montagne Pelée destruyera la ciudad de St. Pierre. Más importante aún, la señora Felicidad Dolores llamaba la atención, sobre todo, porque siempre lucía ropa azul; todos los martes, a las tres en punto de la tarde, se bañaba con agua de mar; custodiaba celosamente una bolsita negra que, según ella, contenía tres semillas del tamarindo en el corazón de Buruco; en su hogar tenía tres tortugas negras; acostumbraba hablar a solas murmurando palabras que nadie entendía cuando decía algo sobre: no saben nada del Kilimanjaro-Nilo-baobab; criticaba apasionadamente todos los martes, en la madrugada, el antiguo negocio de los marranos en la Calle de los Calafates y; finalmente, a menudo narraba con lujo de detalles sobre un tal Bandelé Cebiano.

Además de repetir con frecuencia lo de Bandelé Cebiano, también extrañamente, a pesar de ser analfabeta, a veces los martes, después de bañarse con agua de mar y vestirse de azul, se encerraba en su cuarto y durante horas, a voz en cuello, manifestaba: "Los incesantes azotes del viento eran como los azotes de un mayoral colonial que, después del último **Dominus vobiscum** de la santa misa matutina y antes de las primeras Avemarías del rosario vespertino, acostumbraba empapar con diluvios de latigazos las desnudas espaldas de sus esclavos africanos que osaran, por medio del cimarronaje, rescatar la libertad subyugada en las minas, en los cañaverales, en los algodonales, en los hatos de ganado, en los cafetales..., donde sudaban a chorros, comenzando a laborar al escucharse el amanecedor quiquiriquí del coro de gallos caciques (puntuales vaticinadores del abrasador sol topical) y los madrugadores gorjeos de los pájaros carnavalescos hasta que una nube de necios mosquitos de monótono zumbido, un ejército de fastidiosos bichos y algunos animales nocturnos con gesto amenazador, perniciosamente al acecho, hicieran acto de presencia en las minas, en los cañaverales, en los algodonales, en los hatos de ganado, en los cafetales... Estos esclavos yorubas, congos, bantús, ashantis, dahomeyanos, mandingas, carabalís... bajo el yugo de los azotes cotidianos – legado de fray Bartolomé de las Casas, el Apóstol de las Indias, cuyo crucifijo desconcertó a Olodumare, Nana Nyankopón, Yemayá y otros supremos orixás africanos – tras de desembarcar forzadamente, en las madrugadas, encadenados y a punta de latigazos de barcos negreros los cuales, si no naufragaban, al menos demoraban hasta cincuenta y cinco madrugadas en llegar a sus destinos finales en las Américas, a veces, tardíos por las averías que sufrían en alta mar a causa de las tormentas que con frecuencia amenazaban las rutas marinas, ya navegadas por la **Santa María**, la **Niña** y la **Pinta**, a lo largo y ancho del océano Atlántico y el mar del Caribe, donde pululaban los enjambres de voraces tiburones escoltadores, entre las factorías de la costa occidental de Africa y los puertos negreros en Santo Domingo, La Habana, Veracruz, Bahía, Buenos Aires, Cartagena, Portobelo...").

Curiosamente, los que se habían divertido observando las escenas de la esposa histérica del mujeriego y, luego, del ebrio balbuceador, después de un rato, no le prestaron atención a los cinco niños extraviados que seguían chillando en el atestado y bullicioso aeropuerto, sino a lo que dijo un descendiente de los obreros afroantillanos del Canal de Panamá llamando Wilfredo, pero popularmente conocido entre sus colegas en el mundo del hampa como Ñato Pataperro, un mal hijo y peor padre, quien era dueño de una tremenda fealdad que, por supuesto, lo hubiera colocado como permanente triunfador de todos los carnavales, sin el menor esfuerzo, en los concursos para rey de los feos, fácilmente.

– Coño. ¿Wha de rass es el vacilón? ¿Aonde? etá esa gial Libertad Lamento? – preguntó Ñato Pataperro con voz estridente y actitud de perro rabioso, tirando de repente su sombrero montuno en el único asiento desocupado del colmado aeropuerto, como para dramatizar su extremada intranquilidad.

– ¡Je, caramba! Cálmate. Pues, no te preocupes. Aquí no hay ningún vacilón ni engaño ni chanchullo. Y, por favor, un poco más de

respeto porque eso de llamar gial a... Mi comadre es muy puntual
—dijo Eufemia Lewis, torciendo la mirada.

—¿Cuál es tu problema? —con las manos extendidas como mendigo
que le suplica limosna a un tacaño, preguntó sarcásticamente Marcelina
Westerman, otra amiga de Libertad Lamento.

—Sí, pero rass man coño tú sae esa gial ej la oganizadoa de ejte
viaje y toavía not yet here at aeropueto —dijo ladrando atropelladamente Ñato Pataperro, interrumpiendo a Marcelina Westerman. Y
como ráfagas de una metralleta continuó—: Mira, rass man look el
bonchao de gente aquí como sardina enlatao.

—¿Cuál es tu problema? Tenemos tiempo de sobra y además...

—¿Saldrá el avión a tiempo? —interrogó, consultando preocupada-
mente su reloj pulsera de oro, regalo de un cliente de sospechoso
negocio.

—Vuelvo y repito, cálmate. No te preocupes...

—¿Saldrá el avión a tiempo? —volvió a interrogar enfáticamente,
haciendo caso omiso de las dos ahijadas de Nenén y Papá James.

—¿Cuál es tu problema? Ya te dije que tenemos tiempo de sobra
—repitió Marcelina Westerman, alzando la voz y, como había hecho su
hermana Eufemia Lewis, torciendo la mirada. Y, seguidamente pensó:
"Ñato tiene cerebro de pájaro en cuerpo de buey, pero no hay remedio
porque se dice que el que asno nace, asno muere".

—Rassman, coño, ejto es un vacilón de esa gial. ¿Aonde etá esa
gial Libertad Lamento?

—Es verdad, no se puede esperar mango del cocotero.

—Bueno, ¿y a qué se debe tu impaciencia? —preguntaron simultáneamente Eufemia Lewis y Marcelina Westerman, mirando a Ñato
Pataperro con desdén.

Por supuesto, la actitud de las dos hermanas extrañó a muchos de
los presentes porque era bien sabido que ellas (altas y hermosas como
dos nobles princesas africanas de un gran imperio de antaño en Ghana,

Mali y Songhay) eran las más amables y cultas madres de la colonia panameña en el exilio. Y, al anticipar la repetición de la necia pregunta declararon en dueto–: no hay peor sordo que el que no quiere oir.

—¿Saldrá el avión a tiempo?

—Oye Ñato. ¿eres sordo o qué? Nos vas a sacar de quicio. Ya te dijeron que mi ahijada es puntual y, además, tenemos tiempo de sobra. ¿Oiste? Nos s-o-b-r-a el tiemmmpooo, –deletreando pausadamente esta última palabra enfatizó Elsa Gordon, la madrina de Libertad Lamento.

De súbito Ñato Pataperro giró media vuelta sobre sus talones, dándole su espalda groseramente a la madrina de Libertad Lamento, y a empellones se alejó mascullando insultos. Al llegar cerca donde se encontraban los cinco niños perdidos, allí donde la esposa del mujeriego seguía insultando al agente de una compañía de aviación, faltó poco para que derrumbara la puerta de un excusado, de donde salía un anciano que caminaba arrastrando lentamente los pies por el peso de las canas. En ese momento, las dos ahijadas de Nenén y Papá James miraron a Elsa Gordon y las tres silenciosamente con las miradas se comunicaron la sabida razón del chocante comportamiento de Ñato Pataperro, pero los que no estaban al corriente de sus mañas pensaron: "Pobre Ñato, tendrá diarrea como le pasa a algunas personas en la víspera de un viaje."

Al rato, con la misma brusquedad con que se alejó, llevándose el tufo de su grajo, Ñato Pataperro regresó cojeando al grupo después de insultar al anciano a quien atropelló en la entrada del excusado, y también, después de reirse de los cinco niños que seguían llorando allí donde se encontraba el ebrio que balbuceaba por teléfono y, esta vez, dirigiéndose exclusivamente a su esposa le preguntó:

—¿Aonde etá esa gial Libertad Lamento?

—Ñato, por favor...

—¡Susana Dublancheur! –gritó Marcelina Westerman–por favor, calma un poco a tu marido que como el zumbido de un necio mosquito...

—¿Saldrá el avión a tiempo?

—Es verdad, no se puede esperar mango del cocotero.

Por segunda vez, Ñato Pataperro repitió la grosería que le había hecho a la madrina de Libertad Lamento. Pero esta vez, después de reírse maniáticamente a carcajadas de los cinco niños perdidos, debido a su prisa se equivocó de rumbo y por poco desmontó la puerta del retrete para damas, de donde casualmente salía una monja quien quedó antónita no por el golpe de la puerta que casi la aplasta contra la pared, sino por el hombre que, estaba ella segura, además de ser el sospechoso que tenía la costumbre de merodear por los alrededores de la escuela primaria siempre a la hora de recreo de los jóvenes estudiantes, también era el mismo payaso que en sus pesadillas a menudo se escondía detrás de la puerta de su cuarto y, cojeando sobre sus cinco patas, la perseguía a la carrera aulladamente, como jauría tras perra en celo, por los laberintos del convento para hacer con ella extrañas maniobras y cabriolas, cada vez que ella se desnudaba.

—¡Carajo! ¿Qué hace ese loco aquí? —preguntó un **pichón**.

—No me extraña el comportamiento de Ñato —comentó un **cocolo**.

—Pues sí, eso se espera de ese maleante —concluyó un **chombo**.

—Pues claro, no se puede esperar mango del cocotero —afirmaron simultáneamente los tres que miraban con asco al que ellos consideraban un gallinazo, la más asquerosa ave de rapiña.

—Pero, lo raro es que esté en esta excursión.

—Por eso pregunté qué hace ese loco aquí.

—El presidente de Los Rumberos.

—Y secretario de Los Congueros.

—También tesorero de Los Maraqueros.

—Pues, como todo el mundo sabe, el único propósito de esos grupos es viajar a Panamá...

—Una vez al año para borrachamente payasear en los carnavales.

—Sí, con el dinero que acumulan de la lotería clandestina.

—Vea la vaina.

—Robando...

—Vea la vaina.

—Vendiendo drogas según el bochinche de una radiobemba.

—Canyac.

—Cocaína y más.

Otra vez, por la desesperación de correr hacia el retrete, los que no conocían bien a Ñato Pataperro simpatizaron con él por lo que ellos conjeturaron ser sencillamente un problema frecuente entre muchos viajeros: la diarrea.

—¡Epa! Ya sé cuál es la preocupación –dijo Elsa Gordon sonriendo, y al pasear la mirada con lentitud a su alrededor como un Demóstenes antes de anunciar un argumento contundente, agregó a continuación–: por favor, escuchen bien queridos paisanos. Por si acaso hay among us somebody más preocupado innecesariamente, como Ñato, please, cho man les ruego que pierdan cuidado. Pues, of course, repito, claro que sí –anunció alegremente–, por supuesto, vamos a llegar a Panamá a tiempo para participar en todas las festividades y, sobre todo, para celebrar las ceremonias oficiales de la entrega definitiva del Canal a las autoridades istmeñas como prometieron los norteamericanos en el tratado Torrijos-Carter. En resumidas cuentas, eso quiere decir que, en efecto, vamos a tener los pies firmes en el querido terruño, que inmortalizó el gran poeta nacional Ricardo Miró, mucho antes del inicio de la gran fecha histórica de la entrega del Canal de Panamá al pueblo panameño, o sea, justamente al mediodía del treinta y uno de diciembre de mil novecientos noventa y nueve.

—¡Viva! ¡Viva Panamá! ¡Viva el Canal! –clamaron jubilosamente a coro con aplausos ensordecedores todos los que escucharon a la madrina de Libertad Lamento, por supuesto, pensando en los Mártires del 9 de Enero y, sobre todo, en el heroísmo de sus padrinos, primos, tíos, hermanos, padres y abuelos afroantillanos, los más numerosos y destacados **diggers** durante la construcción del Canal.

–Pues bien, no quiero estar ausente ni un minuto durante las ceremonias –dijo Tiburcio Laporte, otro ahijado de Nenén y Papá James– y mucho menos...

–¡Epa! Cho man, mi familia –interrumpió Policarpo Reid, el marido de Elsa Gordon, declarando a continuación con entusiasmo– sí, nuestros abuelos fueron de los primeros obreros contratados en Barbados y Trinidad-Tobago por la Comisión Istmeña del Canal. Yes man, when me was pickney allá en Guachapalí y, luego, en el barrio de Calidonia, cerca del old train station, o sea, lo que hoy día es el Museo del Hombre Panameño, ellos mismos, mis granfara antillanos, me narraban los domingos por la tarde cuando se reunían para pasar un rato alegre con otros obreros canaleros en el hogar de su amigo Papá James, saboreando como de costumbre la deliciosa comida de mi madrina Nenén, dicho sea de paso la mejor cocinera del mundo, que después de dos semanas de viaje, en el mar del Caribe, bajo un aguacero torrencial que alborotaba el calor tropical aún más, desembarcaron una mañana del **Cristóbal** y del **Ancón**, en el muelle de Cristóbal en la costa atlántica del Istmo. Pues sí, mis abuelos diggers llegaron a Panamá jóvenes y con mucha energía para construir el Canal, o como decían ellos: "Big Ditch".

–Allá en el barrio del Chorrillo, a las faldas del cerro Ancón y a pocos pasos de mi Alma Mater, el colegio Instituto Nacional, antes de trasladarnos a vivir en La Boca, ¿se acuerdan?, esa era una de las barriadas para los West Indians, o sea los chombos en la antigua Zona del Canal, pues, mi abuelo, quien trabajó al lado de mi padrino Papá James como operador de taladros en Culebra, me narraba con frecuencia sobre su juventud en la Martinica y su viaje a Panamá acompañado de su padre, dos hermanos, tres tíos, cuatro primos y cinco compadres en el barco **Versailles** –dijo orgullosamente Tiburcio Laporte.

–Y mis abuelos maternos –anunció Elsa Gordon, una de las nietas de Nenén y Papá James–, zarparon a bordo del primer viaje rumbo al Istmo que hizo el **Telémaco**, procedente de Jamaica. Debo agregar que como mi granfará de Barbados y mi abuela de la Martinica, ellos emigraron a Panamá con el propósito de excavar la

Gran Zanja. Y, debo agregar también, como millares de obreros antillanos, en esa hazaña derramaron en abundancia sudor y sangre, trabajando diez horas al día, seis días cada semana para ganar diez centavos cada hora como diggers del silver roll, o sea, menos dinero por hacer el mismo o más trabajo que los españoles, griegos e italianos, los privilegiados obreros blancos del gold roll.

—¡Opa! Yo también tengo grandperé canaleros. A propósito, cho man, como decía la señora Tidam Frenchí allá en Guachapalí cuando yo era niña: "Tuté le mundé, ecuté silvuplé." Cinco de mis parientes desembarcaron del barco **Waterloo** durante la construcción del Canal, oriundos from many islands. Si mal no recuerdo, eran de Grenada, Guyana, Haití, St. Kitts y St. Vincent. Antes de que yo naciera en el barrio más pobre para antillanos llamado el Marañón, allá cerca donde se encuentra el Museo Afro-Antillano de Panamá, mi primer pariente desapareció enterrado vivo en uno de los frecuentes y desastrosos derrumbes en Culebra, otro ahogado en el caudaloso río Chagres, otro partido en dos en un trágico accidente del tren en Gatún, otro de paludismo y pulmonía en Ancón y el quinto murió hecho pedazos en esa catastrófica explosión de dinamita en Bas Obispo, cerca de lo que hoy es la infame penitenciaría de Gamboa, donde durante la gloriosa época de la Canal Zone los gringos se daban gusto encarcelando a negros to work on the road-gang con pico y pala, a cadena perpetua, por aceptar los piropos y la invitación de ir a la cama con una gringa perra en celo —declaró Susana Dublancheur.

Cuando Marcelina Westerman y Eufemia Lewis narraban las hazañas de sus progenitores, primero, en la construcción del Ferrocarril de Panamá (en la época del descubrimiento de oro en California); y después, en el fracasado canal a nivel ("La Grande Tranchée") en el istmo de Panamá bajo la dirección del ingeniero francés Ferdinand de Lesseps, la animada conversación fue interrumpida, de repente, por un anuncio de la abuela de Libertad Lamento:

—¡Eufemia, Marcelina, Elsa! —llamó la señora Felicidad Dolores— viene pacá. Come here now. Lad my God! Se me olvidando. Mon Dieu. I hope nothing bad. Cho! Yo olvidar un mensaje de mi nieta. Cho! Bad luck is obeah. Yo tener un mensaje very important para tuté mundé. No saben nada del Kilimanjaro-Nilo-baobab... Old people say don't count you chicken before dem hatch. Cho! Old people in Jamaica say always try de wata befo you jump in a hit. Cho! Old people say befo you walk you hab fe creep...

—Abuelita, cálmese un poco —dijo amablemente Elsa Gordon—y antes de continuar con la letanía de sus proverbios jamaicanos, díganos el mensaje de...

En ese momento, al regresar del retrete donde ocurrió el incidente con la monja, el hediondo, tuerto y cojo marido de Susana Dublancheur interrumpió preguntando:

—¿Aonde etá esa gial?

—Ñato, cállate la boca —gritó Elsa Gordon.

—Sí, cállate por favor —rogaron a coro los ahijados de Nenén y Papá James.

—Abuelita, por favor, ¿el mensaje? —preguntó Elsa Gordon con la mano derecha en alto como señal para que el impertinente Ñato Pataperro no interrumpiera otra vez.

—Cho! Yes man, mi recoldando ajora. Fenixa vouler bokú que su madrina or one of sus comadres ñamando trebientó ella por teléfono as soon as we arrive at el aeropuerto.

—Ahora mismo regreso —dijo Eufemia Lewis, un poco alarmada y preocupada por los desastres que causó la copiosa nieve de la más severa temporada invernal y, sobre todo, el peligroso accidente nuclear que ocurrió cerca de "Timbuctú", la clínica de la doctora Libertad Lamento.

Sin embargo, ni se alarmaron ni se preocuparon los que durante tres noches consecutivas habían soñado con una tortuga negra cerca de un tamarindo una noche lluviosa, un buen augurio, según la señora Felicidad Dolores.

—¿Tienes el número de su oficina? —preguntó la madrina.

—Por supuesto —contestó nerviosamente—. Con permiso, ahora regreso —repitió Eufemia Lewis, alejándose de sus paisanos apresuradamente con el propósito de buscar el más cercano teléfono en el océano de viajeros y las montañas de maletas por todo el aeropuerto.

Ñato Pataperro, el más intranquilo e impertinente de los presentes, con la tuerta mirada persiguió a Eufemia Lewis hasta que ella pasara cerca de los niños extraviados, quienes sin tregua continuaban con sus chillidos. E inmediatamente con voz áspera que hacía recordar el graznido de un gallinazo preguntó:

—¿Aonde etará esa gial?

—Tú eres necio...

—¿Saldrá el avión a tiempo?

—No te preocupes...

—Pero, esa gial tené los boletos. Y, ¿si no llega al aeropuerto a tiempo? ¿Entonce qué?

—Choman! No problema. Ecuté silvuplé mon cher. La madrina de mi grandata tener los tiquetes para el avión icí pa maison. Ademá, gazón tu recordar lo que la abuelita te dicir cuando era pickney: "**Every disappointment is for a good**".

—Sí, pero, ¿saldrá el avión a...

—Lo que a mí más me preocupa es que el avión vaya a despegar sin mi ahijada —declaró Policarpo Reid, interrumpiendo al necio preguntón, al pensar en los estragos de la abundante nieve y la tóxica contaminación nuclear, precisamente, para colmo de males, en el vecindario de Libertad Lamento.

Por tercera vez, en busca de un retrete se retiró cojeando a saltos el tuerto que llamó la atención no tanto por el hedor que habitualmente lo perseguía, sino por ser el único del grupo que se había puesto pantalones de color verde y zapatos rojos. Por supuesto, esto también enfadó a los que sabían que las apresuradas visitas de Ñato Pataperro a los retretes no eran por la diarrea que, erróneamente, algunos concluyeron ser la única y más lógica explicación de lo que ocurría.

—¡Je! En esto sí que estoy muy de acuerdo con mi marido porque Fenixa, nuestra ahijada, se desveló noche tras noche organizando todos los detalles de esta histórica excursión —dijo la nieta de Nenén y Papá James, abrazando a su cónyuge.

—Pues sí, además de ser organizadora, también es la traductora trilingüe de nosotros —anunció Flacobala, el padrino, agregando— y, a mi ahijada le toca traducir en Panamá para los que no hablan ni patuá ni francés y por primera vez van a encontrarse con parientes martiniqueños y haitianos. Otros among we no speak creole, o sea, el inglés africanizado que se habla en Jamaica, Barbados, Trinidad, Grenada... Además, también hay que traducir para los abuelos old-timers, como la abuelita de mi ahijada, porque no dominan muy bien el español y por primera vez van a conocer a nietos cubanos, dominicanos, costarricenses, ecuatorianos, peruanos, venezolanos, colombianos, mexicanos, hondureños, nicaragüenses...

Mientras Marcelina Westerman, Elsa Gordon y otros presentes comentaban sobre sus parientes en La Habana y Guantánamo, en Cuba; Puerto Limón y San José, en Costa Rica; Bluefields y Managua, en Nicaragua; Puerto Castilla y La Ceiba, en Honduras; Santa Marta y Buenaventura, en Colombia; Maracaibo y La Guaira, en Venezuela; Esmeraldas y Guayaquil, en Ecuador... la abuela de Libertad Lamento se sentó al lado de Susana Dublancheur al escuchar a los padrinos defender a su nieta, quien en esos entonces además de organizar la excursión para celebrar lo del Canal, también estaba muy ocupada preparando importantísimos documentos para su próximo viaje a Europa como principal representante del departamento legal de una compañía multinacional la cual en fecha reciente también había representado en viajes de negocios en la China y el Japón. Tan pronto se acomodó en su asiento comentó orgullosamente que su nieta era muy fiel, posiblemente la más sobresaliente estudiante del importante lema afroantillano: **Perform to the fullest measure of work first and expect reward after.** Tras breve pausa, llamó a varios niños para contarles las aventuras de "El hermano araña" y otros cuentos. Luego, sacó a colación su tema favorito: Bandelé Cebiano, quien, como consecuencia de los apocalípticos barcos negreros, fue el primero en nacer lejos del tamarindo en el corazón de Buruco, donde, tras siglos de peregrinar por toda Africa, sus antepasados se establecieron al encontrar la tortuga negra, como se había presagiado a orilla del río Nilo cerca de las esfinges y las pirámides.

Todos se alegraron de que era martes y de noche y que la abuela de Libertad Lamento narrara lo de Bandelé Cebiano y no lo del negocio de los marranos en la Calle de los Calafates (tema que la encolerizaba al extremo), aunque los pocos que no respetaban a la anciana, como los parientes de Ñato Pataperro, la calificaban de embustera. No obstante, casi todos los **chombos, pichones** y **cocolos**, sobre todo los que habían viajado y estudiado, admiraban el hecho de que la señora Felicidad Dolores, una analfabeta, supiera "tan detalladamente −se comentaba año tras año−lo de los nobles faraones nubienses y las pirámides de Egipto en Africa; los poderosos reyes africanos en Ghana, Mali y Songhay; los esclavos negros en Sevilla durante la época de los Reyes Católicos; las hazañas de los africanos en Santo Domingo, Tenochtitlán y Cuzco; el heroísmo de los caciques cimarrones Yanga, Cudjoe, Benkos, Zumbi, Coba, Zabeth, Bayano...; los valientes hombres de ascendencia africana en Malambo y Pierdevidas que combatieron contra la horda de piratas comandados por Henry Morgan; los héroes negros y mulatos que apoyaron las campañas del Gran Libertador Simón Bolívar; los millares de obreros afroantillanos que construyeron el Ferrocarril y el Canal de Panamá..."

Cuando regresó del retrete el que estaba vestido de pantalones de color verde y zapatos rojos de tacones exageradamente altos (el menos interesado en la narración sobre Bendelé Cebiano y sus descendientes, ahijados de Obatalá, Yemayá y Changó, que fueron testigos de lo que ocurrió en Santo Domingo, Tenochtitlán, Cuzco...), gruñó con voz áspera:

−Bueno, a dicir verdá, lo único que me interesa a mí ej sabé si el avión dejpega a tiempo. No me importa na de los hijos de Bandelé Cebiano que fueron bautizao despué de llegá a Portobelo para trabajá en minas y cañaverales.

−No le hagan caso al necio ese...

−Un momento por favor, esto sí lo tengo que echar afuera −anunció con enfado la esposa de Flacobala, mirando intensamente a Ñato Pataperro−mi ahijada es muy honrada y puntual. Si ella no se encuentra aquí ahora mismo no es por sinvergüenza, sino por...

−Pero, rass man, ¿qué tené ejo que ver con...

−¡Caramba! Cállate la boca y déjame hablar en paz −gritó Elsa Gordon, llamando la atención no sólo de Ñato Pataperro, sino también de todos los presentes−. Muchos de nuestros paisanos no hacen y no dejan hacer. ¡Maldición! Lo único que desgraciadamente saben hacer a la perfección y con mala intención es criticar −sentenció con autoridad como un juez del Tribunal Supremo−. Y son como cangrejos en un barril, o sea, los que están en el fondo jalan para abajo a los que por su propio esfuerzo tratan de salir del barril. Mi ahijada ha organizado este viaje a pesar de sus problemas. Mi marido es testigo de lo que voy a decir porque es empleado de la librería "Sankore", el primer negocio que estableció Fenixa. Por supuesto, Flacobala está al corriente de los muchos clientes, muy paisanos de nosotros, que deben dinero porque cuando compran libros y útiles escolares lo quieren todo fiao porque dizque nunca tienen con qué pagar, pero cuando compran en otro lugar, curiosamente, tienen el dinero contante y sonante. ¡Caray! Otros paisanos nuestros frecuentan el restaurante "Calalú" y critican a la dueña, mi ahijada, porque ella no permite que los pechugones coman un banquete gratis. Sí, y cuando estos mismos bellacos van a un restaurante chino, comen poco y mal, pero eso sí, con entusiasmo pagan la cuenta y hasta dejan propina. –Tras breve pausa, la nieta de Nenén y Papá James respiró profundamente y a continuación reveló:– otra vaina, como decimos en panameño, mi ahijada es dueña de tres edificios para inquilinos. Por un lado los japoneses que alquilaron apartamentos en el edificio "Casa Songhay" recientemente obtuvieron un préstamo de un banco de la gente de ellos y quieren forzar la compra del edificio y como Fenixa no tiene interés en vender, ahora hay frecuentes actos de sabotaje y vandalismo en el edificio. Pero como siempre, nadie nunca ve nada. Por otro lado, lo mismo está ocurriendo con los inquilinos italianos en "Casa Mali" –dijo con enfado–. Pero escuchen bien que ahora viene lo mejor –anunció con tono sarcástico la madrina de Libertad Lamento– Allá en "Casa Ghana" algunos de los inquilinos jamás pagan puntualmente la mensualidad del alquiler. Sin mentir, muchos deben hasta cinco meses atrasados. Pues sí, eso es un abuso de la bondad y paciencia de mi ahijada. Sí, no hay que preguntar quiénes son los malapagas, pues claro, son muy paisanos de nosotros. Lo que me choca y me da rabia a mí es que estos pechugones sinvergüenzas se endomingan todos los días, algunos extravagantemente como payasos, y compran carros de lujo. Es más, ¿pueden ustedes creer que los muy carilimpios tienen dinero todos los años para celebrar los carnavales por las calles de Panamá? En fin, a decir verdad, lo que más ha perturbado a mi ahijada es el asunto de su pariente...

–¿Lo del Dr. Victoriano Lorenzo Brown? –preguntó indiscretamente Fulona, quien estaba sentada al lado de la abuela de Libertad Lamento. Efectivamente, la mujer de Ñato Pataperro aprovechó la oportunidad para cambiar de tema porque como inquilina del edificio "Casa Ghana" era la más atrasada en los pagos del alquiler mensual de una habitación que los pintores y plomeros más frecuentaban por los daños que allí sucedían repetidamente.

Precisamente al instante de la impertinencia de Fulona, Myrtle Gordon, la suegra de Policarpo Reid, llamó a su nieto mayor para que le comprara una taza de café o chocolate caliente. Acto seguido, se sentó al lado de la abuela para distraerla.

Naturalmente, la madrina de Libertad Lamento comprendió el propósito de su mamá al sentarse al lado de la abuela, por lo tanto, le indicó con la mirada a la mujer de Ñato Pataperro que con disimulo se alejara de la anciana para que ella no escuchara el asunto del pariente de Fenixa. Por consiguiente, los que no estaban al corriente del suceso a que aludió Fulona, se acercaron a Elsa Gordon para escuchar lo que le había ocurrido al Dr. Victoriano Lorenzo Brown. Pero, en el momento en que todos los interesados se callaron para escuchar lo ocurrido, Tiburcio Laporte anunció:

—Miren quien llegó.

—¿Fenixa? —preguntó Ñato Pataperro.

—¿Eufemia? —preguntaron los otros.

—Es el paisano de mis primos cubanos —anunció Tiburcio Laporte.

—¿Triunfo Guerrero? —preguntaron a coro todos.

—Sí, es Triunfo Guerrero —afirmó Tiburcio Laporte.

—Un abrazo hermano —invitó Tiburcio Laporte con los brazos abiertos a su colega, un catedrático cuya presencia era fácil de localizar en las aulas universitarias por el aromático rastro de su acostumbrado habano que, cuando no estaba en su boca como chimenea, lo empleaba a manera de batuta en las detalladas explicaciones que les ofrecía a sus estudiantes sobre la bolsa de valores y otros asuntos comerciales relacionados con los efectos a nivel mundial de la devaluación del dólar y el poder político de las compañías multinacionales.

Tras de abrazar y besar primero a la abuela y después a todas las presentes, mientras Triunfo Guerrero abrazaba efusivamente a su colega y compadre Tiburcio Laporte y, luego, a los otros amigos y compadres, excepto a Ñato Pataperro, le comunicaron que se alegraban de que él y su familia no habían quedado atrapados en casa u otro lugar por la copiosa nieve, o peor aún, por la tóxica contaminación nuclear que ocurrió cerca del vecindario de Libertad Lamento. Al escuchar esto, Triunfo Guerrero, hijo de santero, comentó que en cuanto a la tormenta era evidente la furia del orixá Changó y su esposa Oyá, la orixá africana de las tempestades. Y, luego, agregó que posiblemente, lo del accidente nuclear era otra travesura del orixá Elegguá. No obstante, Triunfo Guerrero hizo hincapié en el hecho de que llegaron al aeropuerto, sin duda alguna, por la mediación de Orula, el orixá vigilante de los destinos.

El matrimonio Gordon-Reid observó que el profesor Guerrero no había abrazado a Ñato Pataperro, quien tras de regresar otra vez del retrete, comenzó a codearse con la histérica esposa del mujeriego, lo cual le agrado a ella por considerarlo a él una perfecta venganza no sólo contra su marido, sino también contra todos los hombres blancos que, efectivamente, odian apasionadamente con repugnancia el hecho de que una de sus mujeres (para ellos la más sagrada de la Evas) permita que un hombre de otra raza, sobre todo, uno de ascendencia africana, sea su amante, o peor aún, el progenitor de sus retoños; pero tremendo fue el derrumbe de su ilusión de venganza al darse cuenta de que el único interés de Ñato Pataperro, evidentemente, era venderle cocaína u otra droga de su preferencia. Es más, Policarpo Reid y su esposa no se extrañaron que no hubiera abrazos entre el Dr. Guerrero y el de los zapatos rojos porque sabían que el profesor, un bamboché, era enemigo irreconciliable del cojo hediondo como lo eran los orixás hermanos Changó y Ogún, porque durante la construcción del Ferrocarril de Panamá, un pariente de Ñato Pataperro asesinó con cinco puñaladas a un obrero de apellido Guerrero, allá en Matachín, donde muchos obreros chinos se ahorcaron a causa del infernal clima y el arduo trabajo. También, el mismo homicida asesinó con cinco machetazos a otro Guerrero cuando los franceses iniciaron la construcción del fracasado canal a nivel en el istmo de Panamá. Además, un abuelo de Triunfo Guerrero se vió obligado a emigrar a Guantánamo, Cuba, para trabajar en los cañaverales cuando se terminó la construcción del Canal de Panamá, porque en la víspera de su retorno a Jamaica, un pariente de Ñato Pataperro le robó al **digger** Guerrero los ahorros que había acumulado durante cinco años como obrero en Gatún, Pedro Miguel y Miraflores. Por si esto fuera poco, un primo de Triunfo Guerrero le reveló lo siguiente: "... te voy a confesar un secreto que he tratado de borrar de mi mente durante cinco lustros...

cincolustros de vergüenza remordimiento y tortura... es necesario que yo me arranque este peso del pecho porque ya no aguanto esto... peroporfavor ni una sola palabra a nadie te lo ruego porfavor pues primo p-o-r-f-a-v-o-r no me mires la cara en ningún momento de esta confesión te lo ruego miproblema... no sé por donde empezar pero ahí va... al grano como decimos... es que... bueno por tu madre jura que no repetirás lo que te voy a narrar niunasola palabra de esto a nadie nadie pues todo empezó la madrugada que hospitalizaron a mi mamá en el Santo Tomás donde murió de tuberculosis... sí, lo recuerdo muy bien porque nuestra agonía duró cinco madrugadas cinco malditas madrugadacinco... que lástima que no fui yo el hospitalizado o mejor aún el muerto le hubiera dado gracias a Dios a la Virgen María y a todos los santos por haberme contagiado de tuberculosis pulmonía fiebre amarilla lepra... para escapar de lo vergonzoso que me sucedió en casa de mis bondadosos padrinos ellos siempre fueron cariñosos conmigo ayudaron a mi mamá con la comida la ropa y con dinero para mi educación como sabes desde el primer grado cada estudiante tiene la obligación de presentarse a la escuela con libros cuadernos lápices tinta... y además el uniforme escolar pues nada me faltó gracias a mis cariñosos padrinos tan bondadosos que hasta incluían ropa limpia en la tamuga de ropa sucia que le entregaban a mi mamá para que ella ganara más dinero lavando y planchando semanalmente mis padrinos eran muy bondadosos cariñosos pues a decir verdad eran santos pero desgraciadamente eran los padres de Ñato Pataperro que desgracia un mal hijo esa buena gente no se merecía eso no cabe duda que era obeá o brujería o macuá... quizá fue un cují sí posiblemente aquella triste madrugada las enfermeras que trabajan en la sala de maternidad por el cansancio se equivocaron de criatura a la hora de repartición para que las madres le dieran pecho a sus recién nacidos hijos o quizás una descuidada auxiliar le entregó a mi madrina el malvado bebé que era de otra madre... un dolor de cabeza mejor dicho una traicionera puñalada en el corazón por parte de un cruel destino no hay justicia en este valledelágrimas este es un mundolococruel la justicia es un mito por qué a gente tan bondadosa y santa le tocó un hijo tan perversomaloirrespetuoso... evidentemente la justicia es un mito claroquesí esunmito pues la noche que hospitalizaron a mi mamá mis cariñosos padrinos vecinos de nosotros allá en la calle 12 de Octubre en el barrio Marañón me brindaron hospedaje para que yo no quedara solo en el cuartucho que nos servía de lavandería modistería panadería comedorsalarecámara cuarto de estudio y a la vez depósito de chécheres pues ni jota de esto a nadie me muero si mi vergüenza anda de bocaenboca más adelante tu bien sabes como la gente es chismosabochinchosa...

por favor no repitas... ni media palabra a nadie nadie júramenadie ni a tu sombra nadie pues no creo que será mejor no seguir con esta confesión... es muy vergonzoso doloroso olvidemos todo hablemos de otro asunto... yo no tengo la menor idea de quién es mi ángel de la guarda tú sí eres afortunado porque sabes que Changó es tu santo de cabecera y además sabes que tus otros orixás son Yemayá Obatalá Orula Ochosi Elegga y Babalú Ayé...a veces en mis sueños me traslado a la época de los poderosos imperios africanos en Ghana Mali y Songhay... estudiando en la universidad de Sankore y paseando por las calles de la famosa ciudad de Timbuctú... y a orillas del río Nilo aconsejando a los faraones nubienses de la gran civilización egipcia... otras veces me imagino combatiendo al lado de célebres caciques cimarrones africanos como Yanga en México Cudjoe en Jamaica Filippa María Aranha y Gangazumba en Brasil Benkos en Colombia Chirinos en Venezuela Coba en Cuba Fabulé en Martinica Felipillo y Bayano en Panamá... también me imagino que hubiera sido un valiente combatiendo al lado de héroes de ascendencia africana como Plácido el general Antonio Maceo el general Toussaint L'Ouverture Jean-Jacques Dessalines... y también me imagino como compañero de exploradores africanos como Pedro Alonso Nuflo de Olano Estebanico Juan Cortés... aunque el clima sea malsano calor y aguaceros torrenciales... y sobre todo derrumbes explosiones accidentales ahogos accidentes de trenes paludismo pulmonía y serpientes venenosas... me imagino ayudando a nuestros heroicos abuelos antillanos cuando en mi fantasía participo en la construcción del Ferrocarril de Panamá y también cuando estoy en Gatún Pedro Miguel Miraflores... excavando el Canal de Panamá bueno después de todo... sí te voy a narrar lo más vergonzoso de mi vida peroporfavor nunca repitas esto a nadie sé que te tengo cansado con mis ruegos pero trata de comprender lo difícil que es para un macho... sí cuando hospitalizaron a mi mamá por lo de la tuberculosis yo comía y dormía muy bien en casa de mis cariñosos y bondadosos padrinos pero todo cambió la quinta madrugada mi fortuna pasó a ser una eternaodiosapesadilla esa madrugada la quinta... más o menos como a las cinco de la madrugada... en realidad al principio yo pensé que sufría una extraña pesadilla en la que yo me encontraba en un circo rodeado de cincopayasos que revolcándose rápidamente con frenesí en el suelo estallaban en estruendosas carcajadas porque cada vez que yo hacía esfuerzo por evacuar el excremento en vez de bajar extrañamente con empeño subía dolorosamente más y más por mis entrañas era una sensación rara... extraña mientras más esfuerzo hacía para que bajara ya tú sabes que cosa lo contrario ocurría y cada vez más estruendosas eran las carcajadas de los cincopayasos que también invitaron a cincofenómenos del circo para divertirse de mi extraña experiencia pero cuando desperté del susto porque sentía que de tanto esfuerzo la vaina había subido hasta la garganta asfixiándome pero... que horror... que desgracia... quise morir en ese momento de vergüenza porque lo que yo pensé que era una pesadilla en efecto no lo era porque el perverso Ñato Pataperro aprovechó mi profundo sueño esa quinta madrugadalas cinco de la madrugada y puso saliva mezclada con grasa para el cabello entre mis nalgas para que fuera más fácil la penetración de su pene... por favor a nadie nunca nada sobre lo dicho nadanadienunca..." Además, era bien sabido que el Dr. Triunfo Guerrero odiaba al cojo hediondo porque era un alcoholito que tenía por costumbre cotidiana golpear brutalmente a su mujer y, tras los golpes, la forzaba a fumar marijuana y experimentar con heroína y cocaína que ella misma tenía que comprar, prostituyendo su cuerpo a los amigos perversos de su marido, a quienes les agradaban solamente los más bestiales actos eróticos. Es más, hasta que se llevaran a su hijastra a un manicomio, con frecuencia Ñato Pataperro se encerraba con ella en el baño, donde primero se escuchaban gritos y luego carcajadas que, según él, era un diálogo con el demonio que se adueñaba del cuerpo y alma de la muchacha hasta que él, un curandero, ofrecía ceremonias secretas para ahuyentar a Satanás con el auxilio de aguardiente, drogas, bestiales actos eróticos...

—¿Dónde está Olivia? —preguntó Elsa Gordon después de abrazar a Triunfo Guerrero, lo cual tuvo que hacer empinada porque como su madre ella también había heredado una baja estatura que hacía recordar a los pigmeos, en cambio, él era alto y fornido al igual que un noble rey africano de la gloriosa época de los imperios de Ghana, Mali y Songhay.

—Mi esposa está allá consolando a unos chicos llorones perdidos. Espera, mira, allí viene con mi cuñada, su hermana Casilda.

—¡Hola! ¿Cómo están? —saludaron en dueto Olivia y Casilda, abrazando y besando primero a la abuela y, luego, a los otros descendientes de los obreros del Canal en el aeropuerto.

—Bien gracias. ¿Y ustedes? —contestaron cariñosamente todos, menos Ñato Pataperro.

—Muy bien y contentas de estar con nuestra gente —dijo Olivia, anticipando las palabras de su hermana.

—Triunfo, tú que sabes muchas palabras del lucumí que te enseñó tu abuela santiaguera, ¿qué quiere decir **sodinu**? —preguntó Tiburcio Laporte.

—¿SODINU?

—Mi abuela materna también es de ascendencia yoruba, pero nacida en Camagüey, la tierra natal del gran poeta afrocubano Nicolás Guillén. Dudo que esa palabra sea lucumí —con marcado acento cubano dijo Olivia, una santera, y como su madre, sacerdotisa de Oko, orixá de la agricultura.

—Mi señora tiene razón. Pero, oye chico, ¿de dónde salió la palabra **sodinu**? En el lucumí, o sea, el yoruba que se habla en Cuba, **sodi** quiere decir reloj. Pero, ¿sodinu?

—Eufemia dice que su comadre Fenixa está muy interesada en averiguar el significado de la palabra **sodinu**.

—Bueno, hay que seguir averiguando eso porque ahora sabemos que no es palabra lucumí, ni carabalí, ni kikongo, ni...

Al rato, a Triunfo Guerrero le informaron también que ni la mamá de Elsa Gordon, descendiente por parte de madre de los valientes cimarrones quienes bajo el liderazgo del célebre cacique Cudjoe se establecieron en Maroon Town, en Jamaica, tampoco sabía el significado de **sodinu**.

Luego, Triunfo Guerrero entabló un diálogo con el marido de Elsa, a quien conocía por primera vez, y aprovechó la ocasión para narrarle que así como en Panamá les dicen despectivamente **chombos** a los descendientes de los afroantillanos que trabajaron en la construcción del Canal, en Cuba les dicen **pichones** a los descendientes de los afroantillanos que emigraron principalmente de Jamaica y Haití para trabajar en la industria azucarera de Guantánamo y otros ingenios de Cuba. También le informó a Policarpo Reid que muchos de los antillanos que emigraron a Cuba, como su abuelo, eran antiguos **diggers**, quienes quedaron sin trabajo cuando en mil novecientos catorce se terminó la construcción del Canal de Panamá. Además, orgullosamente relató sobre sus parientes maternos de Santiago de Cuba, oriundos originalmente de Matanzas donde fueron testigos de la ejecución del poeta afrocubano Gabriel de la Concepción Valdés

– Plácido – por atreverse a defender la causa liberadora de sus hermanos afrocubanos, quienes sufrían bajo el inhumano yugo de la esclavitud en los cañaverales e ingenios azucareros. Estos parientes de Triunfo Guerrero – simpatizadores de la causa que defendió heroicamente Plácido con su muerte en Matanzas – que se refugiaron en Santiago de Cuba, luego se destacaron con heroísmo combatiendo al lado del valiente patriota afrocubano general Antonio Maceo – El Titán de Bronce –, primero en la Guerra de Yara y después en la Campaña de la Invasión, antes de su trágica muerte en el campo de batalla de San Pedro.

Luego, Tiburcio interrumpió el diálogo entre Flacobala y Triunfo Guerrero para presentarles a los **cocolos** que acababan de llegar. Estos últimos, como los **chombos** y los **pichones,** eran descendientes de progenitores afroantillanos que también habían trabajado en el Canal istmeño antes de emigrar a la República Dominicana, donde se establecieron para laborar en la industria azucarera.

La organizadora de los **cocolos** era Zabeth Liberateur, mujer luchadora e inteligente cuyos antepasados afroantillanos, además de haber participado en la construcción del Canal de Panamá y, luego, como obreros en los cañaverales, cafetales y algodonales de la República Dominicana, también mucho antes habían sido compañeros, primero, de Toussaint L'Ouverture, el esclavo africano que inició las batallas que culminaron en la derrota de las tropas napoleónicas en Haití y, después, habían luchado al lado de Jean-Jacques Dessalines y Alexandre Petion antes de formar parte del grupo de soldados haitianos que batallaron en Sudamérica bajo el célebre Simón Bolívar – El Gran Libertador. Además, se dice que un pariente de apellido Liberateur murió en Panamá combatiendo al lado de Pedro Prestán, el cabecilla a quien ahorcaron por dirigir la revolución en la ciudad de Colón durante la construcción del fracasado canal francés.

De inmediato, tras las presentaciones Triunfo Guerrero consultó con Zabeth Liberateur sobre el significado de la palabra **sodinu** y, en efecto, se enteró de que tanto ella como sus compañeros estaban de ayunas en ese asunto y, a continuación, el profesor cubano comenzó a relatarles a los **cocolos** sobre la participación de los miembros de su familia de Matanzas y Santiago de Cuba en las heroicas hazañas del célebre general afrocubano Antonio Maceo. (Curiosamente, los **cocolos** ignoraban que, por parte de su ascendencia materna, ellos eran descendientes de lucayos y caribes, los pobladores indígenas autóctonos de la isla Quisqueya, la cual Cristóbal Colón tomó posesión el 12 de diciembre de 1492, en nombre de los Reyes Católicos, renombrándola La Española, la cual hoy día comparten Haití y la República Dominicana. Tampoco sabían que varios de sus antepasados africanos acompañaron a fray Nicolás de Ovando en 1502, cuando reemplazó a Francisco de Bobadilla como gobernador de La Española, en efecto, algunos de estos progenitores africanos eran parientes de Juan Garrido y Juan Cortés, los dos africanos más sobresalientes que acompañaron a Hernán Cortés en la conquista de México. También otros eran parientes de Nuflo de Olano, el africano que fue compañero de Vasco Núñez de Balboa en la expedición a Darién, en Panamá, hacia Mar del Sur. Los **cocolos** también eran descendientes de africanos que participaron en la defensa de Santo Domingo durante el saqueo del corsario inglés Francis Drake, la derrota de los franceses en Palo Hincado y la lucha por la segunda independencia, apoyando la sociedad secreta La Trinitaria.)

Mientras el marido de Olivia narraba sobre sus parientes que acompañaron al "Titán de Bronce" de Cuba en las guerras de independencia, ella y su hermana Casilda se admiraron, primero, de conocer a varios ticos de Puerto Limón cuyos parientes, como algunos primos de ellas, eran del mismo pueblo en Jamaica y, curiosamente, del mismo apellido; y, luego, les llamaron la atención los dos sobrinos de Marcelina nacidos en Bocas del Toro, provincia de Panamá, donde sus abuelos y padres trabajaron en la industria bananera istmeña antes de trasladarse a Costa Rica tras nuevas oportunidades de empleo: el muchacho cantaba increíblemente como el desaparecido Benny Moré y la muchacha tenía la voz y el estilo de la mundialmente famosa guarachera cubana Celia Cruz. A petición de las hermanas afrocubanas Olivia y Casilda, quienes sintieron en ese momento mucha nostalgia por su gente en el antiguo barrio de Buena Vista, en Marianao, Cuba, (donde sus parientes de Jamaica fueron a vivir después de una temporada en el barrio habanero llamado Belén), los sobrinos de Marcelina, imitando las inmortales voces afrocubanas de Celia Cruz y Benny Moré, al ritmo de tambores, maracas y güiros, pregonaron: "Ya llegó la hora... Sopa de Pichón... Manzanillo... Mata Siguaraya... Yiriyiribón... En el tiempo de la colonia... Pachito E'che... ¿Dónde estabas tú... La maricutana... Me voy pal' pueblo... ¿Qué te parece cholito... La múcura... La cocaleca... Santa Isabel de Las Lajas... Rabo y oreja... Bárbaro del ritmo... Siboney... Y Hoy como Ayer...

Ya que los recién llegados **cocolos**, quienes como Zabeth Liberateur además de hablar español e inglés y también el africanizado francés haitiano, tampoco sabían el significado de **sodinu,** prometieron investigar la procedencia de la desconocida palabra que paulatinamente iba despertando más y más interés entre los **chombos, pichones** y **cocolos** que habían tenido contacto directo e indirecto con Fenixa.

Luego, los dominicanos alegraron al grupo cantando merengues tan pronto les dieron la oportunidad los que pregonaban rítmicamente tamboritos, rumbas, calipsos...

Poco después de que se sacara a colación otra vez el asunto de **sodinu,** Triunfo Guerrero se enteró de que el pariente ginecólogo de Libertad Lamento, a petición de Elsa, estuvo a punto de relatar lo que le había ocurrido en su nuevo vecindario, en el momento que Tiburcio Laporte había anunciado la llegada de los **pichones y cocolos,** se disculpó con los interesados y le peticionó al Dr. Victoriano Lorenzo Brown que por favor narrara el asunto pendiente.

"Pues sí, si mal no recuerdo poco después de la primera vez que murió mi abuelita en este país, todo empezó al quinto día que nos trasladamos a la nueva casa que compramos en un suburbio no muy lejos de la Estatua de la Libertad –comenzó a narrar el Dr. Victoriano Lorenzo Brown, un eminente ginecólogo– y Libertad, a quien por su carácter luchador contra viento y marea en todos sus empeños le pusimos cariñosamente como apodo Fenixa, ella, íntima amiga de mi esposa desde que estudiaron juntas en la misma escuela primaria y luego... Bueno, para no cansar el cuento, lo importante es que Fenixa nos aconsejó que por el bien de los niños, sus ahijados, saliéramos de ese barrio en el antiguo vecindario urbano por la prostitución, las drogas y, sobre todo, los crímenes. Pero, ¡caramba!, eso fue salir de un aprieto para entrar aparentemente en otro peor. Pues, porque el primer incidente en el nuevo vecindario ocurrió la noche que asistimos a la presentación de nuestra ópera favorita: "Carmen". Bien, como diría Elsa con afilado sarcasmo: "Ahora viene lo mejor." En efecto, al regresar a nuestro hogar después de la ópera, increíblemente encontramos una cruz quemada en la entrada principal y, en vez del INRI, había un mensaje de Los Enmascarados que decía: **Nigga back to Africa.** No se pueden imaginar la ira, el enojo, la furia... Por supuesto, no sentimos en ese momento ni miedo ni temor, sino furor como leones heridos... A decir verdad, no sé qué demonios comen esos Enmascarados, pero tremenda era la hediondez del excremento que usaron para cubrir las paredes de nuestra casa... apestaba la hedionda..."

—Coño, ¿saldrá el avión a tiempo? ¿Aonde etá esa gial? —de repente preguntó Ñato Pataperro, interrumpiendo el relato.

—¡Ombe! Cállate la boca pedazo de...

—¿Y qué se hizo Eufemia ahora?

—¡Caramba! No comprendo tu preocupación. Los boletos están aquí en mis manos —explicó la madrina de Libertad Lamento.

—Además, Fenixa siempre cumple con su palabra —declaró Policarpo Reid.

—Ustedes pueden decir misa si quieren. Lo único que me interesa a mí es... ¿Saldrá el avión a tiempo?

—Ñato, no seas tan...

—¿Tan qué?

Con los puños cerrados apretadamente Triunfo Guerrero se acercó a Ñato Pataperro y pensó: "este cero a la izquierda me tiene hinchado y hasta la coronilla con su tontería". Justamente en ese momento, todas las miradas se dirigieron a la entrada del aeropuerto. Llamó la atención el desfile de afroantillanos deportados por ser inmigrantes indocumentados.

—A mi modo de ver, a ellos sí los deportan rápidamente, en un abrir y cerrar de ojos. Quisiera que alguien me explicara la razón, la verdadera razón —comentó Elsa Gordon, agregando: —estos gringos son unos des... Aquí cerca está la Estatua de la Libertad con su lema dizque están bienvenidos todos los refugiados al supuesto paraíso de la democracia y la justicia. Cho, a decir verdad, aquí en la tierra de Abraham Lincoln, evidentemente, le dan preferencia a ciertos grupos...

—Muy de acuerdo —dijo enfáticamente Policarpo Reid—. El hambre, el desempleo y, sobre todo, el prejuicio y la discriminación racial son atropellos políticos también. Es una lástima que los arahuacos, los mayas y los incas no tuvieran leyes de inmigración como las que existen en la actualidad, porque, según tengo entendido, en la época de la colonia llegaron de Europa demasiados prófugos, prostitutas y, sobre todo, dementes, sin duda alguna, de locura hereditaria, evidentemente...

Antes de que Policarpo Reid pronunciara las últimas palabras sobre lo de la locura hereditaria, las voces que alegraban pregonando rumbas, merengues y tamboritos se apagaron. En silencio, todos los presentes de ascendencia africana estuvieron de acuerdo con lo dicho por Policarpo Reid sobre la quijotesca conquista europea del Nuevo Mundo y la consecuente inhumana esclavización de africanos y, a la vez, sin darse cuenta de que todos habían apretado los puños simultáneamente (palpable evidencia de la vetusta ira que por siglos habían disimulado prudentemente) rememoraron con más rencor que amargura la apocalíptica odisea de sus antepasados africanos que se inició cuando de las lejanas costas de Africa zarparon aceleradamente, como ladrones furtivos, los navíos negreros atestados de encadenados esclavos africanos quienes, tras una larga, penosa e inhumana travesía trasatlántica, bajo un diluvio de latigazos propinados por repetidas órdenes de capitanes cristianos y marranos... Efectivamente, los africanos fueron forzados a desembarcar, por supuesto, sin documentos de inmigrantes y, peor aún, contra su propia voluntad en Santo Domingo, La Habana, Veracruz, Bahía, Buenos Aires, Cartagena, Portobelo...

El llanto de los perdidos en el aeropuerto, el cual hizo perder el hilo de los que pensaban en el posible significado o la clave de la palabra **sodinu**, no había menguado. Paulatinamente el lloriqueo por la consternación, de rencor pasó a ira, ira profunda que anhelaba derramarse violentamente.

Los fuertemente cerrados puños se aflojaron cuando volvieron a entonar los dulces y alegres merengues, tamboritos, rumbas...

Cerca de los perdidos llorones, un turista francés que deambulaba impacientemente como barco a la deriva por el aeropuerto mientras esperaba la salida de su vuelo, admirado del sombrero montuno que lucía cada descendiente de los obreros afroantillanos del Canal de Panamá, se acercó a Marcelina para preguntarle dónde podría comprar una blusa como la de ella para su esposa, una falda para su sobrina, una camisa para su yerno y, especialmente, un sombrero.

Lo único que Marcelina entendió de las preguntas que hizo el turista era su interés por un sombrero montuno porque durante su niñez, allá en Calidonia (el más popular barrio de afroantillanos en Panamá) con frecuencia escuchaba a la señora Tidam Frenchí mencionar la palabra "chapó" cuando buscaba su sombrero cada vez que se preparaba para llevar a sus tres hijitas al parque Lesseps y a la iglesia San Vicente.

—Carla, por favor ven acá —llamó Marcelina, al recordar que durante los estudios universitarios, su ahijada había estudiado la lengua en que escribió Alejandro Dumas.

—Te llama tu madrina —le dijo Elsa a su hija, quien se encontraba sentada al lado de la abuela.

Hasta ese entonces, Carla no se había percatado de que su madrina la llamaba para que tradujera al español o al inglés lo que preguntaba el turista francés, porque su atención estaba abismada en la lectura de "Les misérables" de Víctor Hugo. Pero, cuando su madre le llamó la atención, inmediatamente antes de levantarse, Carla besó cariñosamente a su abuela. Acto seguido, con una tarjeta postal, que tenía las siluetas de tres naves y al fondo la Estatua de la Libertad, la cual colocó entre dos páginas de la novela que leía, cerró el libro. Se levantó. Consultó el reloj del aeropuerto. Sonrió con la señora Felicidad Dolores. Hizo un gesto de desdén cuando su mirada chocó con la del tuerto hediondo de zapatos rojos. Inmediatamente, volvió a sonreír, esta vez, con los que cantaban tamboritos, merengues, rumbas, calipsos, bullerengues, cumbias. Empezó a caminar y, al pasar donde estaba su mamá de pie, le ofreció otra vez el asiento que acababa de desocupar. A continuación miró a los cinco niños perdidos y sintió lástima por ellos. Se acercó a la madrina y sonrió. Finalmente, anunció:

—Madrina, ya voy para allá.

—Múevete ahijada.

—Ya, ahora mismo voy.

—Pues, es para que...

En efecto, tras de conversar un rato con el turista francés y su familia sin dificultad, como lo había hecho tantas veces con sus amistades durante sus estudios en la Sorbona y en los concurridos restaurantes del Barrio Latino en París, luego, Carla le explicó a su madrina que los turistas deseaban regresar a Francia con un **chapeau** o sea, sombrero montuno, un **chemise d'homme** o sea, una camisa guayabera... En ese momento, Elsa, la orgullosa modista de las blusas y las guayaberas, empezó a rememorar sobre su juventud en Panamá: "Gracias a la vecina de mi abuelita Nenén, la señora Tidam Frenchí, sí, la mamá de la maestra Luisa... mi prima Chabela y yo aprendimos a usar a la perfección la aguja y el dedal. Pues, me alegro de que hasta a un francés que no cabe duda está acostumbrado a observar ropa muy fina por las famosas avenidas de París, le llamara la atención mis blusas y mis guayaberas. Estoy muy contenta. Orgullosa... La ropa que confecciono ya tiene fama entre mis comadres, pero más fama tiene mi comida. Pues sí, se chupan los dedos cuando saborean esos platos y también los refrescos que me enseñó a preparar mi abuelita Nenén... arroz con coco y guandú, carimañolas, mondongo con arroz y avas, bacalao con papas... caramba, se me hace agua la boca ahora que pienso en bakes, souce, gungu peas soup, cucú, rotí, akee, plátanos fritos, domplín, pescado frito con yuca, pollo sancochado... caramba, ahora tengo sed... chicheme, gingerbeer, saril... patí... el tradicional bon con queso amarillo del Viernes Santo... y para la Navidad el acostumbrado jamón con dulce de frutas... A veces trato de no pensar en... pero, no lo puedo olvidar... cuatro décadas después de que se inagurara el Canal –Pro Mundi Beneficio–, o sea, poco después de que Ghana proclamara su independencia como país libre en Africa, Nenén murió inesperadamente en el hospital Santo Tomás cuando se internó para una intervención quirúrgica de la catarata del ojo izquierdo. Jamás se dio explicación en el hospital por qué mi abuelita, una jamaicana sana y fuerte, de repente cae en un coma y en un abrir y cerrar de ojos muere... cuando lo único que tenían que hacer el médico y las enfermeras era... la catarata del ojo izquierdo. Nenén era tan bondadosa, cariñosa y activa en su logia. Lo único que molestaba a todos sus ahijados y nietos era su vicio ... cho, la lotería. Pero, más son los gratos recuerdos. Nos alegraba con su cariño. Aunque mi primo Litó era el nieto favorito, Nenén nos colmaba a todos con mucha felicidad. Sí, a todos los nietos y ahijados: Chabela, Turó, Luzmila, Vincente, Alberto y muchos otros. Todos los nietos de Nenén éramos adoptivos como lo fueron sus doce hijos... Pues sí, mis abuelitos Nenén y Papá James fueron las dos personas más cariñosas y bondadosas entre los millares de antillanos que desembarcaron en Panamá para trabajar en la construcción del Canal de Panamá."

Por otro lado, aunque Policarpo Reid no entendía francés, de todas maneras se acercó a los turistas para escuchar a su hija narrar sobre el tamborito, baile típico de Panamá en el cual es palpable el alegre y sonoro influjo africano.

Felizmente, los turistas franceses se interesaron también por la explicación acerca del bullerengue y la cumbia, legados de la música que cultivaron los cimarrones africanos en Darién y Portobelo.

Mientras Carla les narraba a los franceses sobre el origen y significado de las mímicas burlonas en los bailes de los negros congos de María Chiquita y Portobelo, (afropanameños descendientes del célebre rey africano Bayano, el más valiente cacique cimarrón de Panamá), y, también sobre la importante participación de los afroantillanos en la construcción del Canal, varios norteamericanos rubios que viajaban rumbo a los casinos de Las Vegas se burlaron, vomitando estruendosas carcajadas, de la ropa de los **chombos, pichones** y **cocolos** y, más aún, de su ascendencia africana:

- Look at the niggers
- Why don't they use normal clothes like us?
- They look silly and speak with a funny accent.
- These niggers must be from one of those Banana Republics or from the islands.
- Yes, and they have mixed blood.
- I don't want them in our church, school, and much less, in our neighborhood.
- We don't want nigger grandchildren.
- Why don't they go back to Africa?
- Yes, back to Africa.

Pero antes de que Carla o alguien del grupo reaccionara a lo dicho por los norteamericanos rubios, la abuela de Libertad Lamento se persignó, pensando: "Lad me God! Gracias a Dios mi grandata no se encontrar aquí at dis very moment. Mon Dieu. Estos yankeeman ici se salvando. Cho man, dem very lucky". Después de pensar esto, inmediatamente aconsejó:

- Porfavó, no olvidar que al cabezón poca atención y al bagazo poco caso. Cuss-cuss never bore hole a man kin.

—Abuelita tiene razón, no vale la pena gastar pólvora en gallinazos, especialmente si son albinos asquerosos —dijo violentamente Flacobala.

—Cuando yo era niña, Nenén y Papá James me enseñaron que cunny better an strong —anunció Elsa—. Si los blanquitos nos miran mal y si se burlan de nuestra ascendencia africana no hay que bajar al nivel de los tontitos. Pero, eso sí, como siempre aconsejaba mi tía-madrina Henrieta, si nos tocan o, si nos golpean no olvidemos que donde la mula patea, ahí mismo se le dan los palos. Y a continuación pensó: "El racismo y la violencia contra mi gente de ascendencia africana en Europa, Asia, las Américas y, desgraciadamente, en la misma Africa hubieran tenido punto final ya hace siglos si todos hubiéramos adoptado como Cudjoe, Coba, Yanga, Benkos, Fabulé, Filippa María Aranha, Felipillo, Zabeth, Zumbí, Bayano y los otros valientes caciques cimarrones el grito de guerra: DIGNIDAD o MUERTE."

Simultáneamente, Triunfo Guerrero y Zabeth Liberateur se miraron. Sintieron que la sangre cimarrona heredada en ese momento llegó a su punto de ebullición. Escucharon en sus entrañas tambores guerreros ancestrales. No hubo intercambio de palabras. Sin embargo, curiosamente, repitieron tres veces para sus adentros el grito de guerra de los caciques cimarrones, y al rato, ambos cerraron apretadamente los puños y pensaron en la palabra **sodinu**.

Poco después de que se fueran los norteamericanos rubios, pasaron otros norteamericanos. Estos eran de ascendencia africana que funcionaban como aseadores del aeropuerto. Extrañamente, los norteamericanos de ascendencia africana, "soul brothers", como se llamaban entre ellos, se burlaron del hecho de que Carla hablaba en francés y Elsa en español. Además, les provocó mucha risa que la hija de Elsa se llamara Carla. Pero, como Elsa no tenía pelos en la lengua, les dijo en inglés a los "soul brothers" que daba lástima que fueran tan ignorantes porque tanto ella como su hija Carla, al igual que ellos eran hijos de la misma madre: Africa; por lo tanto, reirse de las lenguas europeas que ellas dominaban, legado de la esclavitud, era como reirse burlonamente uno mismo de su propia imagen en el espejo, porque el inglés de ellos también era una lengua europea y no africana. Además, Elsa criticó el hecho de que a los "soul brothers" les pareciera cómico el nombre de su hija porque, a decir verdad, tanto los nombres como las lenguas y las religiones de los descendientes de esclavos africanos quienes fueron forzados a punta de latigazos a emigrar en barcos negreros al Caribe y las Américas, si no lo eran, pues deberían de ser despreciados y odiados porque, evidentemente, eran herencias de la explotación de los racistas. Y, lo que más extrañó a Elsa fue la idéntica actitud de varios profesionales y estudiantes norteamericanos también de ascendencia africana, quienes, como los aseadores del aeropuerto, se rieron y se burlaron de los **chombos, pichones y cocolos**.

Las rumbas, los merengues y los tamboritos que habían sido interrumpidos, se reanudaron con más brío y alegría cuando se alejaron los que trataron de ofender a los nietos de los afroantillanos que construyeron la vía férrea y la vía acuática en el Istmo.

Durante las absurdas escenas de los que insultaron y, también, de los que se burlaron de los **chombos, pichones y cocolos**, la abuela de Libertad Lamento, fijando la mirada hacia donde se encontraban los cinco perdidos chillones, se puso a pensar en el hecho de que, mientras más lejos de la cuna ancestral en Buruco, menos deliciosos son los frutos de los menos fructíferos y menos robustos árboles que son descendientes del tamarindo en el corazón de Buruco. Luego, se concentró en lo de Bandelé Cebiano.

De repente, lo que pensaba la anciana fue interrumpido por los alegres gritos de varios niños que, corriendo hacia la abuelita anunciaron:

—Ya viene, ya viene, ya viene...
—¿Fenixa?
—Ya viene, ya viene, ya...
—¿Eufemia?
—Ya viene, ya...
—¿Quién?
—Ya viene el ahijado de tía madrina Fenixa.

Cuando el joven Filhozumbí Williams (vestido como los otros varones) se acercó al grupo, todos se alegraron e inmediatamente lo rodearon para darle besos y abrazos, pero el ahijado de Libertad Lamento cortésmente se apartó del grupo para primero, tras de quirtarse el sombrero montuno, saludar respetuosa y cariñosamente con besos y abrazos a la abuela, a quien lágrimas de alegría bañaron su noble rostro anciano que heredó de sus antepasados africanos oriundos de las cumbres del Kilimanjaro y las orillas del río Nilo.

—Seja benvindo! —saludó Elsa Gordon, recordando algo del portugués que había aprendido durante unas vacaciones en Brasil.

—Ola! —saludaron todos.

—Boa tarde, Filhozumbi.

—Boa tarde, minha gente.

—Tudo bem?

—Muito bem, obrigado.

Poco después de que lloviznaran besos y abrazos sobre Filhozumbi Williams, empapándolo con dulce cariño afroantillano, les informó a todos los presentes que su madrina le había pedido un favor, el cual, lamentablemente no pudo cumplir no por la copiosa nieve, sino por el desastroso accidente nuclear que ocurrió, aislando el vecindario de los nefastos hechos.

Al escuchar lo dicho por el ahijado de Libertad Lamento, el hediondo cojo de zapatos rojos miró su reloj y se alejó con prisa en busca de un retrete.

Al pasar el cojo cerca de Flacobala, su maliciosa y tuerta mirada chocó con la desdeñosa mirada que le lanzó el ahijado de Nenén, quien en ese momento admiraba el reloj de bolsillo comprado en Barbados que había sido de Papá James, el abuelo adoptivo de Elsa Gordon.

Tan pronto Triunfo Guerrero se enteró de que el recién llegado joven afrobrasileño era descendiente de un **digger** (primo de Nenén que después de la construcción del Canal trabajó como marinero en varios barcos que frecuentaban los principales puertos norteños del Brasil, donde después de un accidente tuvo que permanecer en tierra firme, cerca de Baia de Todos os Santos), el profesor de los aromáticos habanos entabló diálogo con Filhozumbi Williams no para sacar a colación lo del poeta Plácido y el general Antonio Maceo, sino lo del significado de **sodinu**, a lo cual el ahijado de Libertad Lamento tampoco pudo responder porque la palabra más cercana que conocía en portugués era **sozinho**, cuya definición es solitario, triste, aislado...

Luego, mientras Triunfo Guerrero le comentaba a Filhozumbi

Williams que siempre ha puesto en tela de juicio el mito sobre el "paraíso racial" del Brasil que, en todas ocasiones y en todas partes, tanto pregonan a ritmo de samba los diplomáticos brasileños, por supuesto todos blancos, en ese momento el joven, a quien Libertad Lamento había adoptado para que su talento no se sofocara como les ocurre a millares de jóvenes de ascendencia africana en las favelas brasileñas donde, tras de alegrar los carnavales, por su color están condenados a una muerte lenta, muy lenta, lentísima, admiró tiernamente a su novia Naualpilly Guadalupe Brown. E inmediatamente después de las disculpas al que comentaba sobre la deplorable discriminación racial que sufre el negro en el país más africanizado de las Américas, los novios se abrazaron con ternura y se dieron apasionados besos de enamorados.

Al observar la emocionante escena de los enamorados, los que pregonaban tamboritos, rumbas, merengues... cambiaron de ritmo para cantar sambas. Y, la señora Felicidad Dolores sacó su pañuelo azul porque tenía el rostro bañado en lágrimas no de dolor, sino de felicidad.

Gozosamente, todos sabían que la abuela de Libertad Lamento cantaba y celebraba el noviazgo de Filhozumbi Williams y Naualpilly Guadalupe Brown. Por lo tanto, su mayor anhelo era vivir y gozar de buena salud no tanto para celebrar lo del Canal, sino que, para festejar el matrimonio que cerraría con broche de oro las festividades en Panamá.

Sin embargo, nadie comprendía por qué motivo la anciana se oponía tenazmente al noviazgo de Fufó y Chela, otra pareja de enamorados en el grupo. Es más, ella secretamente anhelaba morir, para no ser testigo, antes de que se llevara a cabo la boda entre Fufó y Chela que se celebraría donde las plantas de tamarindo se marchitan y mueren al distanciarse más y más del corazón de Buruco. En efecto, nadie entre los presentes sospechaba del angustioso secreto que, sin duda alguna, la anciana se llevaría al silencio del sepulcro porque era más prudente callarlo en vida por el dolor que, como fuego enloquecido, destruiría a tantas inocentes vidas que nunca comprenderían ni perdonarían por qué la madre de Fufó, estando casada con otro hombre, un marido ejemplar que no era ni beodo ni mujeriego, se dejó embarazar por el verdadero padre de Fufó. Es más, la tía del novio de Chela, es madre de Chela y hermana gemela de la que dió a luz a Fufó. Además, el amante primo hermano (frecuente huésped de las cárceles, el manicomio y, además, más mujeriego que el más don Juan) de las hermanas gemelas es también el mismo progenitor de los novios que rechazaba la señora Felicidad Dolores.

No obstante, a diario, la abuela de Libertad Lamento hacía un esfuerzo para olvidar o, al menos, apartar de su mente el dolor y la violencia que provocaría la revelación del secreto de los amores ilícitos por un lado y, posiblemente, por otro lado, aunque menos traumático para muchos, el dolor y la angustia que sufrirían los novios Fufó y Chela, futuros padres de familia, al tener hijos anormales o locos, como ocurrió durante la época de la esclavitud por circunstancias semejantes, si nadie les revelara el secreto cuyo ominoso resultado, sin duda, algunos conjeturarían que fue asunto de brujería, una maldición o, seguramente, obeá. Felizmente, la anciana de noble rostro africano se alegraba concentrándose en el noviazgo de Filhozumbi Williams, su nieto adoptivo, el administrador perito de todas las empresas de Libertad Lamento. Además, a la abuela le agradaba escuchar, vez tras vez, todas las felices experiencias que gozó Naualpilly Guadalupe Brown cuando su novio la llevó de paseo a Cachoeira, en Brasil, para que conociera a los futuros tíos y primos políticos, quienes la colmaron de felicidad enseñándole, entre otras cosas, a defenderse por medio de **capoeira;** también gozó escuchando música de **berimbau,** bailando samba, asistiendo a una ceremonia de **candomblé** en Pelourinho y, sobre todo, saboreando la suculenta cocina afrobrasileña: **vatapá, acarajé, carurú, feijoada, xinxim de galinha...**

La felicidad de Naualpilly Guadalupe Brown era motivo de mucha celebración porque antes de enamorarse, especialmente durante su niñez, sufrió mucho por la desaparición de su padre.

Simón Bolívar Brown, el padre de Naualpilly Guadalupe, era buen marido y, desde luego, mejor padre. Casi todos los niños y jóvenes del vecindario lo buscaban a diario por su paciencia, bondad y cariño (era otro Papá James). Por supuesto, su popularidad con "todo el mundo", según su hijita, le agradaba mucho a su hijo Tezcatlipoca Urracá, en cambio, era una experiencia amarga para su hija menor, Naualpilly Guadalupe, la más celosa niña nacida en este mundo. En efecto, la niña quería más a su papá, lo cual de cuando en cuando fue motivo de discordia, aunque no asunto de gravedad, entre marido y mujer.

La hija de Simón Bolívar Brown se sabía de memoria el relato favorito que su padre narraba con frecuencia porque, por supuesto, ella se acurrucaba a su lado para escuchar y, también, ayudar en los detalles que a veces no recordaba el narrador.

A pesar de que ya han pasado varias décadas desde la desaparición de Simón Bolívar Brown en las selvas de Vietnam, su hija sigue escuchando vívidamente en su mente aquel relato favorito en el cual, en aquel entonces, con voz llena de alegría el ahora desaparecido narraba: "Nunca olvidaré el feliz día que conocí a mi preciosa reina, la madre de mis hijos. El dichoso encuentro fue un gran acontecimiento. Por supuesto, nada fue planeado, pero como se dice: así lo quiso Dios o, según otros, era cosa del destino. Bueno, sea como sea, nunca olvidaré ese maravilloso día. Pero, que raro, bueno, me refiero a las circunstancias: el lugar, la fecha... Pues sí, yo era seminarista y soñaba con tener mi parroquia donde con los brazos abiertos se le daría la bienvenida a todo el mundo sin importar el color, la raza, la posición social, en fin, ningún tipo de discriminación porque todos somos hijos de Dios y, por lo tanto, debemos de querernos como hermanos y, desde luego, para mí eso quiere decir, además de rezos, acción también, o sea, ayudarnos unos a los otros. Pues sí, esa era mi meta. Recuerdo muy bien que diariamente en misa, y también, durante las dos misas dominicales rezaba fervorosamente para que se me diera salud y fuerza para cumplir con mi sagrado anhelo... como sacerdote rodeado de alegres niños que tocaran mi sotana negra para llamarme la atención, en alguna iglesia ubicada por los alrededores de un populoso barrio de antillanos y sus descendientes chombos como yo en Guachapalí, Calidonia, Chorrillo, Marañón, Río Abajo... Yo un sacerdote, el más trabajador siervo del Señor, auxiliando a los pobres, a los enfermos, a los que sufren injusticias... Pero, todo cambió el día que llegué a Timilpan, un pueblo en México. ¿México? ¿Cómo pasó eso? Bueno, es un poco curioso. Si mal no recuerdo la idea se me ocurrió durante una misa de gallo. Pues sí, me inspiré por los alegres cantos navideños del coro, las flores, el incienso, las velas y, sobre todo, el bondadoso sacerdote, el mejor norteamericano del mundo, Father Schimmel. Sí, eso es. Yo quería llegar a ser exactamente como el popular sacerdote de la iglesia San Vicente que los domingos después de misa alegraba a los niños pobres, llevándolos a pasear en carro por Balboa, un hermoso y elegante vecindario para gringos en la Zona del Canal. Y, por supuesto, después del paseo, el regalo para cada niño de una soda bien fría para apaciguar la angustiosa sed que provoca el clima tropical. Pues sí, yo otro Father Schimmel. Para muchos era una sorpresa o, más bien, casi un escándalo que el sacerdote gringo de San Vicente visitara a chombos en esos cuartuchos en Guachapalí,

Calidonia, Chorrillo, Marañón, Río Abajo... donde ningún otro sacerdote se preocupaba por los negros antillanos que hablaban inglés o francés. Pues sí, el bondadoso sacerdote ayudaba mucho a estos West Indians, los pobres antillanos que construyeron el Ferrocarril y el Canal. Pues claro, yo también iba a ayudar a mi propia gente —los chombos. Pues claro, como sacerdote. Bueno, para no cansar el cuento, en poco tiempo después de la misa de gallo, el bondadoso cura de San Vicente me ayudó a ingresar en un seminario en los Estados Unidos. Pero, ¿cómo llegué a México? Durante el tercer año de estudios en el seminario se me ocurrió convocar una reunión un jueves por la tarde, el único día que las campanas no sonaban a cada rato para indicar un cambio de actividad en la muy disciplinada rutina del seminario. Pues, por convocar la reunión faltó poco para que me expulsaran del seminario ya que no pedí permiso... así era en mi tiempo... se tenía que pedir permiso para todo... censuraban los periódicos, las revistas, los programas televisados, las cartas, en fin, todo. Bueno, cuando me llamaron a la oficina del sacerdote director, le expliqué que de ninguna manera estaba en contra de estudiar latín, griego, alemán, francés y las otras materias, sino que sencillamente quería lanzar la idea de organizar un grupo de seminaristas para ayudar a sacerdotes en alguna parroquia, desde luego, para conocer más a fondo lo que nos esperaba al recibir las órdenes sagradas, por supuesto, completadas las materias asignadas por el Vaticano. Pues sí, era cosa de practicar el oficio un poco como hacen los estudiantes de medicina en los hospitales y en las clínicas. Bueno, después de los regaños, mejor dicho, los sermones sobre obediencia ciega, disciplina y bla-bla-bla... se permitió el experimento misionero bajo cuidadosa observación. Pues entonces, así fue como llegué al pueblo de Timilpan, en México, cinco años antes de lo de Tlatelolco y los Juegos Olímpicos en tierra de Benito Juárez. Después de un año de preparativos, cruzamos la frontera entre Laredo, Texas y Nuevo Laredo, México. Y tras una semana de orientación en Tepozotlán, donde durante la época colonial los jesuitas fundaron su primer seminario en la Nueva España, hoy día, México, los veinte seminaristas nos dividimos en tres grupos. El cura que nos acompañaba y vigilaba decidió permanecer los dos meses del experimento misionero en Tepozotlán, donde todo era más cómodo. Bueno, a mí me nombraron capitán del tercer grupo que viajó al pueblo más remoto, Timilpan. Pero, ¡qué maravilloso! Jamás olvidaré aquella tarde cuando una sabrosa y refrescante lluvia acariciaba mi rostro mientras una tortuga deambulaba entre plantas de maguey después de escapar las amenazas de una serpiente venenosa que un águila se llevó volando hacia un solitario maguey en un laguito. Al llegar a Timilpan, ese hermosísimo pueblo, reino del maguey, ubicado entre Tepozotlán y Querétaro, quedé asombrado de la serenidad, hermosura y tranquilidad que reinaba en el pueblo. Pues claro, no cabe la menor duda que aquí en Timilpan fue donde el Creador descansó durante el séptimo día cuando completó el mundo. ¡Qué maravilloso! Es más, el ambiente fresco, verde, sereno y hermoso del pueblo asombró desde luego, pero más aún fue el alma indígena de Timilpan, la gente de rostro olmeca, tolteca y azteca. Mi primera grata experiencia en ese pueblo que quiero con todo el corazón ocurrió cuando abrí la puerta del carro para pisar la tierra más querida de México, donde nunca antes habían visto a una persona de ascendencia africana... sí, fue una experiencia extraordinaria porque en Panamá por mi color me habían insultado un sinnúmero de veces llamándome a gritos con tono amargo, como de costumbre, despectivamente, chombo y en los Estados Unidos también por mi color me habían llamado nigger tras los violentos golpes de la Ku Klux Klan, en cambio, en Timilpan los niños al verme gritaron alegremente: 'Llegó San Martín de Porres, llegó San Martín de Porres, llegó San Martín de Porres'. El coro de alegres niños como un relámpago recorrió el pueblo pregonando lo que a ellos les pareció un milagro como la aparición de la Virgen Morena a Juan Diego, en el Tepeyac. Jamás olvidaré ese maravilloso día, mi primera experiencia en el pueblo que quiero con todo mi corazón, Timilpan... Durante los dos meses de experimento misionero hice buenas migas con la familia Miranda Camacho y todas las tardes después de cenar en la parroquia me encaminaba hacia el hogar de la muy querida familia mexicana donde "dulce hogar" es en realidad respeto, amor, cariño, sinceridad, alegría y mucho más. Jamás en mi vida había conocido a una familia tan humilde, religiosa y, sobre todo, tan llena de amor, respeto, cariño... con ellos aprendí que la felicidad no es acumular cosas materiales, sino desarrollar relaciones humanas en que reine el respeto, la sinceridad, el cariño... Felizmente, durante dos meses gocé del dulce hogar, sin duda alguna, el más dulce hogar en todo Timilpan. Sí, recuerdo que... en la fiesta de despedida, alegremente rememoré mi felicidad en Timilpan... el coro de niños pregonando lo de San Martín de Porres... las bellas melodías que cantaba el violín de don Abundio, el patriarca de la familia Miranda Camacho, los suculentos platos de la señora de Camacho, la hermandad de Tomás, Bachi, Alberico y los otros de apellido Camacho... felicidad...alegría...felicidad. Más felicidad no era posible, ¿verdad? Pues, en la víspera del viaje de regreso al seminario en los Estados Unidos pasó algo maravilloso... sí, realmente maravilloso. La emocionante despedida en el hogar de mi familia mexicana por los repetidos besos y abrazos... abrazos y besos... en esa ocasión faltaron los pañuelos por las lágrimas de amor, cariño, felicidad... es más, la separación se hizo difícil y, por lo tanto, lenta, lo cual impacientó a los otros seminaristas, especialmente el cura, que ruidosamente ordenó sonar las bocinas de los tres autos... y al correr hacia la parroquia donde esperaban con los motores de los autos encendidos, tropecé con una señorita que acababa de llegar en autobús desde la ciudad de México. Bueno, mientras separábamos la ropa de la señorita que se mezcló con mis cosas cuando se abrieron las maletas por el tropezón, Tomás me presentó a la señorita, su hermana, una estudiante que vivía con el hijo mayor del matrimonio Miranda Camacho, un cura, cerca del Paseo de la Reforma y el Zócalo. Pues, algo agradable e inexplicable... en ese momento no pude comprender lo que ocurría...una grata sensación...cuando me presentaron a la señorita con quien tropecé... Guadalupe... no sé por qué, pero esa breve escena se repitió en mi mente con mucha frecuencia: 'te presento a mi hermana Guadalupe'...Guadalupe...Guadalupe...Guadalupe... Por todo el camino pensé más en Guadalupe a quien conocí, seguramente, durante tres minutos solamente. Mi mente dedicó más tiempo a esos tres minutos que a los paseos a las pirámides de Teotihuacán, la basílica de Guadalupe, la Catedral, el Castillo de Chapultepec, los jardines flotantes de Xochimilco, los mariachis de la Plaza Garibaldi, la Universidad... pues, todo era Guadalupe, Guadalupe, Guadalupe... lo único que logró interrumpir el grato recuerdo de la presentación en Timilpan, desgraciadamente, fue el incidente que ocurrió al cruzar la frontera, en territorio de los Estados Unidos, Gringolandia. Para mí fue como una pesadilla, la peor de todas. Me pareció increíble que después de convivir un año con mis compañeros en el seminario, enseñándoles español en preparación para el experimento misionero, y también, después de trabajar con ellos en México como capitán del grupo durante dos meses en Timilpan, ellos, mis compañeros seminaristas, futuros sacerdotes, no dijeran ni media palabra al llegar a un restaurante, tras de viajar sin hacer escala desde Querétaro hasta cruzar la frontera, donde una mesera ladró como perra rabiosa que en ese restaurante no daban servicio a negros. Es más, yo, el único de ascendencia africana en el grupo me sentí humillado, furioso... pero más humillado me sentí cuando mis compañeros seminaristas regresaron a los autos, donde esperé lo que me pareció una amarga eternidad mientras ellos saciaban el hambre que nos debilitaba a todos durante el viaje, y lo peor de todo no fueron los comentarios sobre el añorado y suculento desayuno americano que a carcajadas repitieron delante de mí, sino el hecho de que el cura tuvo la desfachatez de traerme en una bolsa mi desayuno, el cual no comí a pesar del hambre... Pues, cambiando de tema... el quinto año en el seminario fue una tortuosa pesadilla. Durante el quinto año me perdí en un laberinto de la desesperación... conflictos y más conflictos que me enloquecían... pues sí, a veces me confesaba hasta tres veces al día lo cual me pareció tan necesario como los tres golpes del día: desayuno, almuerzo y cena. Me confesaba porque día tras día pensaba con mayor frecuencia en Guadalupe...Guadalupe...Guadalupe... desde luego, lo que pensaba era en la posibilidad de formar un dulce hogar, y por supuesto, esto chocaba con mi anhelo de ser cura ya que los curas católicos no pueden casarse. ¿Qué hacer? Me preguntaba a diario la misma ... un dilema...entre la espada y la pared... ¿Es egoísmo pensar y desear mi propia felicidad? ¿Y quién ayudaría a los chombos, mi gente? Estas y otras preguntas me enloquecían porque por primera vez empecé a dudar si realmente vale la pena ayudar a la gente que por lo general es muy malagradecida. Pues claro, ahora comprendo por qué mi abuelita decía con frecuencia: 'Haz bien y no mires a quien'. Sí, la gente es muy malagradecida. Entonces, por qué dedicar mi vida a una ilusión que posiblemente me traería mucho dolor y desprecio. Pues claro, la gente nunca cambia. Gente malagradecida. No vale la pena... sálvese quien pueda. Guadalupe es mi salvación, mi felicidad... sí, ¿qué tiene de malo ser feliz o tratar de encontrar un poco de felicidad en este valle de lágrimas? Quiero ser feliz. Mi conflicto llegó al punto crítico cuando por primera vez puse en tela de juicio lo de la religión. ¡Qué susto! Al principio era como si cinco demonios encerrados en mi mente discutieran a gritos, incansablemente, que eso de Adán y Eva era un gran mito porque si son los primeros padres cómo fue posible que tuvieran descendientes tan diferentes en los rasgos físicos que encontramos en los chinos, africanos, indios... el mito de la virginidad de... el mito del judío que se hizo llamar el hijo de Dios... el mito del pecado original... el mito de... el mito... Además, la iglesia católica no es tan santa... fue dueña de esclavos africanos en Hispanoamérica bajo el pretexto de que no era pecado en aquel entonces porque era la costumbre de la época. Es más, fue un cura católico, llamado Fray Bartolomé de las Casas, el que le pidió a las autoridades españolas que compraran y enviaran a las colonias del Nuevo Mundo esclavos africanos para que trabajaran en las minas, en los cañaverales, en... En resumidas cuentas, ese quinto año fue horroroso. Pues, decidí ponerle fin a la tortura abandonando el lugar que se había convertido en un laberinto de desesperación, conflictos, dilemas... Bueno, las cosas cambiaron... me dediqué a trabajar durante varios años en Nueva York como carpintero, pintor, aseador, en fin, de todo un poco para costear los estudios universitarios. Al completar los estudios en Humanidades, decidí que tres años era tiempo suficiente para resolver mis conflictos. Mi decisión final fue no regresar al seminario. Luego, lógicamente, viajé durante tres días en autobús rumbo a... por supuesto, Timilpan. Para muchos regresé otra vez como San Martín de Porres, pero al cabo de una temporada mi papel cambió, felizmente, para todos llegué a ser el marido de Guadalupe Olmecas... Bueno, si me permiten un ratito más les contaré algo muy interesante sobre mi esposa. Pues, ¿qué dicen, sí o no? ¿Tienen el tiempo? Bueno, los que se van ahora... perderán un interesantísimo relato. No se vayan... escuchen. Guadalupe Olmecas era hija adoptiva de la familia Miranda Camacho. Tras varios años de investigaciones descubrimos lo siguiente: Poco después de que Hernán Cortés conquistara la capital azteca, Tenochtitlán, curiosamente, varios antepasados de mi esposa mexicana desembarcaron encadenados en Veracruz... algunos de ellos valientemente rechazaron el yugo de la esclavitud y defendieron su dignidad luchando al lado de Yanga, el más célebre cacique cimarrón en México, fundador del palenque Cofre de Perote, cerca de Orizaba, donde luego formaron hogares con indígenas mexicanas y vivieron más adelante en el pueblo San Lorenzo de los Negros de Córdoba. Es más, algunos de los antepasados africanos de mi esposa, oriundos de Buruco, que desembarcaron primero en Santo Domingo y, luego, en Veracruz dejaron descendientes jarochos por los alrededores del puerto de Veracruz y, además, en Puebla, Jalapa, Cuernavaca, Guanajuato, Querétaro... también pudimos encontrar parientes afromexicanos en Acapulco y Cuijla. Interesantemente, varias veces estuvimos sobre las pistas de los parientes cuculustes, o sea, afromexicanos de mi esposa que también fueron parientes de José María Morelos y Pavón, el máximo héroe de la Independencia mexicana... Sí, por poco se me olvida mencionar que nuestros hijos Tezcatlipoca Urracá y Naualpilly Guadalupe tienen muchos primos allá en Los Angeles, California, porque, aunque no hemos podido comprobar con certeza, exactamente, si el parentesco que existe es con los Quintero, los Mesa, los Canero, los Moreno, los Miranda, los Navarro, los Rosas... según los datos, por cierto muy fidedignos, los que así se apellidan son afromexicanos de Sinaloa, donde nació mi esposa, y ellos son los fundadores del pueblo de Los Angeles, si mal no recuerdo esto ocurrió dos años antes del natalicio de Simón Bolívar... cuando California todavía era parte de la Nueva España."

Felizmente, la alegría que había florecido al llegar al aeropuerto el brasileño, el ahijado de Libertad Lamento, por un lado distrayendo a la abuela de lo que pensaba sobre el primer parto lejos del tamarindo en el corazón de Buruco, la situación de los cinco perdidos chillones, el desdén a los perros, el asco al azúcar y otros asuntos poco agradables; y, por otro lado, borrando momentáneamente del pensamiento de todos lo de **sodinu**, en efecto, la alegría se intensificó cuando de las dulces voces, como ramillete de hermosas flores africanas, volvieron a armonizar simultáneamente bellas melodías a ritmo de calipso, rumba, samba, merengue, cumbia, bullerengue, tamborito...

Desde luego, la rítmica música de herencia africana y la alegría de los **cocolos, pichones** y **chombos** molestaron y, además, hasta ofendieron a muchos de los que se encontraban en el atestado aeropuerto porque a ellos les pareció de muy mal gusto, según las conjeturas, motivo de celebración el hecho de que tanta gente había muerto horriblemente a causa de la copiosa nieve, el cruel frío y, sobre todo, el desastroso accidente nuclear. Es más, muchos lanzaron miradas si no odiosas, al menos, desdeñosas, pensando: "todos los negros son brutos. Aquí está la evidencia, por supuesto, la estupidez. Brutos, todos. Es invierno y están vestidos como si estuvieran en un paraíso tropical. Negro pa bruto, coño. Y, además de brutos, no tienen alma porque ni a los locos ni a los tontos se les ocurriría cantar y bailar alegremente en un momento tan trágico. Nieve, frío, contaminación nuclear. ¿Cómo es posible que hasta esto celebren los negros brutos? Pues sí, todos los negros son brutos. Me dan asco estos negros brutos. Todos son..."

Luego, cuando se marcharon los norteamericanos, quienes habían insultado a la nieta de Nenén y Papá James, para abordar un avión que los llevaría no a Africa – la tierra de sus antepasados – sino a Europa donde pasarían la mayor parte del tiempo en Londres, recorriendo las orillas del Tamesis, el Palacio del Parlamento, la Abadía de Westminister, y, por supuesto, el Palacio de Buckingham, Elsa regresó al grupo justamente en el momento que el pariente de Fenixa anunció:

—Ahora les voy a narrar el segundo incidente que ocurrió poco después de la segunda vez que murió mi abuela en esta nación, cuya fiesta se festejó con más alegría que el primer fallecimiento, pero como en esa ocasión, cinco días después, los amargos llantos apagaron los calipsos, merengues, tamboritos... cuando mi difunta abuela fue expulsada otra vez del Reino de los Muertos por sus ancestros. Pues, a veces es difícil creer que aquí en este país de Abraham Lincoln y John F. Kennedy, donde se habla tanto de justicia y democracia y donde también se critica, se denuncia y se condena el comunismo, la dictadura oligárquica y militar y, también, la violencia de los guerrilleros internacionales, sin embargo, en efecto, Los Enmascarados y otros grupos de filosofía nazista parecen funcionar abierta e impunemente tanto en Nueva York como en California como en Mississippi como..., en fin, en todo el territorio gringo. Pues, escuchen bien, otra vez, como nuestros antepasados en los barcos negreros, nos sentimos abandonados por Yemayá, Obatalá y Changó porque cinco semanas después del primer incidente de la quema de cruz y lo de las paredes de nuestra casa, al regresar a nuestro hogar tras de asistir a un bellísimo y maravilloso espectáculo de danza de la música de Tchaikovsky presentado por el mundialmente famoso Ballet Bolshoi, encontramos otra cruz quemada con el mismo mensaje anterior: **Nigga back to Africa.** Y esta vez, Los Enmascarados, además de ensuciar otra vez las paredes con su hediondo excremento, envenenaron a los dos perros guardianes que habíamos comprado para que cuidaran la casa. ¿Cómo creen ustedes que me siento? –preguntó el narrador con rencor en su voz. Tras breve pausa, cerró los puños y agregó:– Teodora, mi esposa, como ustedes saben es maestra y yo soy ginecólogo. Nosotros no somos ladrones ni criminales ni traficantes de drogas. Nosotros compramos esa casa con el sudor de nuestra frente –dijo enfáticamente–. Es más, un pariente de mi abuelo John Brown, después de trabajar en la construcción del Canal de Panamá, murió en Europa durante la Primera Guerra Mundial como soldado, por supuesto, defendiendo la democracia y la justicia; un tío abuelo mío murió en la Alemania de Hitler durante la Segunda Guerra Mundial, por supuesto, defendiendo la democracia y la justicia; un primo mío murió en Corea, por supuesto, defendiendo la democracia y la justicia; mi hermano Simón Bolívar Brown desapareció en Vietnam, por supuesto, defendiendo la democracia y la justicia; y yo fui herido allá en... Pues, cada vez que pienso en lo que han hecho Los Enmascarados me pongo furioso y mis violentos pensamientos están a punto de...

–Ya viene, ya viene...

–¿Fenixa?

–Ella no. Ya viene, viene...

–¿Quién?

–Ya viene Eufemia –gritaron a coro los mismos niños, quienes habían anunciado anteriormente las llegadas de Triunfo Guerrero, Zabeth Liberateur y Filhozumbi Williams, interrumpiendo la atención que prestaban los que escuchaban al pariente de Libertad Lamento.

– ¿Saldrá el avión a tiempo? ¿Aonde etá esa gial? – preguntó Ñato Pataperro, indicando con el dedo índice la hora en su reloj.

– ¿Qué dijo tu comadre? – preguntaron los más curiosos.

– ¿Saldrá el avión a tiempo? ¿Aonde etá esa...?

– Ñato, no seas tan...

– Vieron a los deportados que desfilaron por...

– ¿Saldrá el avión a tiempo?

– ¡Ombe! Cállate la...

– Bueno, reconocí a varios empleados que trabajan, perdón, mejor dicho, trabajaban como aseadores en la sala del hospital donde soy la enfermera supervisora nocturna – explicó Eufemia.

– Sí, Elsa acaba de comentar que quisiera saber la verdadera razón por qué tratan así a los refugiados de ascendencia africana como nosotros.

– Y lo que criticó Flacobala es muy cierto porque los primeros europeos que llegaron a estas tierras de los Cuauhtemoc, Atahualpa, Urracá y los otros caciques indígenas, no tenían ni visas ni pasaportes. Y, también no olviden que clandestinamente importaron a millones de esclavos africanos. Pues sí, a cambio del cristianismo justificaron el rapto de las tierras indígenas y la explotación del sudor del esclavo africano. Hoy día, por medio de la discriminación racial determinan el tipo de empleo, educación y vivienda que se le permitirá al nigger, como despectivamente llaman aquí a todas las personas que no tienen cabello rubio ni ojos azules.

– Y para el gringo, como aclaró Elsa el otro día, eso de nigger es también para los latinos que son mestizos y mulatos porque, según el sajón, sólo es necesario tener una sola gota de sangre africana.

—¡Caramba! Entonces son pocos los latinos que pueden negar a la abuela africana en su familia, ¿verdad?

—Pues, hay que tener en cuenta que más del noventa por ciento de los esclavos africanos desembarcaron en el Caribe e Hispanoamérica. Pues claro, desde México hasta la Argentina, el que no tiene algo de yoruba o congo o ashanti tiene algo de dahomeyano, bantú, carabalí, mandinga...

—Bueno, ¿saldrá el avión a tiempo? ¿Aonde tá...

Antes de que Ñato Pataperro terminara la cantaleta que ya todos los presentes se sabían de memoria, Eufemia hizo un comentario sobre los cinco niños perdidos que chillaban aún en el aeropuerto.

En efecto, ya Elsa había decidido hacer algo por los perdidos cuando Eufemia hizo su comentario. Pero, al acercarse a los perdidos, un señor tropezó con Elsa y le gritó a quemarropa:

—Negra del demonio, ¿por qué mi...

—Mi pobre querido, a lo mejor la negra quería robarte. Tú bien sabes que todos los negros son ladrones —vociferó la esposa del hombre que había tropezado con Elsa.

Con su acostumbrada calma, Elsa miró despectivamente a mujer y marido. Se olvidó de los niños perdidos. Pensó en perros rabiosos. Se acordó de locos peligrosos. E inmediatamente escupió en el piso. Y, al alejarse, manifestó:

—No sé de que hedionda cueva habrán escapado ustedes, pero...

—¡Dios mío, la negra habla español! —exclamó con asombro la mujer.

—¿La negra habla español? —preguntaron con voz incrédula los otros compañeros de la mujer que se había asombrado de que Elsa dominara la lengua de Cervantes.

Curiosamente, tanto la asombrada como sus compañeros eran todos hispanoamericanos que viajaban en una de esas excursiones de peregrinación religiosa a Lourdes, Santiago de Compostela, el Vaticano y la Tierra Santa.

—¡Cho! ¿Qué mosquito picó a esos dotipañas? —preguntó con sarcasmo la abuela.

—Bichos incultos —insultó Elsa—. ¿Qué tiene de extraordinario que una persona de ascendencia africana hable español?

—Asi son los perros esos —dijo furiosamente Policarpo Reid—. Cuando viajan a Gringolandia siempre quieren dar la impresión de que en Latinoamérica no hay gente de ascendencia africana.

—No pueden ser cubanos —dijo burlonamente Eufemia.

—No me sorprendería.

—Pero no es posible. Después de todo hay que recordar que el general Antonio Maceo, un gran héroe militar, es afrocubano. Además, todo el mundo sabe que en Cuba hay negros... Plácido, Nicolás Guillén, Celia Cruz...

—¿Serán mexicanos?

—No es posible. Lo dudo. De ninguna manera. No.

—¿Por qué no?

—Porque Veracruz fue un activo e importante puerto negrero. Por consiguiente, en la historia mexicana aparecen los nombres de Juan Cortés, uno de los africanos que acompañó al gran conquistador de los aztecas. Pero, el más célebre africano en México fue Yanga, el valiente cacique cimarrón que fundó el pueblo San Lorenzo de los Negros de Córdoba, en Veracruz. Bueno, además es bien conocido lo de la controversia de la ascendencia africana del gran héroe de la Independencia mexicana, José María Morelos. También la herencia africana se puede apreciar en la africanidad de los olmecas y en once de las doce monumentales cabezas de piedra que se encontraron en La Venta, Tres Zapotes y San Lorenzo allá en Veracruz, tierra de jarochos. Pero, a pesar de todo lo dicho, sospecho que pocos sabrán que Luis Quintero, un afromexicano, al igual que la mayoría de sus compañeros pobladores, fue uno de los fundadores del pueblo que hoy día es la gran ciudad de Los Angeles, en California. También fue fundador y primer alcalde de Santa Bárbara.

Por la actitud antiafricana de los mestizos y mulatos hispanoamericanos en la peregrinación religiosa, era evidente para Elsa que entre los colonizadores europeos que llegaron a Santo Domingo, Veracruz, La Habana, Cartagena, Río de Janeiro, Portobelo... habían algunos dementes, sin la menor duda. "Por supuesto, evidentemente eso fue lo que ocurrió –se dijo para sus adentros Elsa– y, además, ¿acaso no se dan cuenta de su vergonzoso origen? Pues, por la carencia de melanina en su piel es palpable que son descendientes de la demente e incestuosa prole albina del malvado Kwafufo, el que por irrespeto a los ancianos, como maldición, perdió la bella negrura de su piel desde tiempos remotos allá en Nokoró, el antiguo pueblo africano a orillas del río Níger que fundó la familia Onítefo, en el sitio donde se encontró, bajo la sombra vespertina de un robusto y fructífero árbol de mango, una abeja albina que trataba de penetrar su aguijón en la caparazón de una tortuga negra." Tras breve pausa pensó también: "Los hispanos son los que menos pueden darse el lujo del odio racial, de la discriminación y, sobre todo, de asombrarse de la existencia de afrohispanos, o sea, gente de ascendencia africana cuya lengua materna es el español, porque desde la época en que el africano Tarik conquistó la península ibérica, derrotando a Rodrigo, el último rey visigodo, tanto en España y Portugal como en sus antiguas colonias del Nuevo Mundo la africanización del hispano en raza y cultura ha sido constante e intensa, hasta hoy día." Luego, sintió lástima por los mestizos y, desdén, por los mulatos que ignoraban, o peor aún, los que con empeño hacían caso omiso de sus raíces, específicamente, la cepa africana. Tras otra breve pausa, sonrió y pensó orgullosamente: "Juan Latino, el catedrático africano de la Universidad de Granada; los exploradores africanos del Nuevo Mundo –ladinos– que se llamaron Nuflo de Olano, Juan Cortés, Estebanico... y, finalmente, los valientes caciques cimarrones Bayano, Coba, Benkos, Yanga, Fabulé, Zabeth, Zumbí, Fillippa, Cudjoe..."

Mientras los otros se divertían al ritmo de calipso, rumba, samba, merengue, cumbia, bullerengue, tamborito... Elsa se apartó un poco del grupo, no muy lejos, acercándose más a los cinco niños perdidos que chillaban constantemente. Y, a continuación, decidió hacer algo por los perdidos, pero en ese momento, el cojo, tuerto y hediondo de los zapatos rojos le dió a ella un codazo y, por supuesto, no se disculpó, alejándose porque tenía prisa encontrar un refugio.

"Lo primero que voy a hacer al llegar a Panamá –pensó la nieta de Nenén y Papá James– es visitar a mi prima Chabela porque tengo mucho que contarle. Ojalá mi prima no tenga el turno nocturno como enfermera supervisora para poder amanecer charlando sobre… bueno, no pienso gastar pólvora en gallinazo ni gastar saliva hablando sobre gente como el malvado ese de los zapatos rojos y… que acaba de darme un tremendo codazo… pues claro, hay asuntos más importantes. En efecto, lo principal que voy a comentar es que después de décadas de vivir en el exilio, en el U.S.A., donde, según la abuelita, las matas de tamarindo se marchitan y mueren no tanto por el frío y el ambiente contaminado, sino por el alejamiento de la cuna ancestral y … Bueno, a Chabela le diré que nosotros los chombos, como grupo exiliado en los Estados Unidos, somos casi un rotundo fracaso. Pues sí, no se puede negar que hay muchos entre nosotros que son ejemplos de triunfos personales. Claro que sí, en Los Angeles, Nueva Orleans, Chicago, Washington D.C., Nueva York… tenemos paisanos chombos que han llegado a ser médicos, abogados, catedráticos, arquitectos, ingenieros, empresarios, oficiales de alto rango en las Fuerzas Armadas norteamericanas… hay pocos, pero al menos algunos somos millonarios. Pero son triunfos personales solamente. En efecto, a mi juicio nosotros los chombos en los Estados Unidos como grupo somos casi un rotundo fracaso, desgraciadamente. Pues claro, entre nosotros hay muchos astutos que supieron aprovechar las oportunidades y las puertas que se abrieron a regañadientes, eliminando o, al menos, suspendiendo la discriminación racial en empleos, escuelas, viviendas… como consecuencia del movimiento revolucionario del **BLACK POWER** y las protestas pacíficas dirigidas por Martin Luther King, el máximo líder negro en los años sesenta, cuyo himno de batalla era: **We shall overcome, we shall overcome some day…** Pero, son triunfos personales que atestiguan que a pesar de Los Enmascarados, grupos de filosofía nazi y la brutalidad de algunos policías, la gente de ascendencia africana tiene más y mejores oportunidades para triunfar, lo cual se le niega sutil y, con frecuencia, brutalmente fuera de los Estados Unidos. Pues, ¿en qué siglo tendremos un candidato chombo para presidente? Ya los afronorteamericanos tuvieron su Jesse Jackson. Como decía, lo nuestro es triunfo personal. Es una vergüenza, pero nuestro talento y, sobre todo, nuestro dinero se han derrochado en excursiones anuales de cientos de paisanos que han regresado a Panamá para acompañar a la reina chomba durante los carnavales, chupar aguardiente y fanfarronear como payasos… dinero malgastado, enriqueciendo a los que despectivamente nos gritan: chombos. ¿Dónde están los bienes raíces que hemos comprado? ¿Qué periódico publicamos semanal o mensualmente? ¿Tenemos alguna radiodifusora? ¿Dónde están las fábricas, centros médicos, restaurantes de comida antillana, las escuelas, los colegios, las universidades? Sí, es vergonzoso. Marcus Garvey y nuestros abuelos diggers con menos preparación y con menos dinero, relativamente han hecho para nuestra gente más que nosotros que somos médicos, abogados, catedráticos, arquitectos, ingenieros... Sí, es vergonzoso. Pues sí, como grupo nosotros los chombos somos casi un rotundo fracaso. Sí, abuelita tiene razón porque mientras más lejos del corazón de Buruco, el tamarindo... Vuelvo y repito porque parece increíble... nuestros abuelos con menos educación y con el poco dinero que a duras penas ganaban en el silver roll como obreros del Canal, tuvieron sus sociedades de asistencia mutua, sus logias, sus restaurantes, sus sastrerías, sus panaderías, sus abarroterías... sí, y, por supuesto, sobre todo tuvieron lo más sagrado para ellos, sus escuelitas. Gracias a los heroicos esfuerzos de nuestros abuelos antillanos, sí, los constructores del Ferrocarril y el Canal, somos más cultos y muchos profesionales. Pero, ¿qué hemos logrado como grupo para ayudar a nuestra gente? Nuestra odisea comenzó efectivamente cuando los barcos negreros, como ladrones amparados en noches huérfanas de luna, zarparon con prisa desde las costas africanas hasta con las cunas de Buruco, rumbo a los ricos cañaverales de las islas antillanas donde, los que sobrevivieron las cadenas y los látigos del amargo azúcar de la esclavitud, fueron reclutados bajo el discriminatorio sueldo gringo del silver roll para construir con sudor y sangre el Canal, luego, nuestros desgastados abuelos diggers que escaparon los estragos de la canalla fiebre amarilla, malaria, ahogados, dinamitados y los diabólicos derrumbes en Culebra, nuevamente, tras de ser expulsados de la Zona del Canal por organizar huelgas contra la discriminación racial, desde Guachapalí, Calidonia, Río Abajo, Chorrillo y Marañón emigraron por el hambre y la miseria a las bananeras centroamericanas en Costa Rica, Nicaragua, Honduras, Guatemala... para ganar el pan de cada día, y, más adelante, rumbo hacia el norte nuestros agotados padres bananeros cruzaron la frontera para buscar mejores empleos y más oportunidades para educar a sus hijos donde los rascacielos y el frío nos hacían añorar el calor que empezó a entibiarse por el alejamiento del tamarindo en el corazón de Buruco. Pues claro, justamente, con orgullo les canto a nuestros héroes que, a pesar de los cotidianos insultos, Ley 13 y la Constitución del 41 (cuyos espectros aún se aparecen en el Istmo), lucharon y, por supuesto, triunfaron lo cual fue más difícil que las hazañas de los que en el exilio se establecieron allá entre los rascacielos donde el frío gringo paulatinamente congela el corazón... Pues claro, respetuosamente... saludos y abrazos a nuestra gente afroantillana como el Dr. George Westerman, quien llegó a ser embajador de Panamá en las Naciones Unidas... saludos y abrazos al Mons. Carlos Ambrosio Lewis, S.V.D., quien a duras penas llegó a ser el obispo católico auxiliar de Panamá y luego obispo de David, en Chiriquí."

Precisamente en el momento que Elsa comenzó a pensar sobre lo que había leído de los fósiles de homínidos descubiertos en la cañada de Olduvai, en Tanzania, y, sobre todo, el extraordinario hallazgo de fósiles africanos, tal vez los progenitores del **Homo sapiens,** en el Sitio 333 cerca de Hadar, en Etiopía, se escuchó a Eufemia anunciar:

—Bueno, dentro de poco llegará mi comadre Fenixa. Por favor, entreguen todos los pasaportes.

—Aquí están nuestros pasaportes —dijeron simultáneamente Triunfo Guerrero y Zabeth Liberateur, quienes antes de llegar al aeropuerto habían preparado los documentos necesarios para el viaje de los **pichones** y los **cocolos,** respectivamente.

De inmediato, Filhozumbi Williams y su prometida suspendieron el diálogo sobre los planes para la ceremonia nupcial y la gran fiesta, y se encargaron de ayudar en la preparación de los pasaportes de los **chombos.**

—¡Caramba! Falta mi pasaporte —informó Ñato Pataperro, fingiendo sorpresa.

Fulona se extrañó de lo que acababa de informar su marido y con voz chillona gritó:

—¿Cómo que falta tu pasaporte? Yo misma puse todos los pasaportes en...

—Falta mi pasaporte, rass man —enfáticamente repitió Ñato Pataperro, esta vez fingiendo disgusto con su esposa.

—Yo misma me encargué de tu pasaporte que...

—Coño, carajo falta mi pasaporte —volvió a repetir, fingiendo esta vez mucha preocupación—. A lo mejor Ñatito lo sacó de la...

—Nada de eso —gritó Fulona—. El chiquillo estaba dormido cuando yo misma puse los pasaportes en esta bolsa blanca. Además, para tu información Ñatito no despertó hasta hace un rato.

—Entonces, ¿dónde etá mi pasaporte?

—En esta bolsa blanca no está. Y por favor, no le eches la culpa al chiquillo—. Fulona se persignó rápidamente. Acto seguido formó una cruz con el dedo pulgar sobre el dedo índice derecho e inmediatamente la besó, rezando solemnemente: "por mi madre que está en el cielo juro que esta vez el niño es inocente... no tocó tu pasaporte."

—¡Raassman! Falta mi turrass pasaporte.

—¡Ñato! ¡No man, cho! Mon Dieu. Nada de raatid ni otra palabra sucia aquí—regañó la abuela.

—Perdone abuelita.

—Un poco más de respeto la próxima vez. Mon Dieu. Show some respect fo de old people, cho man. Tener la boca sucia mucho dotí como tu abuelo. Chip neber fly far from de block, es cierto, de tal palo...

—Perdone abuelita.

—Como tu granfara, blood follow vein. Mon Dieu. Ese viejo, un gran sinvergüenza, nunca esperanza never de cambiando. Cho, plantain ripe, can't green again.

—Mujer, dame la llave del auto —ordenó Ñato Pataperro.

—¿Para qué?

—¿Cómo que para qué? Pues, tonta del carajo tendré que regresar a la casa.

—¿Estás loco? Ahora mismo llega Fenixa. Falta poco para abordar el avión. ¿Cómo vas a llegar a la casa y regresar al aeropuerto a tiempo? A estas horas las carreteras tienen tremendo embotellamiento. Carros delante... carros detrás... carros a la izquierda y carros a la derecha. Por todas partes carros, carros, carros... Primero tendrías que abrirte camino entre el bonchao de gente aquí como sardinas en lata y entre las pocotonas maletas, luego, esa montaña de nieve que cayó y, peor, el lío nuclear...

—Mujer, deja de sermonear y, por favor, dame la llave.

—Y esa mirada de sinvergüenza? Lo hiciste de adrede. Sí, tú mismo sacaste el pasaporte de la bolsa. Yo no. Ni el chiquillo. Tampoco las muchachas. Sí, tú mismo. Y no me vengas con cuentos. Maldito. Ahora caigo en cuenta. Comprendo por qué estabas dizque tan preocupado con tu necia pregunta: "¿Saldrá el avión a tiempo?" Sinvergüenza, lo tenías todo bien calculado como una... Tu muy bien sabes que no vas a poder ir a la casa y regresar al aeropuerto a tiempo con el pasaporte. Pendejo, yo no nací ayer y no soy ninguna boba que se chupa los dedos. Ya estaba todo planeado. Y la razón es para estar con la perra esa que tienes en ese barrio hediondo. Eres un carilimpio. ¡Caray, te vas a meter en camisa de once varas y pundunbum! caer en un salsipuedes. ¿Es ese el ejemplo que le vas a poner a tu único hijo? Ese ambiente es alcoholismo, cocaína, putería, mariconería, crímenes... Ahora caigo en cuenta lo que me aconsejaba mi mamá, que en paz descanse, antes de casarme contigo: "Dime con quién andas y te diré quién eres."

El marido de Fulona se encogió de hombros e hizo un mal ademán y peor gesto. Y le advirtió, o mejor dicho, amenazó a la esposa que si no le entregaba la llave del automóvil: "Aquí mejmo te pego un paliza. Y depué de lo golpe, yo boy en subway y no ej culpa mio si no coming back to rass on tiempo."

Súbitamente, después de escuchar la amenaza, de malas ganas la amenazada sacó la llave del automóvil de la bolsa blanca y, refunfuñando, la tiró a los pies de Ñato Pataperro. El tuerto sonrió maliciosamente porque tenía cuatro llaves del vehículo, una llave en cada bolsillo de la camisa guayabera.

Acto seguido, Ñato Pataperro recogió los abrigos de su familia y, aunque cojeando, desapareció como estrella fugaz entre la muchedumbre aglomerada en el aeropuerto.

A continuación, como los cinco niños perdidos en el aeropuerto, las hijas de Fulona empezaron a llorar, al darse cuenta de otra escena

61

desagradable como las frecuentes enconadas batallas que ocurrían en casa, la calle, el mercado, la iglesia, la fiesta de cumpleaños...

—Mamita, yo no quielo fío. Yo no quielo tené fío —dijo la hija menor de Fulona.

—Yo tampoco quiero tener frío —expresó la mayor, secándose las lágrimas con el pañuelo que le ofreció Elsa.

—No quielo fío... tener frío... no quielo... frío —empezaron a quejarse a coro las niñas porque observaron que su padrastro se había llevado los abrigos.

La mujer de Ñato Pataperro, más frustrada que furiosa por la sinvergüenzura del marido, les gritó a quemarropa a las niñas: "¡Caramba! Ya basta. Cállense la boca ahora mismo o les pego. No quiero escuchar ni fío ni frío ni pío. Nada. Me oyeron. Nada."

Acto seguido, como lavandera campesina que aporrea con un rústico garrote su ropa sucia sobre una piedra a orilla de un río, alzando la bolsa blanca con sus largos brazos, tácata, tácata... le propinó varios golpes a las niñas en la cabeza hasta que Elsa se la arrebatara. Y de inmediato, Eufemia se colocó entre la histérica madre y las asustadas hijas.

—¡Cho! Maga gial. You mad. Mon Dieu. Crazy woman. ¿Qué querer haciendo? ¿Matar a tus pichney? —regañó la abuela.

—¿Qué te pasa? ¿Te has vuelto loca? Esas son tus hijas, tu propia carne —dijo Eufemia abrazando a la mujer del tuerto hediondo. Y, a continuación comentó:— ya te he hablado sobre el aguardiente y el cigarrillo y ahora te tengo que aconsejar que en tu estado ponerte así es un riesgo porque podrías provocar un aborto espontáneo. Pues, si tienes problemas con tu marido, el asunto es con él y no con tus hijitas. Ellas no tienen la culpa de nada. Estas criaturas son inocentes...

Los regaños de Eufemia tuvieron el efecto de una bofetada derribadora. La embarazada se desmayó. Inmediatamente Eufemia buscó su botiquín portátil para auxiliar a la desmayada. Tras un rato, Fulona recobró la razón y rompió a llorar mientras en cadena, uno tras uno, nerviosamente, encendía cigarrillos. Y entre sollozos balbuceaba:

"Lo siento... fue una locura... lo siento... lo siento... por mi madre que lo siento..."

Tiernamente, con un pañuelo azul que ofreció la señora Felicidad Dolores, Teodora secó las lágrimas de las niñas y, abrazándolas se sentó al lado de ellas, como acostumbraba hacer con sus estudiantes el primer día de clases cuando éstos se sentían tristes y abandonados al observar a sus madres que quizás por primera vez se separaban de ellos. Y, luego, con la paciencia característica de una maestra de la escuela primaria, Teodora se dedicó a explicarles con sencillez que aunque nevaba y hacía mucho frío donde estaban, no era necesario llevar abrigos a donde iban porque, por supuesto, allá no nevaba nunca y hacía mucho calor y, además, ya había empezado el verano. En efecto, aunque realmente la explicación de la maestra no tenía absolutamente ninguna relación con la verdadera razón por la cual el padrastro de las niñas se había llevado los abrigos, no obstante, las hijas de Fulona quedaron intrigadas al descubrir el orden invertido de las estaciones en el trópico de Capricornio en contraste con el trópico de Cáncer. También les fascinó el hecho de que según la latitud y longitud de un lugar en el globo terrestre, en un hogar, de juguetones niños rendidos de cansancio, ya se podía observar la luz fosforescente de las luciérnagas por la oscuridad del anochecer mientras que en ese mismo momento en otro hogar, de somnolientos niños, el quiquiriquí de los gallos ya anunciaba un nuevo amanecer.

Astutamente, para distraer tanto a niños como adultos de pensar en el desagradable incidente que provocó el marido de Fulona en la atestada sala del aeropuerto, a Elsa se le ocurrió sacar su nueva cámara de fotografiar, un regalo de su ahijada. A continuación, las niñas abrazadas de Teodora fueron las primeras fotografiadas, luego, la abuela, Myrtle y sus nietos... Al rato, colocando la máquina sobre un trípode, Elsa se dio prisa para formar parte del grupo antes de que transcurrieran los diez segundos que permitía el aparato antes de funcionar automáticamente. Y, los únicos que rechazaron formar parte del grupo para la toma de fotografías fueron Fufo, Chela y los ahijados de una tal Karafula Barrescoba, una mujer de ascendencia africana quien secretamente odiaba a otras personas de su propia raza, sobre todo, a las de ascendencia afroantillana, **chombos**. Esto no llamó mucho la atención porque era bien sabido que a Chonfulo y Rabiprieta, como su madrina Karafula Barrescoba, no les agradaba ver ni en pintura y mucho menos codearse con personas que tuvieran la piel "demasiado chocolate" y, especialmente, con personas de pelo cuzcú, o sea, encrespado. Tanto hermano como hermana se ufanaban del hecho que un tatarabuelo fuera francés: uno de los obreros que llegaron al Istmo durante la época de Ferdinand de Lesseps (el ingeniero que fracasó en su proyecto de construir un canal a nivel en Panamá). Mientras Elsa tomaba fotografías del grupo, inmediatamente después del incidente que había provocado Ñato Pataperro, se escuchó a Rabiprieta comentar en un risible acento afrancesado (según ella era herencia de su sangre francesa): "Mon Dieu, que desagrado! No deseo honrar con mi hermosa presencia una fotografie con tantos chombos ñatos bembones de pelo cuzcú. Pas muá. Además, mais oui, naturellemente no hay suficiente luz para alumbrar a tantos chombos tan prietos como el carbón. Pues, por supuesto, en esas fotos sólo saldrán blanquísimos colmillos."

Cuando ocurrió el incidente de las fotografías, Eufemia, recordando que Elsa no tenía pelos en la lengua y para evitar otra desagradable escena como la de Fulona y su marido, en ese momento Eufemia juiciosamente llamó la atención de todos preguntando:

—Elsa, ¿te regaló tu marido ese fino aparato?

—Pues, esta cámara de fotografiar es un regalo de...

—Nuestra ahijada —terció Policarpo Reid— pues sí, Fenixa la compró en el Japón.

—¡Epa! No sabía que Fenixa había estado hasta por allá.

—Pues sí, recientemente mi ahijada, perdón, nuestra ahijada hizo un viaje de negocios al Asia —comentó Elsa— y de regreso aprovechó la ocasión para hacer escala en el norte de Africa, visitando las pirámides de Egipto, la Esfinge, el sitio del Faro de Alejandría...

"Tras de hacer compras de ropa y tapetes en las tortuosas y estrechas calles del Cairo, para mí fue muy emocionante el momento cuando el avión aterrizó en el aeropuerto Charles de Gaulle —nos narró Fenixa el día que me regaló la cámara japonesa— porque desde la primera clase de la lengua francesa en la universidad, me fascinó todo lo que leí sobre la literatura, la cultura, la historia y, de modo especial, la Ciudad Luz: París. Pues, como con frecuencia soñaba con deambular y conocer esa bellísima ciudad a orillas del río Sena, inmediatamente después de abandonar mis maletas en un hotel, aceleradamente subí a un taxi rumbo al prestigioso Museo del Louvre, donde quedé boquiabierta de admiración al contemplar su gran tesoro y esplendor... donde admiré "La Gioconda", la gran obra maestra de Leonardo da Vinci popularmente conocida como "La Monna Lisa"... También visité durante ese viaje los jardines del palacio Luxemburgo, la basílica de Sacré-Coeur, la torre Eiffel, la catedral Notre-Dame, la Biblioteca Nacional, la Universidad de la Sorbona, los museos Rodin y Victor Hugo, la Place de la Bastille, el cementerio Pere Lachaise, donde están enterrados Balzac, Chopin, Moliére... Un día, en Montmartre, compré varias obras de jóvenes pintores que quizá más adelante superen a Cezanne, Modilliani, Picasso... Y, por supuesto, caminé varias veces a lo largo de la majestuosa avenida Champs-Elysées desde la célebre Plaza de la Concordia hasta el histórico Arco del Triunfo que conmemora las victorias de Napoleón."

Luego, cuando se anunció que pronto tendrían que abordar el avión, interrumpiendo la narración sobre el viaje de Libertad Lamento, Elsa cubrió el lente de su cámara de fotografiar con un protector y le indicó al marido con un amable gesto para que ambos ayudaran a su anciana madre abordar el avión.

Acto seguido, la mujer del cojo hediondo comenzó a refunfuñar por lo del marido. Y, en ese entonces Teodora se alarmó porque no encontraba a las hijas de Fulona.

En efecto, Eufemia y Elsa pensaron en las niñas y en la trágica situación de los perdidos chillones en el aglomerado aeropuerto. Poco después, tanto ellas como los otros sintieron un gran alivio cuando Policarpo Reid les informó que las dos niñas habían ido al restaurante para comprar hamburguesas.

–¡Caramba! Mañana esas chiquillas se van a olvidar de las hamburguesas y las otras burundangas tan pronto saboreen carimañolas, bollos, empanadas, chicheme... –enumeró Elsa cuando la abuela ofreció, como lo había hecho más temprano con otros niños, comprar más hamburguesas para los que se les hacía agua la boca el favorito manjar norteamericano.

–¡Opa! Pues sí –afirmó Eufemia– y no olviden mondongo, morcilla, yuca frita, patacones...

—También los chicharrones, tortillas, hojaldas y tamales —agregó Marcelina.

—¡Basta! ¡Basta! ¡Basta! —dijeron a coro Triunfo Guerrero, Zabeth Liberateur y Filhozumbi Williams— se nos hace agua la boca y ahora mismo nos está entrando una tremenda cabanga por saborear todos esos suculentos platos de la cocina panameña.

—¡Epa! Por ahora, como los niños tendrán que comer esas hamburguesas...

—No gracias.

—¡Cho! Po favó no olvidando rice and gungu peas, cuckoo, codfish, akee, callalo, curry goat, bakes, patty, souce, roti —recordó la abuela, agregando: —y también la sabrosa sopa de guandú con plátano, ñame, ñampí, domplín, mazorca, rabito...

La abuela de la comadre de Eufemia y Marcelina no pudo continuar con la enumeración de los suculentos platos que aportaron los afroantillanos a la cocina istmeña desde los días de las construcciones del Ferrocarril y el Canal porque, a la vez, a su izquierda, una señora que salpicaba el español con palabras del maya-quiché empezó a narrarle, con el rostro bañado en lágrimas de alegría, que su única hija, tras de las pesadillas de dos matrimonios anulados, al fin se había casado con un hombre decente y responsable que la quería mucho; y, a su derecha, otra señora también con el rostro bañado en lágrimas, pero de tristeza, comenzó a narrarle, en un español afrancesado, que su única hija, una estudiante sobresaliente, popular, simpática... en fecha reciente había fallecido a causa de un derrame cerebral que ocurrió en el quinto piso de la biblioteca en la universidad donde se preparaba para un examen que iba a sufrir en la Facultad de Medicina, cinco semanas después del sepelio de su padre quien había muerto de cáncer.

El Dr. Victoriano Lorenzo Brown era el único que no participaba en la conversación que entablaron la abuela y Eufemia sobre las comidas típicas panameñas. Estaba distraído. Observaba a los soldados que llegaron ruidosamente a la sala de espera del aeropuerto. La mayoría de los soldados eran afronorteamericanos y mexicano-norteamericanos o, como muchos de ascendencia mexicana nacidos en los Estados Unidos prefieren llamarse, chicanos. También habían puertorriqueños, cubanos y otros latinos. Sin embargo, el oficial era un rubio de ojos azules. Luego, poco después de llegar a la sala de espera, los pocos soldados blancos del grupo acompañaron al oficial a una cantina mientras que los soldados afronorteamericanos se pusieron a escuchar "soul music" en sus radios portátiles y, separados de los otros latinos, los soldados chicanos a escuchar música de mariachi. Tanto los soldados afronorteamericanos como los soldados chicanos se mantenían apartes, separados por deseo mutuo a pesar de ser miembros del mismo batallón, del mismo ejército, del mismo país... Se daban las espaldas y cuando sus miradas chocaban, era con odio mutuo. En efecto, había una frontera invisible, pero real entre los dos grupos. Cada soldado se mantenía fielmente en su propio grupo. Nadie osaba cruzar, al menos en público, la "frontera" invisible. No se miraban. No se hablaban. No se... a pesar de hablar el mismo idioma sajón y a pesar de lucir orgullosamente el mismo uniforme militar. Es más, se odiaban como si fueran soldados de ejércitos opuestos, enemigos.

"Míralos, carne de cañón –dijo el Dr. Victoriano Lorenzo Brown para su interior, sacudiendo breve y rápidamente la cabeza de izquierda a derecha y viceversa– el soldado de ascendencia africana odia al chicano y, por supuesto, el chicano odia al negro. Se odian mutuamente. Se odian con pasión. Se odian. Lo único que los unifica como hermanos o al menos como paisanos es el orgullo del uniforme que lucen. Absurdo. Orgullosos del uniforme... ¿No lo saben? Son carne de cañón. Entre ellos se odian: el negro al chicano y el chicano al negro. Esto no tiene lógica. Absurdo. Son carne de cañón. Todos son del ghetto y del barrio, campos de concentración a la moda gringa. Discriminación. Desempleo. Hambre. Miseria. Frustración, frustración, frustración... ¡Qué raro! Pero, los soldados negros y los soldados chicanos están orgullosos del uniforme militar y si mañana o pasado mañana cuando su avión aterrice en Alemania, donde Hitler nunca los hubiera recibido con los brazos abiertos, lucharían hasta la muerte contra los rusos, blancos como los paisanos de Hitler y los privilegiados paisanos de su oficial gringo... lucharían hasta la muerte, unidos –negros y chicanos– como uña y carne, juntos –chicanos y negros– hasta la muerte como soldados del mismo ejército y la misma causa para defender a... sí, mientras que en los ghettos y los barrios reina la desesperación acompañada de sus fieles compañeros apocalípticos: hambre, ratas, drogas, suicidos, violencia de pandillas... Allá llegarán las medallas, anunciando el heroísmo de los soldados negros y los soldados chicanos que murieron juntos y unidos como hermanos en sangrientas batallas, defendiendo... Absurdo. No tiene lógica. Luto en los humildes hogares de negros y chicanos que derramaron sangre en defensa de... muerte... muerte... muerte... ¿Y quiénes me van a ayudar a defender a mi familia de la violencia de los Enmascarados y los otros grupos racistas?"

Al rato, el Dr. Victoriano Lorenzo Brown dijo en voz alta: "Pues, cinco meses después de que envenenaron a los perros y ensuciaron por segunda vez las paredes de la casa con su hedionda porquería, el grupo de los Enmascarados cobardemente, una madrugada, echó una bomba incendiaria en el cuarto de mi bebé... Afortunadamente, mi hijita pasó ese fin de semana con la abuela porque mi esposa estuvo hospitalizada y yo en París, presentando una ponencia sobre aspectos de la ginecología y la explosión demográfica en un congreso internacional... Sí, quiénes me apoyarán a defender a mi familia... mi gente... mi raza... de la mierda, del veneno, de la bomba incendiaria, de la violencia..."

Las contentas hijas de la malhumorada Fulona, gritando de alegría y, a la vez, corriendo con entusiasmo tras otros niños en fantásticos juegos infantiles por los laberintos que formaban el mar de viajeros y la montaña de maletas por todo el aeropuerto, en efecto, gritando chillonamente y corriendo con rapidez, como pollitos madrugadores tras granos de maíz que derrama de su totuma un niño campesino cerca de una rústica cocina preñada de los típicos olores mañaneros del desayuno interiorano, interrumpieron lo que decía casi a gritos el Dr. Victoriano Lorenzo Brown sobre el tercer incidente con los Enmascarados, lo cual ocurrió otra vez que murió la señora Felicidad Dolores.

Al rato, las niñas regresaron del restaurante cargadas con hamburguesas, papas fritas, café caliente y golosinas para la que había usado, sin misericordia, su bolsa blanca como garrote. Y, luego, las niñas también le ofrecieron a la abuela hamburguesas, papas fritas y té caliente, pero ella rechazó cortésmente las hamburguesas, en cambio, aceptó con agradecimiento las papas fritas (nutritiva herencia de los incas) y el té caliente.

Acto seguido, la abuela, sentada cómodamente en un asiento azul, a la vez felicitaba por un lado y consolaba por el otro lado a las dos señoras vecinas que lloraban al mismo tiempo: una de alegría por el matrimonio de su antes infeliz hija, y la otra de tristeza por el inesperado y trágico fallecimiento de su única hija.

Fulona, de pie y con los nervios de punta, como felina al acecho, molesta aún por el engaño del marido, de cuando en cuando bebía un poco de café, el cual le compraron sus hijas, mientras escuchaba a Elsa comentar sobre muchos emocionantes e interesantes episodios de la época de la construcción del Canal que a ella les habían narrado sus abuelos afroantillanos, los más numerosos obreros durante la década que duró excavar las toneladas de tierra que hizo realidad la gran vía interoceánica.

—Lo segundo que voy a hacer después de visitar a mi prima Chabela cuando lleguemos a Panamá, es viajar en tren para volver a admirar desde mi ventana las esclusas de Miraflores, Pedro Miguel y Gatún, como lo hacía durante mi niñez cada vez que Nenén y Papá James me llevaban a mí y a sus otros nietos a pasear a la ciudad de Colón y a Silver City, en la Zona del Canal —anunció Elsa, recordando el sudor y la sangre de sus abuelos **diggers** que trabajaron en esas esclusas— y cuando el tren llegue a Colón, voy a subir a una chiva allá cerca del mercado público rumbo directo a Portobelo donde muchos de mis antepasados africanos desembarcaron encadenados en ese puerto negrero, por supuesto, contra su voluntad, como esclavos durante los siglos en que los repletos navíos negreros al servicio de la Corona española y, desde luego, con la bendición de fray Bartolomé de las Casas, zarparon con frecuencia entre las ultrajadas costas lejanas de Africa y el muy activo puerto que Cristóbal Colón bautizó con el nombre de Portobelo. Luego, caminaré lentamente por los alrededores del puerto de Cristóbal donde más de mis antepasados de Jamaica, Barbados, Martinica, Trinidad... desembarcaron como obreros contratados por diez centavos la hora para construir el Canal.

—Te voy a poner al corriente —dijo el marido de Elsa, abrazando a su esposa— pues, mucho antes de los tratados Torrijos-Carter desapareció la población de La Boca, Red Tank y otras comunidades segregadas que los zonians reservaban exclusivamente para los negros antillanos y sus descendientes chombos, principal mano de obra del antiguo sistema gringo discriminatorio del silver roll; notoriamente inferior a las fuentes de agua, excusados, comisariatos y, sobre todo, comunidades y sueldos del gold roll, privilegio exclusivo de los gringos. Ahora que la antigua Zona del Canal es de Panamá hay muchos rabiblancos que tienen planes para sacar de sus apartamentos o casas a los chombos de Paraíso, Gamboa, Arco Iris, o sea, aquella comunidad que durante tu infancia se llamó Silver City y luego Rainbow City cuando empezaron las manifestaciones pacíficas al estilo de Ghandi que dirigió Martin Luther King, reclamando justicia para los negros de los Estados Unidos. Por supuesto, para que no acusaran a los gringos en los foros internacionales de exportadores del canceroso odio y racismo... Pues, aquí muchos van a aprovecharse de los tratados Torrijos-Carter para tratar de darle el golpe de gracia a los chombos, mejor dicho el golpe final. Sí, porque con la avalancha de desempleo que vendrá, nuestra gente, yes our people tiene que irse para Nueva York o ahogarse en las turbulentas aguas del hambre y la miseria. Pues claro, cho, yes man no more need de deportarlos como siempre ha anhelado el padrino del perverso sentimiento panameñista que forjó la racista Constitución de 1941, la que durante un lustro le arrebató la ciudadanía panameña a los chombos nacidos en Panamá porque sus abuelos eran negros antillanos cuya lengua materna no era el castellano. Todo esto me enfurece porque fueron nuestros abuelos los más numerosos diggers que se separaron por necesidad de sus seres más queridos en las islas del Caribe para con el sudor y la sangre construir un Ferrocarril y un Canal. Sí, un Canal cuya agua se mezcló con el sudor y la sangre de millares de obreros negros quienes durante una década muchos trabajaron diez horas al día, seis días por semana para ganar a duras penas diez centavos la hora.

—Pues, ¿me invitas al paseo en tren? —con voz chillona preguntó Fulona, dirigiéndose a Elsa, pero sin quitarle la mirada al que ella consideraba erróneamente el mejor amigo de su marido, creyendo que éste, sin duda alguna, acompañaría a su esposa al paseo a Portobelo.

—¡Claro que sí! —exclamó Elsa, guiñando el ojo derecho a su marido—. Pero desde ahora quiero que sepas que cada uno paga por su propio boleto de ida y vuelta.

—¡Epa! ¡Qué tacaña! Eres una doña Pilinque...

—Nada de eso de pichicuma. Qué vaina, a mi no me vengas con ese cuento porque en primer lugar, yo no soy la tesorera de ningún banco y, además, no es que tengan que darme en el codo, pero así como yo sola me gané mi dinero con el propio sudor de mi frente trabajando ocho horas al día en un almacén y durante los fines de semana en camaroncitos vendiendo ropa de niños que yo y mi máquina de coser... lo voy a gozar.

—Tengo otros planes —anunció Flacobala como pretexto para

evitar la compañía de la mujer del cojo hediondo quien se mostraba cada vez más y más coqueta, sin disimulo alguno.

—¡Caramba! No seas tan malo y acompáñanos al paseo —dijo Fulona, acercándose aún más al marido de Elsa.

Para dar a entender que no era por evitar la compañía de la mujer del tuerto hediondo, sino porque ya había recorrido un sinnúmero de veces las esclusas del Canal, el célebre puerto negrero de Tierra Firme y otros lugares que su esposa deseaba visitar, Policarpo Reid informó lo siguiente:

—No olviden que trabajé una temporada en las esclusas de Miraflores y también las de Gatún. Además, durante muchos años acompañaba a mi abuelita a su anual peregrinaje, cada 21 de octubre, a la procesión del Cristo Negro en Portobelo, donde un anciano que se ufana de ser descendiente del gran cimarrón rey Bayano, tenía por costumbre narrar la historia de los negros congos y las ferias de Portobelo todos los años durante la lentísima procesión que marchaba, mejor dicho, se arrastraba si mal no recuerdo, tres pasos para adelante y dos hacia atrás.

Al apartarse Flacobala de la que sin disimular le sobaba un brazo con atrevida coquetería, ella exclamó un poco frustrada:

—¡Tonto! No sabes de lo que te vas a perder si no nos acompañas a Portobelo.

—A otro perro con ese hueso.

Seguidamente, la mujer del tuerto, aunque bizca, le lanzó una mirada fulminante al que le hacía caso omiso a sus piropos adúlteros e inmediatamente, a continuación, regañó con innecesaria severidad a las niñas que seguían jugando gozosamente, corriendo entre los laberintos que formaban las numerosas maletas amontonadas en la aglomerada sala de espera del aeropuerto. Y, en ese momento, Elsa miró a su marido y, en efecto, ambos comprendieron al instante que lo que realmente quería la malhumorada era vengarse de Ñato Pataperro con una aventura amorosa, desde luego, según ella, con el mejor amigo de su marido, la más dolorosa ofensa en un adulterio.

—Prefiero ir a las ruinas de Panamá Viejo —anunció Flacobala sonriendo para llamar la atención de la mujer que sin aparente motivo regañaba a sus hijitas.

—Ojalá te encuentres con los malvados espíritus de los piratas Henry Morgan y Francis Drake —dijo burlonamente con tono sarcástico la frustrada que anhelaba una aventura adúltera como venganza secreta.

—¡Ja, ja, ja! No me hagas rebentar de risa. Pues, esos pobres piratas de tanta fama en Panamá Viejo y Portobelo ahora no pueden ni robar ni perjudicar y mucho menos asustar. Te invitaría pero...

—No gracias. A mí no me interesan esas ruinas...

—No digas disparates —refunfuñó, y, a continuación, enumeró rápidamente— las ruinas de Panamá Viejo son mudos testigos de una extraordinaria historia: Pedrarias, Pizarro, Morgan, Felipillo, sobre todo —agregó con orgullo—,el heroísmo del valiente Bayano, el más célebre rey de los negros cimarrones.

—Pues, no me interesan los asuntos de esos hombres muertos —expresó con tono satírico la frustrada Fulona—. Yo quiero gozar con los vivos para echar una cana al aire.

—Bueno, cada loco con su tema.

—¡Cuídate!

—Pierde cuidado —respondió el piropeado, agregando con sentencia salomónica:—Hay que tenerle más miedo a los vivos que a los muertos.

—¡Caramba! Tanto paseo entre ruinas y muertos no es bueno, porque según dicen: "dime con quién andas y te diré quién eres".

Justamente, a estas alturas de los piropos, a Elsa no le estaba agradando en lo mínimo los comentarios de doble sentido que hacía la mujer del tuerto y cojo hediondo, quien para colmo de males, ahora sus atrevidas manos sobaban la anatomía más masculina de Flacobala, como entusiasmada panadera amasando... Efectivamente, para evitar una escena desagradable, Elsa le preguntó al marido:

—Oye viejo, ¿por qué no le ofreces otra taza de té o chocolate caliente a la abuelita?

—Buena idea —contestó de inmediato, aprovechando la oportunidad que le presentó su astuta y prudente esposa para darle fin a la pícara conversación con la coqueta manoseadora.

—Viejo, por favor cómprame un newspaper, pero que sea periódico de hoy. Y también una buena novela para no aburrirme durante el vuelo —le dijo al marido en el momento en que éste, aprovechando la oportunidad para escaparse del imprudente manoseo, se alejaba aceleradamente.

Luego, las hijas de la coqueta bizca embarazada se acercaron lenta y cautelosamente para enseñarle a la malhumorada madre los lápices de colores que les había comprado Teodora para que se ocuparan pintando las frutas, las flores y los animales dibujados en un cuaderno mientras esperaban la llegada de Libertad Lamento. Poco después, Elsa sonrió con las cautelosas niñas, quienes en ese instante eran como dádivas llovidas del cielo, y ella también, como su marido, aprovechó la ocasión para apartarse de Fulona, sentándose al lado de Teodora, al otro extremo de los asientos.

—Teodora, ¿qué te pasa? —preguntó Elsa al sentarse.

—Nada. ¿Qué te hace preguntar eso?

—Pues, desde hace buen rato tienes esa hamburguesa en la mano y...

—Perdí el apetito —explicó con brusquedad, interrumpiendo a Elsa. Y al observar la confusa expresión en el rostro de Elsa, seguidamente preguntó en un tono más calmado y amable —¿te puedo ofrecer una hamburguesa?

—Gracias, pero no me gusta.

Acto seguido, para que le sirviera de lectura durante el vuelo Teodora le ofreció tres libros: un libro de historia sobre los antiguos reinos africanos en Ghana, Mali y Songhay; otro sobre las heroicas hazañas libertadoras de Zabeth, Yanga, Coba, Benkos, Cudjoe, Zumbí y Bayano; y el tercero sobre la participación de los afroantillanos en la construcción del Ferrocarril y el Canal de Panamá. Agradeciendo los libros, Elsa los tomó y comprendió que su comadre no deseaba entablar conversación en ese momento. Prudentemente, no dijo nada más. Abrió uno de los libros y en la primera página leyó mentalmente: "En Jamaica, Maroon Town fue fundado por un grupo de valientes africanos cimarrones...

Teodora no tenía mucho interés en conversar porque desde hacía rato observaba con mucha preocupación a su marido. Efectivamente, por eso perdió el apetito. Y tras breve rato, dijo para su interior: "Sé muy bien en lo que está pensando mi papito... sí, lo conozco muy bien. Cada vez que se encuentra con soldados afrolatinos y soldados chicanos, les hace la misma perturbadora pregunta. Dios mío y Santísima Virgen. Pero, espero que esta vez se quede callado y no provoque un lío confrontándolos con lo de siempre: "Oye soldier, ¿quién defenderá a tu madre y a tus hermanitos encarcelados en los nauseabundos y moribundos ghettos y barrios, campos de concentración huérfanos de esperanza, cuando como bestias nocturnas ataquen odiosamente los encapuchados racistas togados en sábanas blancas con sus violentas bombas incendiarias mientras que ustedes valientemente se ofrecen como carne de cañón en las enconadas y sangrientas guerras entre los descendientes de Hitler y sus enemigos, los descendientes de Stalin?" Dios mío, Santísima Virgen. Espero que esta vez..."

Desde hacía rato Eufemia observaba a la vez a Teodora y a su marido. Y tras de comentarle algo a la abuela, se le acercó a la que leía sobre los valientes cimarrones en Jamaica, y le dijo:

—Ese libro parece ser muy interesante.

—Claro que sí, leo sobre nuestros antepasados africanos que fundaron Maroon Town en Jamaica...

—Por favor, préstame esa obra cuando...

Inmediatamente, después de pedir el libro prestado, Eufemia, no deseando llamar la atención de la maestra, cuidadosamente con el dedo índice de la mano derecha le hizo señas a Elsa para que juntas se apartaran de donde estaba sentada Teodora. Y fingiendo que admiraban un automóvil de último modelo que estaba en exhibición en la sala de espera del bullicioso aeropuerto, poco a poco se alejaron. Caminaron hacia donde se encontraban los niños perdidos. Se sentaron cerca de Rabiprieta, quien en ese momento insultaba, a voz en cuello, a la mamá diciéndole: "Neeeeegra del demonio. Ya te he dicho mil veces que no te metas en mis asuntos. Si muá quiero darles el número de mon telephone a todos los soldados gringos, por supuesto, los más blancos de ojos azules, es asunto mío y au contraire ni a ti ni a nadie le debe importar. Y no me vuelvas a recordar que muá tengo cinco petits enfants ilegítimos porque a muá no me da vergüenza. Pues sí, estoy muy happy and yes very orgullosa de que fueron five soldados fulos, sí, muy rubios with blue eyes los que me preñaron. Todos blancos. Pues, hice tal como me aconsejó mi madrina Karafula Barrescoba: "Busca marido blanco para mejorar la raza". Afortunadamente, mis cinco hijos no tienen pelo cuzcú así como esos chombos muchachos con tanta sangre africana. Tampoco son bembones. Tampoco son ñatos. Tampoco son... Y a muá no me da ni frío ni calor que se burlen de mis hijos con esos sobrenombres de Gringarmí, Gringamarín, Gringaneví..."

—Elsa, me preocupa mucho lo de Victoriano y Teodora —dijo Eufemia, tras de mirar intensamente con desprecio a Rabiprieta.

—Esa fue una canallada lo que ocurrió cuando se mudaron a la casa nueva que compraron para escapar de las drogas y los crímenes que como una plaga han nevado sobre el viejo vecindario.

—Y para colmo de males, fue peor lo que les sucedió a los hijos que tanto querían proteger de ese ambiente corrompido que, como un cáncer incurable, poco a poco está destruyendo a muchas familias.

—¡Caramba! Eso es cierto. Y como dijiste dando en el clavo, para colmo de males por tratar de escapar de un mal, el ambiente corrompido del viejo vecindario, cayeron en otro mal peor, las odiosas garras de los enmascarados racistas togados en sábanas blancas.

—Y desgraciadamente, ahora están de luto por el sospechoso suicidio del hijo mayor. A decir verdad, a todas luces eso huele a gato encerrado. No me parece coincidencia que la hija del jefe de los togados en sábanas blancas, la puta del vecindario, acusara a mi ahijado de rapto... además, y que el tío de la que se dice que fue ultrajada, el amigo del jefe de la policía... sí, y dizque cinco horas después de su captura encontraron a mi ahijado ahorcado en su celda. Nadie vió nada y nadie oyó nada. Increíble. Tantos sordos y ciegos. Si esto hubiera pasado en otro lugar como Sud Africa donde a los

Nelson Mandela... pero aquí? Donde desde la cuna hasta el sepulcro cada ciudadano reza patrióticamente: "**I pledge allegiance to the flag of the United States of America... and justice for all.**" Sí, pues claro, así repiten varias veces diariamente: "y justicia para todos".

—A decir verdad, no sé cómo es que Teodora y Victoriano no se han vuelto locos. Pobre gente. Y ahora la hija está en un manicomio. Dicen que los hermanos de la que se supone fue ultrajada se vengaron...

—Dios mío. Santísima Virgen. Tras la soga al cuello, el manicomio. Otra cosa, también me preocupa como todo esto está afectando a mi comadre Fenixa. Sí, estoy muy preocupada. Elsa, me parece que tu ahijada está cambiando. Pues, ella ya no habla con entusiasmo de sus negocios ni de sus viajes como antes. Extraño, algo está pasando. No sé exactamente, pero...

—Pues claro, se siente culpable porque ella fue la de la idea de comprar una casa donde se dice que la vida es mejor. Pero, soga y manicomio...

—Te voy a confiar un secreto. Pero primero júrame que por tu madre no se lo contarás a nadie. Pues, Fenixa me reveló en confianza un extraño sueño...

En ese momento lo del sueño de Fenixa no se comentó porque llamó la atención el hecho de que Guadalupe Olmecas, la viuda de Simón Bolívar Brown, se acercara a Teodora Laboricua Brown con el pretexto de hablar sobre la situación política de Puerto Rico, donde varios antepasados africanos de Teodora, tras de desembarcar como esclavos de Juan Ponce de León se dedicaron al cimarronaje, estableciendo un palenque en un lugar secreto a orillas del río Bayamón. Tras breve rato de charlar sobre lo de Puerto Rico y los puertorriqueños, Guadalupe Olmecas refunfuñó diciendo: "Hay una radiobemba entre nosotros derramando como agua sucia el chisme de que yo no tengo mucho interés en que mi hija se case con el ahijado de Fenixa porque se dice que así como la abuelita se opone al noviazgo de Chela y Fufo porque, según el bochinche, el novio es demasiado negro y, por lo tanto, esto va en contra de la obligación de mejorar la raza... pues, a mí también me acusan de querer un yerno que sea al menos mulato o, mejor aún, blanco para seguir mejorando la raza ya que en las venas de Naualpilly Guadalupe se heredó sangre africana de su desaparecido padre, mi querido marido, el nieto de un obrero digger de Barbados o Trinidad quien era descendiente de un hindú y una negra yoruba; y también, el nieto de otro digger de Jamaica cuyos progenitores eran una mezcla de africano, judío y chino". Tras breve pausa la preocupada viuda le comentó a su comadre puertorriqueña que sólo ella comprendería el motivo de su inquietud porque ambas habían vivido en carne propia las amargas experiencias del racismo lo cual rememoró narrando: "Poco después de nuestra feliz boda en Timilpan, fuimos a vivir a la ciudad de Los Angeles, en California, donde Simón trabajó como profesor de español antes de marcharse a Vietnam. Pues, como una nevada en la madrugada los problemas cayeron sobre nosotros, pero fue cosa increíble todo lo que ocurrió. En efecto, algunos estudiantes blancos no respetaban a Simón y ponían en tela de juicio el hecho de que él fuera auténtico profesor de español porque lo consideraban moneda falsa ya que ellos jamás habían visto a un latinoamericano negro. Bueno, eso no es todo, porque por otro lado muchos estudiantes negros le daban mucha batalla porque decidieron que nada iban a aprender de un profesor negro, y mucho menos de un negro extranjero. Es más, algunos estudiantes latinos tenían tremendo resentimiento contra Simón porque no lo consideraban un auténtico latino porque no se parecía a Pancho Villa. Sospecho que los padres de estos hispanos tenían algo que ver con el resentimiento e irrespeto ya que era una ofensa para ellos que un negro fuera profesor de español, lo más sagrado de la cultura hispánica, y, por supuesto, lo que consideraban un pecado peor que el pecado original, o sea, este sacrilegio jamás hubiera ocurrido en Hispanoamérica porque según el sentimiento racista a lo latino, el negro nació para ser esclavo o, al menos, como afirma el gaucho Martín Fierro: "para tizón del infierno". Por si esto fuera poco, por todas partes nos miraban mal, sobre todo, los latinos. Pues, se espera que los gringos miren con ojos racistas a toda pareja que no sea blanca, pero... en grupos de negros algunas mujeres me lanzaban miradas de envidia que como estridentes chillidos, molestan, y por lo general, los negros son un poco más tolerantes en ese asunto entre razas. ¡Caramba! Las miradas más odiosas las recibíamos de nuestros hermanos latinos, irónicamente, nietos de los más mestizos y mulatos de Europa y los más africanizados de las Américas. Pues, se recibe el palo de quien menos se espera porque cada vez que nos encontrábamos rodeados de latinos era una experiencia infernal, como gatos en congreso de perros rabiosos, porque los hombres trataban de provocar una pelea con Simón por el crimen, según ellos, de no hacer como ordena la tradición: negro con negra y se acabó. Y las mujeres son peores, porque me insultaban dándome a entender que yo era traicionera a la raza hispana por casarme con negro, negreando la raza latina como si fuera posible negrear a los latinos más de lo que ya es la realidad. Pues, como dice la gente, no hay peor cuña que la del propio palo. Es más, todo fue de mal en peor cuando nació nuestro primer hijo, y aún peor cuando nació Naualpilly Guadalupe. Pues sí, miradas preñadas de odio, comentarios racistas, insultos, desprecios, preguntas increíbles como, ¿esa negrita es TU bebé? ¿Estás CASADA con un NEGRO? Pues sí, sospecho que este diario bombardeo de racismo hizo que a Simón le entrara la locura de ir a Vietnam para demostrar que el negro es tan humano, valiente y digno como los otros seres humanos. Allá en Vietnam desapareció defendiendo la democracia y la justicia. A decir verdad, yo no quisiera que todo lo que nos pasó se vuelva a repetir con mi hija y su novio, porque esto acá se va a poner de mal en peor ya que los hispanos serán la minoría más numerosa en los Estados Unidos, y desgraciadamente hay muchos hispanos, híjole demasiados, que son más racistas que los gringos, odian al negro por su sangre africana. Pues sí, no se dan cuenta o no quieren aceptar que el aporte africano es un importante factor de la herencia racial y cultural hispanoamericana".

El profesor Triunfo Guerrero interrumpió el diálogo entre Teodora y Guadalupe para preguntar si entre los negros de Puerto Rico se conocía el significado de **sodinu,** y también, si el mismo concepto era conocido entre los mexicanos y chicanos descendientes de madres olmecas, mayas y aztecas que les dieron hijos a los esclavos africanos, quienes se dedicaron al cimarronaje tan pronto desembarcaron de los navíos negreros que echaron anclas en Veracruz. Mas, como había ocurrido antes con los **chombos, pichones y cocolos** tampoco los afropuertorriqueños ni los afromexicanos estaban al corriente sobre lo de **sodinu.**

Tras de conversar brevemente con el profesor cubano, quien siguió preguntando sobre la desconocida palabra que había despertado tanta curiosidad, Eufemia por fin reveló el sueño de Libertad Lamento: "frío... frío aterrador... mucha nieve... manto blanco de muerte lentaseguratraicionera... viento... truenos, relámpagos, gritos, llantos, lamentos y contaminación nuclear hay un aglomerado aeropuerto donde la babélica algarabía se confunde con chillidos de niños perdidos y un avión atestado logra escapar de la copiosa nievenuclear felizmente en el avión reina la alegría de bulliciosa vida por la sinfonía de tamborito-calipso-rumba-samba-merengue-bomba-jarocho--cumbia y un abuelo de las cumbres del Kilimanjaro, bajo un baobab a orilla del río Nilo narra sobre la primera madrugada de látigos y cadenas y perros rabiosos y puertos negreros donde el sudor y la sangre de los encadenados se mezclan en los dulces cañaverales bajo latigazos sol tropical y torrenciales aguaceros... calor... calor... mucho calor... todo empapado bajo torrenciales aguaceros... en una sanja grande infierno por todas partes la muerte lentaseguratraicionera... nubes de mosquitos verdugos... ríos caudalosos que ahogan... derrumbes y explosiones peligrosos... un mar de guineos y luego el frío de la nieve... el avión que escapó de la blanca nievenuclear aterriza en el aeropuerto Urracá-Bayano un martes veraniego de luna y estrellas donde la suave brisa tropical acaricia dulcemente amanece y melodiosos gorjeos a lo largo de la Avenida Martinica, la Vía Jamaica y Paseo Barbados hasta llegar a la Plaza de las Antillas donde grupos folclóricos bailan tamborito-calipso-rumba-samba-merengue-bomba-jarocho-cumbia y hay también mesas llenas de suculentas comidas... arroz con pollo, tamales, sopa de guandú, soncocho, acarajé, gumbo, lechón asado, mondongo... barcos y trenes atestados de orgullosos nietos que celebran pomposamente las hazañas de los abuelos diggers en las esclusas de Miraflores Pedro Miguel Gatún fiesta y alegría yoquieroquetumellevesaltambordela cantos y bailes yoquieroquetumellevesaltambordelalegría bailes y cantos de los tambores de alegría... pero de repente silencio... silencio... silencio... abrazos a los ancianos africanos del Reino de los Muertos y después a los Bayano Cudjoe Yanga Coba Benkos Zumbí Zabeth y en Portobelo murmuran luego gritan la palabra **sodinu**...

Aquel martes por la noche, en el aeropuerto, donde había montañas y laberintos de maletas y, también, donde el incesante chillido de los cinco niños perdidos y la algarabía babélica de la muchedumbre se habían intensificado ruidosamente, tras de ponerse cada uno su sombrero montuno y, además, beber sabrosa chicha de tamarindo que ofreció generosamente la abuela Felicidad Dolores, finalmente, todos los **chombos, pichones y cocolos,** excepto, Libertad Lamento y Ñato Pataperro, abordaron el avión que alzó vuelo, como un cóndor andino (bajo la amenaza de relámpagos y truenos aterradores que el enfurecido orixa Changó derramaba a diestra y siniestra en un cielo huérfano de estrellas), dejando atrás la copiosa nievenuclear que sepultaba hasta la corona de la Estatua de la Libertad, rumbo hacia el Istmo tropical, allá donde el quibián Urracá y el rey cimarrón africano Bayano habían luchado valientemente contra las hordas de conquistadores aperreadores, codiciosos de Dabeibas y Dorados; y, también, donde luego los abuelos **diggers** afroantillanos, de los pasajeros en el avión, habían construido heroicamente, primero, el Ferrocarril y, después, el Canal de Panamá.

El atestado avión, que acababa de despegar desde un aeropuerto cerca de la Estatua de la Libertad, parecía un aglomerado corral de gentetortugas, el cual recordaba los criaderos de tortugas de los arahuacos en las costas isleñas de Boriquén, Xaymaca y Quisqueya, en el mar Caribe.

Y, tras los cantos de alabanzas y gracias a Yemayá, Obatalá y Changó, los orixas de cabecera de las gentetortugas en el avión que volaba como un cóndor andino, se reanudó el alegre pregón de tamboritos, rumbas, merengues, sambas y otros legados rítmicos de los ancestros cimarrones que, tras de ser secuestrados violentamente de sus cunas africanas, sobrevivieron a duras penas los latigazos, las cadenas, los negreros, los cañaverales y los verdugos en lejanas tierras madrastras de felicidad y dolores, donde el sol y los pájaros ni acarician ni festejan las madrugadas como en aquellas viviendas ancestrales a las laderas del Kilimanjaro y a las orillas del río Nilo.

Luego, a los tambores, maracas, güiros y berimbaus acompañaron las palmadas, sonando a manera de los tambores batá, de los que estaban celebrando en el avión porque paulatinamente comenzaron a olvidar la pesadilla invernal de la odisea trasatlántica iniciada siglos atrás después de la apocalíptica separación del terruño alrededor del tamarindo en el corazón de Buruco. Además, todos los varones sintieron un desahogo cuando los tambores –voces de las Siete Potencias africanas–, anunciaron que, al fin, había llegado la víspera del ocaso del horroroso presagio vinculado con el ombligo de mal agüero.

De repente, reinó un solemne silencio en el avión, el cual volaba al ritmo de la alegre música (de fuerte acento africano) heredada de las razas que se encontraron en dominios de los arahuacos, caribes, cuevas y tupíes después de la llegada de la **Santa María**, la **Niña** y la **Pinta** a la isla Guanahaní, cuando, sorprendentemente, apareció entre las gentetortugas el más anciano africano del feliz Reino de los Muertos acompañado del difunto Marcus Garvey y, también, acompañado de Elegguá, el orixa guardián de los caminos y mensajero del supremo Olodumare. E inmediatamente después de los tradicionales saludos respetuosos y fuertes abrazos, principalmente, al más anciano antepasado africano (ricamente togado como el más poderoso de los faraones nubienses del antiguo Egipto o el más valiente de los emperadores en los antiguos reinos africanos de Ghana, Mali y Songhay), quien, tras de sentarse en un asiento ceremonial (una tortuga tallada de ceiba), hablando pausadamente en lengua yoruba de tono aristocrático se dirigió, por medio de intérpretes, a todos sus descendientes que habían nacido lejos del tamarindo en el corazón de Buruco.

Allá en Africa, en las cumbres del Kilimanjaro, durante un atardecer lluvioso en el terruño bucólico del más hermoso horizonte y las más encantadora armonía de flores y gorjeos se celebró un maravilloso suceso cuando el supremo orixa Olodumare, con un ligero soplo de su aliento, cariñosamente les obsequió vida a las figuras esculpidas bellamente en barro por orixa Obatalá. Y, luego, al séptimo atardecer, Nana Olodumare invitó a los primeros africanos a poblar feliz y eternamente las fértiles orillas del río Nilo, donde bajo la sombra de un robusto y frondoso baobab se encontraban tranquilamente un elefante, una cabra y una tortuga, señal de que ese era el corazón del reino ancestral. Allí, orixa Oko y orixa Ochosi ampararon generosamente a los agricultores y a los cazadores, y por lo tanto, ellos cosecharon y cazaron fácil y abundantemente el mejor ñame, plátano y café que se saborearon con las finas carnes y frescos mariscos de las suculentas y opíparas comidas consumidas cotidianamente en todas las viviendas alrededor del robusto y frondoso baobab, donde los tambores y los cantos alegraban comenzando con el primer quiquiriquí de los gallos madrugadores hasta que las luciérnagas, como estrellitas bailarinas, iluminaran el oscuro atardecer.

Muchos atardeceres más adelante, orgullosamente, fuimos testigos de las construcciones de la pirámide de Keops y la esfinge de Kefrén en Egipto. También fuimos maestros en Tebas, Napata y Menfis de los faraones Nefertari, Hatshepsut, Ikhnaton y Tutankamón. Y, además, nos distinguimos como músicos y narradores de las escrituras jeroglíficas durante las épocas de varios faraones nubienses hasta que, desgraciadamente, cinco jóvenes planearon derrocar a los nobles y sabios miembros del concilio de abuelos −la máxima autoridad del reino ancestral.

Pero, felizmente, la conspiración fraguada por los cinco jóvenes malvados fracasó cuando intervino orixa Eleggúa, enviado por el orixa de la Adivinación y Sabiduría: Orula, confundiendo a los cinco conspiradores que, extrañamente, empezaron simultáneamente a comunicarse entre ellos en cinco lenguas, las cuales ellos mismos no entendían.

Al día siguiente, por la madrugada, Changó, el furioso orixa de cabecera del cabecilla de la conspiración del baobab, desató su ira lanzando hachazos, relámpagos y truenos que asustaron pavorosamente al que había sido el más valiente entre los antes héroes de todos nuestros jóvenes; pero más iracundos fueron los nietos de los nobles y sabios ancianos: quemaron viviendas, cosechas, instrumentos musicales, artefactos, ropa, en fin, todo lo que había sido usado o, al menos, tocado por los cinco conspiradores, antes astutos, guapos y fornidos −orgullos de la cepa africana noblemente esculpida en las cumbres del Kilimanjaro por orixa Obatalá. Esta fue la primera madrugada de tristeza y dolor, a orillas del río Nilo, en la cual el grito de los pájaros enlutó lo que hasta ese entonces fueron noches que madrugaban luciendo frescas y fragantes flores que, meciéndose suavemente al compás de la sinfonía de gorjeos y quiquiriquís, les daban la bienvenida madrugadamente a los amaneceres que acariciaba el vigoroso sol madrugador, desde aquel maravilloso suceso del atardecer lluvioso en las cumbres del Kilimanjaro.

Y, la hediondez del fuego devorador de los chécheres de los cinco malvados que ofendieron a los nobles y sabios abuelos ahogó los olorosos platos matutinos de las cocinas, las risitas de las enamoradas nadando en el río Nilo como sirenas y, también, los cantos de los varones cazadores y pescadores. Era una escena infernal: relámpagos, truenos, gritos, fuego, hedor.

Además, en esa triste madrugada, el lamento de madres se hizo remolino con los llantos de esposas y lloriqueos de niños, a quienes separaron de los conspiradores desterrados, quienes, desnudos y golpeados, con la vergonzosa mirada fijada en las cenizas de sus viviendas, desfilaron lenta y dolorosamente, al acecho de víboras, ratas, tarántulas, lagartos y aves de rapiña, para alejarse en las tinieblas en compañía de Omolú, el orixa de las enfermedades, después de escuchar, en silencio, al concilio de abuelos sentenciar, bajo el robusto y frondoso baobab, que solamente serían perdonados los que a la cuna ancestral regresaran arrodillados delante de sus progenitores, para pedir perdón por la grave ofensa a los nobles y sabios abuelos, luego de acariciar una tortuga negra que se encontraría cerca de un tamarindo a orilla de un río.

Deambulamos lenta y dolorosamente muchas madrugadas bajo el yugo de la vergüenza, las hambrunas, la hedentina de leprosos, las riñas fratricidas y al acecho de feroces animales – antes mansos como los elefantes, las cabras y las tortugas mascotas de las criaturas nacidas bajo el robusto y frondoso baobab a orilla del río Nilo –, por todo lo largo y ancho de Africa buscando la tortuga negra bajo un tamarindo a orilla de un río.

Por fin, después de mucho deambular, madrugadas tras madrugadas, desde el río Nilo al río Zambeze y, luego, desde el río Congo al río Níger, encontramos el lugar indicado por el concilio de nobles y sabios abuelos a orilla del río Níger, donde con gran júbilo nos establecimos en Buruco. Allí, alrededor de un tamarindo, donde el ñame, el plátano y el café no eran tan suculentos ni las carnes finas ni los mariscos frescos como a orillas del río Nilo y, también, donde los animales ahora eran más feroces y numerosos leprosos nos codeaban, volvimos a distinguirnos durante muchos atardeceres como marimberos y, por supuesto, como constructores, maestros y narradores en los reinos de Ghana, Mali y Songhay.

Aunque orixa Omolú seguía visitándonos en Buruco, madrugada tras madrugada, la vergüenza por lo de la conspiración del baobab poco a poco se olvidaba entre los nietos que nacieron cerca del tamarindo a orilla del río Níger.

Pero, desgraciadamente, nuestra felicidad en Buruco fue violentamente interrumpida una madrugada, como aquella primera madrugada de tristeza y dolor a orillas del río Nilo, esta vez, cuando nos descuidamos, haciendo caso omiso de la advertencia, de bondadosos abuelos, presentada repetidas veces en pesadillas de la niña Omiyapa (descendiente de una muchacha secuestrada a orilla del río Nilo la madrugada del destierro de los malvados involucrados en la conspiración del baobab), quien, además, había ocultado, con su silencio, la existencia de albinos escondidos en una cueva cerca del tamarindo en el corazón de Buruco – una ruptura de la tradición de enterrar vivos a todos los recién nacidos albinos, bilongos de los abikues, espíritus maliciosos.

Soñado y hecho. Aquella madrugada huérfana de sol, quiquiriquís, fragancias y gorjeos, alrededor del tamarindo en el corazón de Buruco, celebrábamos con tambores, marimbas y palmadas la cosecha de ñame, plátano y café, cuando la alegría de los cantos y las danzas, inesperadamente, enlutó al desembarcar, cerca de la desembocadura del río Níger, los invasores lusitanos que, tras de obsequiar a sus cómplices albinos con baratijas y vinos, destruyeron nuestras ropas, cosechas, viviendas e instrumentos musicales después de encadenarnos y, luego, forzarnos, a punta de latigazos, a abordar los barcos negreros que se alejaron aceleradamente de la costa africana navegando al compás de lloriqueos, llantos y lamentos, rumbo al puerto de donde más adelante zarparían las tres carabelas del Almirante de la Mar Océano.

Pasaron nueve meses. Allá en Sevilla, el niño Bandelé Cebiano nació y murió su madre Omiyapa en la misma madrugada – el primer parto lejos del tamarindo en el corazón de Buruco.

Aquella madrugada del primer parto lejos del tamarindo en el corazón de Buruco y aún más lejos de las laderas del Kilimanjaro y el robusto y frondoso baobab a orilla del río Nilo, cerca del barrio de Triana, a orilla del río Guadalquivir, en Sevilla, todas las africanas secuestradas en Buruco lloraron amargamente el nacimiento del niño Bandelé Cebiano y, a la vez, celebraron jubilosamente la muerte de Omiyapa, la única esclava embarazada que ni había abortado ni se había suicidado.

Ni las famosas festividades de Semana Santa ni, mucho menos, las celebraciones musulmanas y sefarditas emocionaron tanto a los sevillanos como el veloriofiesta entre los que eran oriundos de Buruco.

Pero, al quinto día de holgorio, el gran bailador orixa Changó, de súbito, abandonó furiosamente el veloriofiesta escupiendo truenos y relámpagos cuando escuchó un mensaje que comunicó orixa Elegguá. E inmediatamente la difunta parturienta, acompañada de orixa Omolú, regresó a Sevilla, llamándose Perpetua, expulsada por orixa Oyá del feliz Reino de los Muertos y, también, condenada a pasar muchas madrugadas dolorosas por el alumbramiento traicionero al orgullo y la dignidad de la noble cepa africana creada en las cumbres del Kilimanjaro.

Perpetua, la odiada madre leprosa del primer parto esclavo, al regresar a Sevilla buscando desesperadamente una tortuga negra bajo una ceiba a orilla de un río, tras de examinar minuciosamente el ombligo de su hijito encontró el distintivo de mal agüero, el cual le había advertido orixa Orula, que era el indicio de un horroroso presagio, de repente, dementemente, gritándole insultos a orixa Oshún (la Venus africana) diciendo: "Tú no ser bonita" repetidas veces hasta quedar ronca, y, luego, a medianoche, se acercó corriendo, a orilla del río Guadalquivir, donde, en vano, trató de ahogarse.

Entre los frecuentes empeños fracasados de ahogos de madre e hijo, en el río Guadalquivir, Perpetua crió a su hijo Bandelé Cebiano, como lazarillo de orixa Babalú-Ayé auxiliando a los otros esclavos enfermos, en casa de una familia usurera (vecina de Rodrigo Sánchez, tripulante de la **Pinta**), en el barrio de Triana, donde, a pesar de ser ella la mejor cocinera africana de toda Sevilla, a diario estaba triste y deprimida por el horroroso presagio de orixa Orula y las pesadillas de mal agüero sobre lo del ombligo de su hijo que la atormentaban madrugada tras madrugada.

Además, casi todos en Sevilla se burlaban de Perpetua por su búsqueda desesperada de una ceiba entre olivos a orillas del río Guadalquivir.

Poco después de la primera década del alumbramiento traicionero al orgullo y la dignidad de la noble cepa africana creada en las cumbres del Kilimanjaro, cuando Bandelé Cebiano llegó al umbral de la pubertad, su madre, a orilla del río Guadalquivir, le aconsejó que nunca, bajo ninguna circunstancia, violara su condición de célibe porque él era ahijado de orixa Osaín, el gran conocedor de las hierbas medicinales. Además, le reveló lo de la conspiración del baobab y los sucesos en Buruco e hizo hincapié sobre nunca irrespetar a los abuelos, nunca jamás confiar en albinos y, más importante aún, rescatar el orgullo y la dignidad africana, valientemente, hasta con la vida.

A la madrugada siguiente, Perpetua se sintió liberada del horroroso presagio de orixa Orula cuando regaló a su hijito a un gitano ciego que necesitaba a un lazarillo.

La esclava leprosa, quien había dado a luz a la primera criatura lejos del tamarindo en el corazón de Buruco, celebró, fingiendo dolor, la "desaparición" de Bandelé Cebiano. Y, cuando se encontraba a solas en la cocina de la familia usurera, en el barrio de Triana, a carcajadas se burlaba de lo del ombligo de su hijo y, por supuesto, del horroroso presagio.

Años más tarde, como lazarillo del gitano ciego, Bandelé Cebiano anduvo por todas las calles y todos los barrios de Lisboa, Cádiz, Toledo, Córdoba y Granada, enriqueciendo a su amo, no pidiendo limosnas en las entradas de las iglesias (antes o después de la santa misa) ni cerca de las mezquitas ni cerca de las sinagogas, sino vendiendo en los mercados las hierbas medicinales que preparaba exactamente, al pie de la letra, como le había enseñado orixa Osaín, en Sevilla.

Las hierbas medicinales del hijo de Perpetua tuvieron muchísima fama en la Península ibérica, tanto entre analfabetas como entre licenciados. Algunos de los clientes que más codiciaron los remedios del lazarillo fueron Francisco Pizarro y Hernán Cortés; también, Vasco Núñez de Balboa y Bartolomé de las Casas, ambos clientes del gitano ciego, en varias ocasiones mejoraron de fiebres después de beber té de yerbabuena y otras hierbas, una de las especialidades de Bandelé Cebiano.

El primero en nacer lejos del tamarindo en el corazón de Buruco, olvidando o, peor aún, desobedeciendo una de las advertencias de su madre, una madrugada, preparó cinco tipos de hierbas medicinales (para el escorbuto) que el gitano ciego le obsequió a su amigo genovés Cristóbal Colón, la penúltima vez que se encontraron en el convento franciscano de La Rábida.

Durante cinco madrugadas consecutivas, después del obsequio de las hierbas medicinales al navegante genovés, quien, según el gitano ciego, negaba la existencia de la mano de Luzbel y el ave gigantesca

Roc y, peor aún, deliraba sobre llegar a Catay y Cipango viajando en carabela y por una ruta contraria a la del caballo de Marco Polo, el hijo de Perpetua tuvo pesadillas (semejantes a las de Omiyapa cuando fue expulsada del feliz Reino de los Muertos), en las cuales orixa Elegguá le repetía atropelladamente el mismo mensaje sobre lo del ombligo de mal agüero y el horroroso presagio que orixa Orula había adivinado inmediatamente después del primer parto lejos del tamarindo en el corazón de Buruco.

Luego, cuando el gitano ciego se reunió por última vez con su amigo genovés en el convento de La Rábida para conversar largamente sobre su anhelo secreto de llegar a ser el segundo Moisés y otros asuntos del éxodo sefardita que habían planeado los Reyes Católicos después de entrar triunfalmente en la Alhambra, Bandelé Cebiano aprovechó la ocasión para escaparse.

Al día siguiente, poco después del mediodía, no muy lejos de Palos, donde trató en vano de abordar varios barcos como polizón, tras de maldecir a las Siete Potencias africanas (Obatalá, Elegguá, Changó, Ogún, Yemayá, Orula y Oshún) e inmediatamente rezar cinco veces el rosario que le habían regalado los franciscanos del convento de La Rábida, el lazarillo prófugo se alegró, por fin, cuando se le presentó la oportunidad de viajar con un circo de gitanos.

Cuando el circo llegó a Granada, Bandelé Cebiano se despidió de sus compañeros y, pisando los talones de beatas que iban a misa, se encaminó directamente a una iglesia, como había hecho durante todo el recorrido del circo, para peticionar ingreso en un seminario. El hijo de Perpetua, muy preocupado por las incesantes tentaciones contra su celibato, había decidido ser cura (durante la quinta madrugada de las pesadillas después del obsequio de los cinco tipos de hierbas medicinales allá en el convento de La Rábida), porque, según su amo ciego, los sacerdotes católicos, quienes nunca tienen que preocuparse de ser mujeriegos o maricas porque, al recibir las órdenes sagradas y la bendición de un obispo en la ceremonia de ordenación, pierden milagrosamente el mundanal y pecador apetito sexual que tanta tragedia ha causado en el Valle de Lágrimas desde la madrugada que Adán saboreó lo que Eva gustosamente le ofreció en el Paraíso.

Como Bandelé Cebiano, quien desde la pubertad cada madrugada se examinaba el ombligo, estaba muy preocupado por lo del horroroso presagio que adivinó orixa Orula, con el rostro inundado en lágrimas, en Granada, rogó, persignándose repetidas veces con su rosario, que le ayudaran a llegar a ser sacerdote. Pero, según la costumbre de aquel entonces (se prohibía la ordenación al sacerdocio a los católicos de ascendencia africana) solamente le permitieron funcionar como asistente de sacristán, lo cual agradeció de rodillas mientras denunciaba la falsedad del judaísmo, el mahometismo y, sobre todo, el rechazo de todos los orixas y las Siete Potencias africanas.

Pasaron varios meses. Además de los cotidianos regaños del párroco y del sacristán al hijo de Perpetua por beber vino en vez de agua, las pesadillas preocupaban cada vez más y más a Bandelé Cebiano. Y, por si esto fuera poco, se confesaba diariamente, se imponía ayunos como castigos y se flagelaba lastimosamente hasta sangrar porque, durante las misas, con la vista desnudaba a las viejas en la iglesia, pensando en algunas escenas de sus pesadillas, en las cuales su castidad, como un espejo, estallaba en pedazos que causaban dolor en su piel, pero a la vez, extrañamente, cada experiencia era también de gran placer eufórico, inolvidable.

Era mediodía, un Viernes Santo, cuando de repente murió Bandelé Cebiano en la sacristía de una iglesia en Granada.

Tanto el párroco como el sacristán, al enterarse del fallecimiento en la sacristía, olvidando momentáneamente dónde se encontraban, ambos dijeron rencorosamente: "Coño, maldito negro. ¿Cómo se le ocurre morir durante Semana Santa cuando hay tanto que hacer?"

Pero, luego, el sacristán, quien tenía la manía de repetir exactamente, palabra por palabra, todo lo que decía su patrón, al vocear el último rezo del Via Crucis, en tono monótono y latín descuidado, le informó jubilosamente al sacerdote que misteriosamente el cadáver de su ayudante había desaparecido y, en su lugar, se encontraba un bebé. Inmediatamente, el cura ordenó al sacristán que hiciera los preparativos para el bautizo antes de buscar a su mujer (una de las concubinas del cura) para ser la madrina.

La ceremonia de bautizo, muy concurrida por las concubinas y vecinas chismosas del párroco, se llevó a cabo con mucha prisa en un latín tan descuidado que le robó solemnidad a la ocasión. El neófito fue llamado Bandelé, como el difunto desaparecido, y, en honor al párroco, le pusieron al niño el apellido Izquierdo en el certificado de bautizo.

El ahijado del sacristán pasó una infancia sin novedad. Era un niño aparentemente normal y muy feliz. La madrina le mostró al ahijado hasta más cariño que a los hijos de su marido. También, el niño que fue hallado en la sacristía cuando murió Bandelé Cebiano, era el mejor monaguillo de la parroquia, el favorito del padre Izquierdo.

Sin embargo, extrañamente, cuando la voz de Bandelé Izquierdo empezó a cambiar anunciando la llegada de la pubertad, se examinaba obsesionadamente el ombligo cada madrugada, tomaba vino en vez de agua, sobaba atrevidamente las nalgas de las viejas y, curiosamente, nunca dormía (el insomnio de Bandelé Izquierdo había comenzado una madrugada cuando despertó asustadísimo, gritando obscenidades y maldiciendo a su madrina, por una pesadilla que sólo reveló en el confesonario).

Y, poco después, al enterarse de que por su color no era posible estudiar en un seminario para llegar a ser sacerdote, y al decidir que ese estado de vida era la mejor garantía para custodiar celosamente su castidad, una madrugada desapareció, buscando desesperadamente un refugio ermitaño, como alternativa, para evitar contacto con mujeres, sobre todo, viejas embarazadas.

Y, en otro barrio de Granada, donde la mayoría de los andaluces eran mudéjares y sefarditas, expulsado el último moro de la Alhambra (después de ocho siglos desde la derrota del último rey visigodo), Tomás Ladrón a diario golpeaba, sin piedad, a su hijo Bartolomé –niño de cabello rubio y nariz aguileña–, el más torpe de la pandilla de delincuentes, que por lo general merodeaba por los alrededores del palacio de los reyes moros de la España musulmana conquistada por los generales africanos Tarik y Jusuf, porque en todos los robos del vecindario el niño Bartolomé no se interesaba por las joyas de valor. En cambio, extrañamente, le fascinaba robar solamente baratijas y prendas femeninas.

No obstante, a pesar de los golpes con garrote, los puñetazos y las patadas en Toledo, Sevilla, Córdoba y Granada, y además de las insolencias de sus madrastras rameras, Bartolomé Ladrón juró vengar la muerte de su padre, ocurrida una madrugada en una iglesia de Granada cuando al tratar de robar un crucifijo de oro del altar mayor, en la oscuridad, Tomás Ladrón pisó una botella de vino, que un sacerdote embriagado descuidadamente dejó caer cerca del altar durante la confesión de los niños de la parroquia en víspera de la primera comunión, y al perder el equilibrio el malhechor resbaló cayendo sobre el crucifijo que le atravesó la garganta punzando una vena yugular.

Aquella madrugada del accidente con el crucifijo de oro, antes de que Bandelé Izquierdo, el esclavo aseador de la iglesia, ayudara al sacristán a preparar el altar para la misa, las beatas, quienes acostumbraban asistir a la primera misa y después encender varias velas votivas allí diariamente tras de los murmullos de chismes y rezos del rosario, encontraron al malhechor Tomás Ladrón ahogado en un charco de sangre. Y cuando la noticia del accidente corrió, de boca en boca, por toda Granada, el hijo del difunto de inmediato culpó de la muerte en la iglesia al aseador Bandelé Izquierdo.

Curiosamente, el huérfano no lamentó realmente la muerte de su padre verdugo, sino el pan robado de cada día que le faltaría desde ese entonces en adelante.

Después del sepelio de Tomás Ladrón – muy concurrida por una turbamulta de gitanos, rameras, delincuentes, vagos y locos –, el niño Bartolomé Ladrón se empeñó a vengar con rencor virulento la muerte de su progenitor no apedreando solamente a Bandelé Izquierdo, quien en momentos de peligro siempre se cubría el ombligo, cada madrugada, sino también a todos los africanos en Granada, donde vivían muchos esclavos secuestrados cerca del tamarindo en el corazón de Buruco.

Paulatinamente, el odio del huérfano, que se profundizaba más y más en su conciencia, hasta se exhibió en su repugnancia por todo lo que, aunque por muy remoto que fuera, tuviera alguna relación con Africa. Por lo tanto, se dedicaba, día tras día, a ensuciar gustosamente con excremento la Puerta de la Justicia y el Patio de los Leones, en la Alhambra, antes de marcharse a Sevilla, donde como en Granada, también repitió lo mismo con las paredes de la Giralda y el Alcázar, lamentando no haber derrumbado las mil columnas de la Mezquita de Córdoba.

El odio del huérfano llegó a tal extremo que tuvo la audacia de atacar al negro más importante de Sevilla: Juan de Valladolid, el mayoral de los negros en Sevilla nombrado por los Reyes Católicos.

En aquel entonces de las maldades causadas por el niño Bartolomé Ladrón, un portugués negrero que frecuentaba Sevilla, alarmado por los daños a sus negocios, contrató a un delincuente del barrio de Triana, en una taberna cerca de la ribera derecha del río Guadalquivir, para que golpeara al huérfano que tenía por costumbre lastimar a los esclavos africanos vendidos en Sevilla. Y, como consecuencia, después de la tercera paliza, el aterrorizado Bartolomé Ladrón, para escapar los golpes del delincuente de Triana, una noche se escondió abordo la carabela **Santa María**, en la víspera del primer viaje trasatlántico del Almirante de la Mar Océano.

A la semana siguiente, en alta mar, en el océano Atlántico, durante el viaje originalmente trazado, según los planes en el convento franciscano de La Rábida, para llegar a Cipango o, al menos, a Catay siguiendo una ruta marina en dirección contraria a la de Marco Polo, por poco echan al polizón Bartolomé Ladrón a los tiburones por las repetidas maldades que le hacía, madrugada tras madrugada, a Pedro Alonso, un tripulante negro de la **Santa María**, la carabela capitana del navegante genovés al servicio de los Reyes Católicos. Pero el huérfano polizón (embustero como su difunto padre gitano), quien se ufanaba de ser descendiente de castellanos, vascos, gallegos, mudéjares y sefarditas, se salvó en esa y otras ocasiones no por la intercesión misericordiosa de Cristóbal Colón, sino porque un marinero de Sevilla, a quien habían sacado de la cárcel el día que zarparon de Palos la **Santa María,** la **Niña** y la **Pinta,** defendió a su ahijado, y como recompensa exigió que "El martirio de los negros" le sirviera como concubina, durante el viaje marítimo rumbo a Cipango y Catay, para saciar su sed de lujuria, la cual era feroz por el ayuno conyugal a causa de la condena y encarcelamiento por chulo.

Poco después de un mes, en La Española, tras el naufragio de la **Santa María,** Bartolomé Ladrón logró librarse del forzado concubinato con su padrino, quien se ahogó cerca del territorio del cacique Guacanagari.

Luego, en la víspera de la destrucción del fuerte La Navidad, la cual fue construida (con los restos de la carabela naufragada) por los tripulantes de la **Santa María** en territorio del cacique Guacanagari, el niño polizón Bartolomé Ladrón se salvó milagrosamente de la furia de los arahuacos, valientes indígenas que rechazaron victoriosamente la primera transgresión colonizadora en la isla Quisqueya (madre de todas las tierras), el verdadero nombre de La Española.

Pasaron varios años de aguaceros torrenciales y huracanes fuertes en la isla Quisqueya después de la destrucción del fuerte La Navidad.

Sorprendentemente, Bartolomé Ladrón –joven de cabello rubio y nariz aguileña–, "El martirio de los negros", se apareció sucio y hediondo en Santo Domingo donde cargado de odio podrido atacó violentamente, como perro rabioso, a Bandelé Izquierdo, quien, después del nefasto accidente con el crucifijo de oro en Granada, llegó a ser compañero del Adelantado y testigo de la fundación de Santo Domingo y, luego también, testigo del viaje de Cristóbal Colón a Portobelo.

El hijo de Tomás Ladrón, recordando la muerte en la iglesia allá en Granada, fiel a su juramento, también atacó en esa ocasión, en Santo Domingo, a los otros esclavos africanos mientras cultivaban caña de azúcar, ñame, plátano, café, guineo y, al mismo tiempo, cuidaban gallinas, vacas, cerdos y caballos, matándolos a todos (no se cubrieron el ombligo como Bandelé Izquierdo, el único varón sobreviviente).

Tras la matanza de los esclavos africanos, ya moribundos por las diarias faenas en los conucos, hatos de ganados y minas de oro, desde el amanecer hasta el anochecer, Bartolomé Ladrón no recibió el castigo que por justicia se merecía, según el licenciado Hernán Cortés (agradecido cliente de los jarabes que preparaba Bandelé Izquierdo), un pariente del gobernador, sino que fue perdonado a petición de su tocayo sevillano Bartolomé de las Casas, un viejo amigo, por la valiosa información que aportó el náufrago de la **Santa María** y único sobreviviente del fuerte La Navidad sobre los arahuacos de la isla Quisqueya y el oro en la región del Cibao. Es más, como recompensa le regalaron a la niña Ozama, una hija de Bandelé Izquierdo, la misma madrugada cuando un tripulante de Juan de Esquivel se llevó a Nigua, la hermana gemela de Ozama, a la isla de Xaymaca (tierra de los manantiales).

La separación de las niñas gemelas ocurrió una madrugada, como en la que en la expedición a la isla Boriquén, encabezada por Juan Ponce de León, se llevaron a Felicidad Dolores.

En aquella partida de Felicidad Dolores rumbo a la isla Boriquén, quedaron huérfanos de madre, en Santo Domingo, cinco varones: Caizcimú, Huhabo, Cayabo, Bainoa y Guacayarima, quienes ignoraban que eran hermanos.

Los cinco hijos dominicanos de Felicidad Dolores trabajaban juntos, madrugada tras madrugada, con el único esclavo curandero de Santo Domingo: Bandelé Izquierdo, quien era cruel con los latigazos, en la caza de iguanas, loros, palomas y guacamayos, además del cultivo en las plantaciones en conucos: yuca, maíz, frijoles, maní, piña, mamey, ajíes, camotes, tabaco y algodón. Y los cinco ayudantes del curandero zurdo también tenían la responsabilidad de provisionar a los colonos con materiales muy utilizados por los arahuacos: bejuco, henequén, caoba, ébano y ceiba.

Muchas madrugadas antes de que, como esclavo de Hernán Cortés, a Santiago de Cuba se llevaran al niño Guacayarima, a quien su madre había tratado en vano de ahogar varias veces, en Santo Domingo, antes de ser llevada como esclava cocinera a la isla Boriquén –horrorizada por lo que observó en el ombligo de su hijito (el mismo indicio del horroroso presagio que había adivinado orixa Orula cuando nació Bandelé Cebiano, el primero en nacer lejos del tamarindo en el corazón de Buruco), Caizcimú, otro hijo de Felicidad Dolores, se encontraba abordo la nave de Enciso cuando el polizón Vasco Núñez de Balboa, quien ya había recorrido las costas istmeñas como tripulante de otra expedición capitaneada por Rodrigo de Bastidas, convenció a sus compañeros que echaran ancla cerca del territorio del quibián Darién, en el istmo de Panamá, donde se fundó la colonia Santa María la Antigua del Darién, y de donde luego Balboa, el amante de la indígena Anayansi, dirigió saqueos y matanzas en los dominios de los quibianes Ponca y Pacra.

En territorio del quibián Quareca, durante la expedición rumbo hacia Mar del Sur, Caizcimú, quien saboreaba venado asado, bollos de maíz y chicha fuerte de maíz, se asombró una tarde cuando Balboa le ordenó que le preguntara a un grupo de negros, que allí se encontraban entre los indígenas cuevas viviendo en bohíos, de dónde eran y dónde sacaban oro. Pero Caizcimú no entendió la lengua chibcha africanizada que ellos hablaban y, a la vez, ellos no entendieron el castellano africanizado que hablaba el hijo de Felicidad Dolores. Y como consecuencia, los compañeros de Balboa llamaron brutos a los negros por no saber comunicarse en castellano y, como castigo, la jauría de feroces perros encabezados por Leoncico despedazaron a los reyes de los negros, quienes luego fueron quemados delante de sus mujeres e hijos, a quienes después ahorcaron.

Durante varias noches consecutivas, Caizcimú no pudo reconciliar el sueño por la matanza de africanos en tierra de Quareca. El incidente hizo que, el hijo de Felicidad Dolores, hasta olvidara momentáneamente lo que sospechaba del ombligo de Guacayarima, a quien quería y odiaba a la vez, sin razón clara de su sentimiento ambiguo.

Caizcimú, el principal ayudante del explorador africano Nuflo de Olano, un compañero de Balboa, luego se enfermó durante la expedición en el Darién hacia Mar del Sur al ser testigo también de la crueldad que sufrían los indígenas cuevas, víctimas de los colmillos de la jauría de perros feroces, encabezados por Leoncico, el perro mascota de Vasco Núñez de Balboa.

Luego, el hijo mayor de Felicidad Dolores, recordando con rencor cómo fueron despedazados y quemados los caciques arahuacos en un bohío de la isla Quisqueya, y peor aún, el día que los soldados del gobernador Ovando ahorcaron a la cacica arahuaca Anacaona en Xaraguá, y, además, por la matanza de gente de su raza en territorio del quibián Quareca, se alegró cuando Balboa no encontró el fabuloso oro de Dabeiba, y también por el hecho de que el quibián Pocorosa degolló a los colonos de Santa Cruz y, cuando Pedrarias, el gobernador de Castilla del Oro, ordenó la decapitación de Balboa en Acla, Darién.

El día de la fundación de la ciudad de Panamá, Pedrarias, libre del decapitado Balboa, festejó pomposamente, en cambio, Caizcimú pasó el día entero vomitando violentamente al recordar los pedazos de carne africana e indígena colgando de los manchados colmillos de Leoncico y de la jauría de perros feroces de Balboa.

Poco después de la fundación de la Noble y Real Ciudad de Panamá, Caizcimú fue testigo cuando se fundó la población de Natá, la cual sirvió como base de las expediciones contra el valiente quibián Urracá, a quien nunca lograron subyugar a pesar de nueve años de persecución en las montañas de Veraguas. Y, al no desear volver a ser testigo del destrozamiento de carne indígena guaymí por los colmillos de la jauría de perros feroces, esta vez en Veraguas, como en Darién, Caizcimú aprovechó la primera oportunidad para regresar a Santo Domingo, al necesitar Pedrarias a un traductor en las preparaciones del transporte de más esclavos africanos desde el primer puerto negrero en la Quisqueya a las colonias de Castilla del Oro.

Al desembarcar en Santo Domingo, una madrugada, el hijo mayor de Felicidad Dolores, recién llegado de la tierra del quibián Urracá, se enteró de que la joven Ozama (la única de los primeros afrodominicanos a quien no se llevaron a Jamaica, Puerto Rico, Cuba, Colombia, Venezuela, México y Brazil) había zarpado rumbo a un destino desconocido en un galeón negrero capitaneado por Bartolomé Ladrón.

Además, también se enteró de que Bartolomé de las Casas (testigo de la matanza de arahuacos en Xaraguá y en Higuey), el tocayo y buen amigo de "El martirio de los negros", se hizo dominico tras de peticionarle a Carlos V licencia para importar al Nuevo Mundo esclavos bozales de Africa como reemplazos de los arahuacos, caribes y otros indígenas que morían por la viruela, la sífilis y el trabajo en las minas de oro.

Durante un atardecer lluvioso que en nada se parecía al atardecer lluvioso del maravilloso suceso en las cumbres del Kilimanjaro, Caizcimú, recordando los relatos que había escuchado sobre los invasores lusitanos, genoveses, árabes y sus cómplices albinos que desembarcaron en Buruco aquella triste madrugada para azotar la negrura ancestral, las pedradas a su gente esclavizada en Granada cuando un crucifijo de oro punzó una vena yugular de un gitano y, por si esto fuera poco, gracias a la sugerencia del que ahora se hacía llamar fray Bartolomé de las Casas –El Apóstol de las Indias– la carne de esclavos africanos colgaría, madrugada tras madrugada, de los colmillos de la jauría de perros feroces tras los latigazos en los conucos, los hatos de ganados, los cañaverales y las minas de oro, se le ocurrió que era justo repetir en Santo Domingo lo del fuerte La Navidad. Pero por desgracia, habían pasado muchas madrugadas lejos del robusto y frondoso baobab a orilla del río Nilo entre los descendientes de los que tuvieron que buscar la tortuga negra bajo la sombra del tamarindo en el corazón de Buruco a orilla del río Níger y, consecuentemente, olvidadas las palabras ancestrales para peticionar el apoyo de los tres orixas invencibles juntos en la guerra: Ogún, Ochosi y Elegguá, y además, en la víspera de la rebelión, varios guerreros, temiendo morir, se embriagaron con aguardiente de caña de azúcar antes de forzar a sus compañeros más débiles a ponerse ropa de mujeres para entregarse en orgía desenfrenada, por lo tanto, como consecuencia, el primer alzamiento libertador en la isla Quisqueya llevado a cabo por algunos valientes cimarrones, armados con machetes, no celebró la misma victoria que había favorecido a los arahuacos en la destrucción del fuerte La Navidad.

Tras el fracaso del primer alzamiento armado de los esclavos africanos en Santo Domingo, Caizcimú fue capturado, castrado y regalado al fraile que hizo sonar ruidosa y desesperadamente las campanas de una iglesia cerca de donde estalló la primera chispa de la rebelión cimarrona.

Luego, Caizcimú pasó muchas madrugadas como el esclavo de un sacerdote compañero de fray Tomás de Berlanga (en ese entonces el provincial dominico), pero no era feliz porque además de ser esclavo de un fraile perezoso, beodo y abusador, también en él se incubó mucho resentimiento al lamentar todos los atardeceres, después de su captura, el hecho de no haber nacido bajo la sombra del robusto y frondoso baobab a orilla del río Nilo o, al menos, a orilla del río Níger cerca del tamarindo en el corazón de Buruco. También se acongojó por el hecho de que no triunfara la primera rebelión libertadora de los esclavos africanos en Santo Domingo y, además, en que no tuviera la oportunidad de viajar a la Florida como compañero del más célebre de los exploradores de ascendencia africana en el Nuevo Mundo: Estebanico.

Después de varios meses, llevado a México, el resentimiento del hijo mayor de Felicidad Dolores llegó a concentrarse en Guacayarima, quien tras de dirigir junto con Bainoa el cultivo de la caña de azúcar en Cuba, acompañó a su amo Hernán Cortés a México donde, como el consentido de doña Marina, la amante indígena del conquistador de los aztecas, aprendió a hablar maya y náhuatl, lo cual fue muy útil en la comunicación con los niños indígenas, primero, en Veracruz y Cholula, y luego, en Tenochtitlán, donde después de la muerte de Moctezuma y el ahorcamiento de Cuauhtémoc, Guacayarima era el traductor más solicitado para explicarles a los aztecas sobre el trigo que cultivó el africano Juan Garrido por primera vez en tierra de Quetzalcoatl, los frijoles que sembró el africano Juan Cortés, los naranjos cuyas semillas aportó Bernal Díaz del Castillo, y sobre todo, el hecho que domingo, un nuevo concepto en Tenochtitlán, era día de descanso y día de mercado, pero más importante aún, día para celebrar la santa misa cuyo propósito era alejar a los aztecas, según los piadosos frailes, del Templo Mayor, de todas las pirámides y de la bárbara costumbre del canibalismo que tomaba lugar después de cada sacrificio humano al dios Huitzilopochtli. Además, Guacayarima era el esclavo más popular entre los soldados españoles por el tabaco que trajo de Cuba y su conocimiento del maguey, planta generosa del pulque que, por el clima templado de Tenochtitlán, suplantó la caña de azucar, muy codiciada como fuente de aguardiente. También, entre los otros esclavos africanos en el valle de Anáhuac, se estimaba mucho lo que enseñaba el hijo menor de Felicidad Dolores sobre los productos de la agricultura azteca: maíz, tomate, cacao, aguacate, maguey...

Los domingos cuando descansaban los esclavos africanos, Guacayarima era muy solicitado también para que tocara la marimba y para que narrara lo que sabía de los primeros africanos creados en las cumbres del Kilimanjaro y del reino fundado cerca de un robusto y frondoso baobab a orilla del río Nilo, el exilio en Buruco y lo de la tortuga negra bajo la sombra de un tamarindo a orilla del río Níger, la esclavización en Sevilla, el desembarco de su gente en Santo Domingo, la separación de las gemelas Ozama y Nigua, las aventuras en Santiago de Cuba y La Habana, el incidente de la Noche Triste en Tenochtitlán...

La popularidad de Guacayarima y el hecho de que nadie tuviera interés en la narración sobre la ferocidad del perro mascota de Balboa en el istmo de Panamá y la decapitación ordenada por Pedrarias en Acla, enloqueció a Caizcimú a tal extremo que, con un cuchillo de obsidiana (cuyo dueño era Guacayarima) destripó los mejores caballos en toda Tenochtitlán, y ante las autoridades eclesiásticas acusó al consentido de doña Marina de ser bamboché (ahijado del orixa Changó) y de inculcar a los nuevos conversos –aztecas y africanos– que la auténtica Santísima Trinidad la integraban Yemayá, Obatalá y Changó.

Hernán Cortés, celoso protector de su esclavo curandero (quien se parecía mucho al lazarillo curandero del gitano ciego en Sevilla), hizo caso omiso de las acusaciones que presentó Caizcimú. Además, Doña Marina logró que su amante salvara a Guacayarima de la furia del Santo Oficio. Por supuesto, esto no fue noticia grata para los más fervorosos inquisidores ni para Caizcimú, quien en la primera oportunidad regresó a Panamá, donde a su amo se le encargó preparar las festividades para celebrar la llegada del nuevo obispo Tomás de Berlanga, durante la época en que seleccionaron a Guacayarima para que narrara a aztecas y africanos la milagrosa aparición de la Virgen de Guadalupe en el cerro del Tepeyac donde, según Juan Diego, la Virgen morena que hoy día es Patrona de la Hispanidad, pidió que allí se construyera una iglesia sobre el templo de Tonantzín, la madre de los dioses aztecas.

En Panamá, Caizcimú se alegró de encontrarse con Felicidad Dolores, quien se alegró aún más al enterarse de la castración de Caizcimú (por la misma razón se había alegrado también cuando trabajó en cañaverales con Bainoa en Cuba, Huhabo en Colombia y Cayabo en Venezuela), pensando en el secreto del horroroso presagio de orixa Orula que fue revelado después del primer parto lejos del tamarindo en el corazón de Buruco. Luego, Caizcimú le enseñó a la esclava cocinera cómo cultivar y preparar aguacate, maíz y tomate, y a los otros esclavos africanos les enseñó el cultivo de naranjas, mangos, guineos, café, ñame, caña de azúcar, arroz, lentejas, cebollas, ajos y, además, el cuidado de caballos, gallinas, cerdos y vacas.

Poco después de su llegada al Istmo donde habían gobernado quibianes como Pocorosa y Urracá, Caizcimú no era feliz. Pues, Panamá no era otro Tenochtitlán, y le fastidiaban los mosquitos, las culebras, los alacranes, los aguaceros torrenciales y el calor bochornoso. Además consideraba señas de locura los relatos, a orilla del río Gallinero, que reveló Felicidad Dolores, quien vaticinó la descuartización del negro cimarrón Felipillo, la castración del rey negro cimarrón Bayano, la ejecución del poeta afrocubano Gabriel de la Concepción Valdés –Plácido–, la muerte de los soldados negros como carne de cañón en las batallas libertadoras en Pichincha, Boyacá, Carabobo, Maipú, Ayacucho y Junín, la ejecución del mulato pardo mexicano José María Morelos y Pavón, la ejecución del general mulato Manuel de Piar, la ejecución del coronel negro Leonardo Infante, la ejecución del almirante mulato José Prudencio Padilla, el asesinato del general afrocubano Antonio Maceo... Pero, lo que más desconcertó a Caizcimú fue la absurda predicción que en Panamá nacería de padres jamaicanos el primer obispo "chombo" –Mons. Carlos Ambrosio Lewis–, no dominico ni jesuita sino de la Societas Verbi Divini, y más ridículo aún, que de una madre panameña de ascendencia africana nacería el primer santo dominico afrolatino –San Martín de Porres.

El desconcertado hijo mayor de Felicidad Dolores, desesperado por alejarse de su madre, quien, según él, revelaba absurdos, ridículos e imposibles vaticinios sobre gente de ascendencia africana en sus ratos de delirios y locura, zarpó junto con Francisco Pizarro, a quien había conocido en Darién en la época de Balboa y los feroces perros al mando de Leoncico, no para conocer al explorador negro Juan Valiente, compañero de Almagro quien se destacaría en la conquista de Chile, sino porque secretamente anhelaba ser testigo de la matanza entre pizarristas y almagristas en el Perú, donde según un presagio de su madre, se alegraría de aprender a hablar quéchua, saborear la papa, admirar las ciudades de Cuzco y Machu Picchu, y aunque no le agradarían las ejecuciones de los hermanos Huascar y Atahualpa, los últimos emperadores incaicos, al menos se deleitaría en descubrir que así como el aguardiente de la caña de azúcar y el humo del tabaco hostigarían eternamente a los descendientes de los invasores que desembarcaron en Buruco para saquear, encadenar y destruir la negrura ancestral, también la hoja de coca, la tercera maldición, causaría los mayores estragos, venganza de Olodumare, Quetzalcoatl y Uiracocha.

Allá en el golfo de México, el **Gitano,** cargado de maíz, cacao, tomate, aguacate y azúcar, zarpó lentamente una madrugada de Veracruz, antiguo dominio de los olmecas, después de la quinta captura de Guacayarima, quien había sido compañero de Yanga, el más célebre cimarrón africano del palenque Cofre de Perote, cerca de Orizaba, y fundador del pueblo San Lorenzo de los Negros de Córdoba, donde encontraron refugio los cimarrones africanos de Acapulco, Guadalajara, Querétaro, Cuernavaca y, sobre todo, Puebla y Jalapa.

Tras de navegar en el golfo de México, el capitán del galeón que zarpó de Veracruz (donde el verdugo de Cuauhtémoc inició su marcha hacia Tenochtitlán) luego echó ancla en el puerto de La Habana donde además de colocar más azúcar de Cuba y Puerto Rico en los depósitos, también acomodaron barriles de aguardiente y sacos de tabaco; y mientras los esclavos africanos subían a bordo con las mercancías, el encadenado Guacayarima –deportado de México por su liderazgo en varios cimarronajes– buscó en vano a Bainoa durante cinco días. Luego, lo mismo se repitió en Santo Domingo donde el hijo menor de Felicidad Dolores no encontró ningún rastro ni de Huhabo ni de Cayabo. Finalmente, después de que los cargadores africanos subieron a bordo el último cargamento de algodón de Jamaica, más azúcar de Santo Domingo y las codiciadas hojas de coca del Perú, el capitán del galeón negrero, don Bartolomé Ladrón –hombre de cabello rubio y nariz aguileña– dió la orden para navegar directamente rumbo a Sevilla temprano en la quinta madrugada de estar en aguas de la isla Quisqueya, allí donde entre los últimos arahuacos que sobrevivieron la viruela, la sífilis y el trabajo esclavizador en los conucos y en las minas de oro, se borraban de la memoria la victoria en el fuerte La Navidad y el orgullo de la cacica ahorcada en Xaraguá: Anacaona.

Luego, poco después de llegar a Sevilla, concluidos todos los trámites comerciales cerca de la Casa de Contratación, donde don Bartolomé Ladrón vendió fácilmente el aguardiente, el tabaco y la coca, después de navegar cerca de la costa mediterránea de Francia, el capitán del **Gitano** echó ancla esta vez en el puerto de Marsella, donde una joven rubia fue secuestrada por orden del capitán negrero, antes de zarpar hacia la desembocadura del río Níger.

Pasaron cinco meses. Al llegar a la costa de Africa, varios ansiosos tripulantes echaron el ancla del **Gitano** cerca del destruido tamarindo en el corazón de Buruco, donde durante muchos atardeceres los tatarabuelos de Guacayarima, aunque en el exilio por lo de la conspiración del baobab a orilla del río Nilo, habían festejado cada cosecha de ñame, plátano y café hasta que los invasores cristianos e islámicos con sus ebrios cómplices albinos secuestraron de las cunas a los nietos del cabecilla que había organizado a orilla del Nilo el derrocamiento de los nobles abuelos gobernantes, los primeros en participar en el maravilloso suceso allá en las cumbres del Kilimanjaro.

Los aguaceros torrenciales –lágrimas de orixa Yemayá– comenzaron a empapar la costa cuando allí en la desembocadura del río Níger, Guacayarima intentó cinco veces, en vano, saltar sobre la borda para primero combatir a los negreros y sus aliados, deseando unirse a los valientes guerreros africanos al mando de la reina Nzinga de Angola. Tenía planeado viajar luego a la cuna ancestral con el propósito de rogar por una tregua al castigo que imponía celosamente el orixa Omolú como consecuencia de la conspiración contra los abuelos fraguada bajo la sombra del robusto y frondoso baobab a orilla del río Nilo. Y, también, anhelaba consultar con las Siete Potencias africanas para suplicar por la liberación de los encadenados y azotados que nacieron lejos del tamarindo en el corazón de Buruco.

Extrañamente, allá en Africa, don Bartolomé Ladrón, famoso por su odio e intolerancia hacia todos los que por alguna razón (real o imaginaria) le hacían recordar a Bandelé Izquierdo, no ordenó la castración de Guacayarima, quien, más que todos los esclavos, se parecía al acusado del incidente con el crucifijo de oro en Granada y, además, quien le había causado al rico negrero, atardeceres tras atardeceres, cuantiosas pérdidas por los actos de sabotaje e intentos de cimarronaje desde el día que zarpó el galeón negrero de la costa de Veracruz.

Al día siguiente, Guacayarima, el cabecilla de otro sabotaje, otra vez, no fue castrado.

Mas tarde, poco después del mediodía, desembarcaron a Guacayarima para que acompañara a Don Bartolomé Ladrón a una factoría como traductor en las negociaciones de aguardiente y tabaco por esclavos.

En el camino hacia la factoría, Guacayarima se sintió muy orgulloso de pisar terruño ancestral. Cada paso era una experiencia agradable. Se alegró al escuchar gorjeos y oler aromas que embriagaban sus sentidos. Y, se asombró del tamaño y la fuerza del primer elefante que vió. Además, se emocionó profundamente cuando se acercó a un baobab. Inmediatamente cayó de rodillas. Besó las raíces del enorme baobab. Jamás había visto un árbol tan robusto en Santo Domingo, Santiago de Cuba, La Habana, Veracruz o Tenochtitlán.

Al llegar a la factoría administrada por portugueses, Guacayarima se enfureció más cuando observó que varios de los negreros eran africanos. En ese momento, olvidando la agradable experiencia de pisar terruño ancestral, escuchar las melodías de la fauna, oler los aromas de la flora, ver y tocar por primera vez un elefante, emocionarse profundamente... a voz en cuello gritó: "Omiyapa". Acto seguido, las madres estrellaron las cabecitas de sus criaturas contra las paredes de piedra de la factoría y las embarazadas se suicidaron con veneno. Al rato, en yoruba castellanizado gritó varias palabras y luego "Obatalá", lo cual transformó a los niños en gigantes. Cuando gritó "Changó" los brazos de los esclavos encadenados comenzaron a lanzar relámpagos y sus voces sonaron como truenos. Muchos negreros murieron en el combate contra gigantes y lanzadores de relámpagos. Pero, con el auxilio de los aliados, los negreros que lograron sobrevivir la furia de los africanos atacaron a Guacayarima, poniendo fin a sus gritos.

Golpearon a Guacayarima con látigos y patadas hasta dejarlo inconsciente. Pero, como en otras ocasiones, no lo castraron.

A la semana siguiente, golpearon y curaron repetidas veces al que con sus gritos transformaba a niños en gigantes y hacía que voces sonaran como truenos y brazos lanzaran relámpagos. Pero, otra vez, no lo castraron.

Aunque llovía con frecuencia por los alrededores del saqueado

Buruco, desde la madrugada en la cual un enloquecido elefante aplastó una tortuga, extrañamente era la quinta semana continua de aguaceros torrenciales y, como resultado, el crecido río Níger inundó las aldeas a sus orillas que estaban ubicadas cerca de la desembocadura, arrastrando con furia arrolladora lo que había sido Buruco.

Los aguaceros torrenciales, cuyos constantes y ruidosos golpeteos sobre las velas empapadas de la única embarcación anclada en el golfo de Guinea, cerca de la desembocadura del río Níger, a la quinta semana impacientaron a los tripulantes del galeón negrero, ansiosos de ganar una fortuna en los muy concurridos mercados de esclavos africanos en Santo Domingo, La Habana, Veracruz, Bahía, Buenos Aires, Cartagena, Portobelo... y deseosos de regresar luego a Sevilla y Lisboa como ricos y poderosos indianos; en cambio, los aguaceros alegraron a los encadenados esclavos africanos, lastimados en las espaldas por un diluvio de latigazos, quienes después de cantar repetidas veces: "Olodumare egbeo" peticionándole al supremo orixa por un buen día, conjeturaron que los truenos y relámpagos de orixa Changó era la anhelada respuesta que les traía el orixa mensajero Elegguá. Pero, luego, los lamentos de los esclavos africanos se intensificaron cuando, esa quinta semana lluviosa, extrañamente, de repente, escampó.

Al escampar, tras de persignarse repetidas veces, los marineros guardaron sus rosarios en los bolsillos y de los depósitos sacaron aguardiente y tabaco para celebrar el hecho de que pronto zarparían con el cargamento humano secuestrado de las cunas africanas. Acto seguido, se abrazaron y, después de una catarata de estruendosas carcajadas, empezaron a cantar y bailar alegremente al compás de gaitas y castañuelas. Luego, lanzaron vítores escandalosos cuando, como llovido del cielo, un rico judío portugués, dueño de varias factorías, donde almacenaban a los esclavos para luego aglomerarlos como sardinas en lata en navíos negreros que anclaban a menudo cerca de la costa occidental de Africa, ofreció el servicio de un sacerdote segundón expulsado de varias iglesias en Andalucía por beodo y libidinoso, para que, como capellán, acompañara al capitán don Bartolomé Ladrón en su quinto viaje de negocios a los puertos negreros al otro lado del océano Atlántico.

La tripulación del **Gitano** se confesó con el arrepentimiento de un San Agustín. Y, luego, cada marinero comulgó con mucha devoción, como niños en la primera comunión, durante la primera misa abordo el galeón negrero, después de colocar apretadamente acostados de espaldas a todos los esclavos mulecos y mulecones en el entrepuente, permitiendo solamente para cada esclavo cinco pies y seis pulgadas de largo y dieciséis pulgadas de ancho o menos cuando era posible y en la plataforma entre el suelo del entrepuente y la cubierta a los esclavos piezas de Indias mancornados de dos en dos por las manos y los pies, asegurándolos al suelo con cadenas y argollas.

Y, finalmente, poco antes de zarpar, a las esclavas mulecas mayores de cinco años y a las muleconas menores de quince años acomodaron en la popa donde viajarían sin cadenas, pero desnudas, para fácilmente estar al alcance como concubinas de los marineros más machos como era la costumbre en esos lentos viajes trasatlánticos de, al menos, cincuenta y cinco madrugadas de duración si no habían piratas merodeadores, tormentas, averías u otros contratiempos en la ruta marina, donde pululaban enjambres de voraces tiburones que tenían por costumbre escoltar a los navíos negreros para alimentarse de la carne de los esclavos muertos que tiraban diariamente por la borda, entre la costa occidental de Africa y Santo Domingo, el primer puerto negrero del Nuevo Mundo.

Luego, las anclas levadas y las velas largadas, el galeón negrero zarpó lentamente no por la falta de viento, sino por su pesado cargamento de esclavos, alejándose de la costa africana, poniendo proa hacia los mercados de esclavos africanos mientras el capitán agradecía, por última vez, a sus aliados africanos, vestidos como payasos con las baratijas obsequiadas, y borrachos y contentos con el aguardiente que cambiaron por las criaturas de su propia sangre y raza.

Poco después de zarpar la embarcación capitaneada por don Bartolomé Ladrón, el capellán rezó devotamente, en voz alta, una bendición en latín mascullado, rogando por un buen viaje, la cual no se escuchó por el alegre escándalo de la tripulación, en la cubierta, que hasta ahogó el triste e incesante lamento de los esclavos sepultados en el hinchado vientre del **Gitano**.

Al alejarse el galeón negrero de la desembocadura del río Níger, la primera orden del capitán don Bartolomé Ladrón fue echar ancla cerca de la isla Sao Tomé para provisionar la embarcación con agua fresca. Pero el principal propósito de la escala no fue por el agua, sino para que abordaran el **Gitano** cinco grumetes chuetas y, como en otros viajes anteriores, pasajeros sefarditas que clandestinamente emigraban a Villa Gitana, cerca de la Casa de los Genoveses, el mercado de esclavos ubicado en la calle de los Calafates no muy lejos de la Santa Iglesia Catedral de la ciudad de Panamá, donde para escapar la vigilancia de la omnipresente y omnipotente Inquisición se había establecido un orfanato para niños indígenas en honor a fray Bartolomé de las Casas.

En alta mar, lejos de Africa, un día el capitán del galeón negrero, vestido como un monarca de la nobleza europea en el día de su coronación, hizo que la tripulación luciera hábitos de dominico, y le ordenó al capellán, quien lucía sotana de cardenal, que empezara una solemne misa nupcial. Cuando el cura de gestos y ademanes aristocráticos (como cardenal que acompaña al Papa a la Capilla Sixtina para los rezos antes de celebrar la solemne misa de Domingo de Pascua en el altar mayor de la madre de todas las catedrales católicas) entonó el **Gloria in excelsis Deo,** el contramaestre mallorquín recibió la señal del capitán, un guiño del ojo izquierdo, para que en ese momento sacaran de su camarote a la novia. Era una prostituta adolescente secuestrada en Marsella, a quien llamaban Suzanne Chefmenteur. Naturalmente, la asustadísima muchacha, bañada con perfume, empezó a chillar y a insultar histéricamente, en su francés prostibulario, al capitán, su secuestrador, quien le hacía recordar a su padre alevoso, encarcelado por incesto la misma madrugada en que su madre y sus hermanas se escaparon del manicomio. El cura, quien no entendía ni media palabra de francés, siguió cantando la misa, pero al pronunciar las palabras: **"Adoramus te. Glorificamos te. Gracias agimus tibi propter magnam gloriam tuam",** la tripulación, que por el hábito parecía una congregación de piadosos dominicos, estalló en estruendosas, pícaras y prolongadas carcajadas porque, en ese instante, la francesa se arrancó el traje de novia, quedando desnuda como una Venus rubia, exhibiendo sus bien dotados senos, como dos cocos pintados de blanco. Inmediatamente las esclavas volvieron a vestir a la novia por orden del sacerdote. Cuando se calmaron los marineros, la misa cantada en latín volvió a la solemnidad. Luego, la solemne misa nupcial fue interrumpida otra vez cuando los que parecían dominicos, arrodillados en estado de fingido éxtasis, exclamaron con extrema exaltación: "Milagro, milagro, milagro!", al repartir el sacerdote durante la comunión hostias manchadas de sangre con sus dos dedos mordidos por la novia, a quien tuvieron que amarrar hasta el **Ite, Missa est.**

Concluida la misa nupcial, los recién casados se retiraron inmediatamente a la habitación del capitán, pero bajo protesta de la francesa, lo cual animó al marido, a quien le deleitaban obsesionadamente los secuestros y los ultrajes.

Cuando cesaron los gritos de la recién casada, el cura se ocupó con la lectura de su breviario. Y, mientras los grumetes tocaban guitarras y cantaban puerilmente, los marineros borrachos se divertían con varios niños esclavos haciéndolos comer cucarachas y ratas vivas. Otros tripulantes, los más machos, también embriagados, se turnaban encima de las niñas africanas, fornicándolas, con furia libidinosa, hasta muy tarde en la noche de festividades nupciales.

Era una noche huérfana de luna. Soplaba una suave brisa que acariciaba las velas del **Gitano**, y las olas del mar sereno, como los tiernos brazos de una recién parida, mecía cuidadosa y cariñosamente al galeón negro. En la proa, los roncos grumetes, trasnochados músicos y poetas, se durmieron abrazados de sus guitarras, encantadoras sirenas de madera y metal; y en la popa, los marineros embriagados, cansados de fornicar, también se durmieron escuchando el monótono gemido de las niñas africanas. A poca distancia, un barco pirata al acecho perseguía en la oscuridad a la embarcación de "El martirio de los negros", guiado no por la sinfonía, mejor dicho, cacofonía de ronquidos de borrachos, sino por los gritos de los esclavos que por el destierro habían enloquecido y por los lamentos de los que sufrían por el calor asfixiante, por la sed, por el hambre, por las astillas en sus espaldas, por el baño de vómitos, por el mar de excremento, por las ratas, por la hediondez de sus compañeros muertos en estado de putrefacción, sepultados en el oscuro y nauseabundo hinchado vientre del galeón negro.

Feroz fue el ataque de los piratas de acentos holandés e inglés cuando abordaron al **Gitano** para robar parte del cargamento humano secuestrado cerca donde había florecido el tamarindo en el corazón de Buruco.

Pasaron cinco madrugadas. Pero, más feroz y sorpresiva fue una tormenta marina, porque el bramido del viento y el azote de las olas le causaron daños al galeón negro: velas desaparecidas, masteleros quebrados, municiones empapadas, herramientas destrozadas, víveres perdidos, marineros ahogados. Es más, a los esclavos africanos les fue de mal en peor, porque los gemelos Poseidón y Neptuno, igual que Zeus y Júpiter, no simpatizaban con Yemayá ni con los otros orixas africanos ni mucho menos con los encadenados en el oscuro y nauseabundo hinchado vientre del **Gitano**.

Pasada la tormenta, el incesante aullido de Casandra, la perra mascota del galeón negrero, rabiosa como Leoncico en Darién, sacó de quicio a la tripulación. De proa a popa y viceversa, mañana tras mañana y también noche tras noche, la perra arrastraba prolongada y lentamente su estridente aullido, hiriendo al más sordo de los marineros. El cocinero francés trató en varias ocasiones de envenenar a la aulladora y, también, lo intentaron el timonel portugués, el pañolero genovés, el artillero inglés y el sobrecargo holandés; pero, como es bien sabido: "la mala perra nunca muere". Hasta el mismo dueño, el capitán negrero, trató de matarla porque fue mordido en la mano izquierda, tres veces, por sobarla en la cabeza y otras tres veces por darle de comer con esa mano siniestra. Naturalmente, esto dejó desconcertado al mordido capitán porque observó que la perra aullaba lastimosa y enloquecidamente cada vez que su brazo izquierdo se movía, lo cual era frecuente al dar órdenes a los grumetes y latigazos a los esclavos deseosos de darle fin a su miseria, por medio de la inanición. Era como si la perra viera el espectro de un fantasma o un brazo macabro. Esta extraña conducta de la perra mascota, su fiel, vieja amiga e inseparable compañera en las aventuras escenadas en Santo Domingo, La Habana y Veracruz, y los rechazos de la francesa en el lecho conyugal (más histérica que el día de las hostias manchadas de sangre en la misa nupcial) contribuyeron a las diurnas y nocturnas borracheras de don Bartolomé Ladrón.

Pasaron cinco madrugadas después de la tormenta. En el oscuro y nauseabundo vientre del **Gitano**, Guacayarima, quien había observado durante las dos veces al día que subían a la cubierta a los encadenados vivos para darles comida, agua y latigazos para que bailaran a manera de ejercicios al compás de tambores, y a los encadenados muertos para echarlos al mar, donde los voraces tiburones esperaban los cadáveres de cada día, comenzó a organizar a los que sobrevivieron la locura, las ratas, los piratas, la tormenta y los crueles marineros. El hijo menor de Felicidad Dolores logró que los encadenados de lamentos babélicos en el aglomerado vientre de la embarcación se comunicaran y planearan una rebelión, golpeando las cadenas a ritmo de tambor guerrero. Todo iba viento en popa hasta que varios esclavos se opusieron al plan de liberación, prefiriendo cantar y dejar su liberación en manos del orixa Olodumare, mientras que otros, discutiendo interminablemente, a gritos, optaron por un rescate comandado por Bena-Lulua unos y otros por Kalunga, Jonkma, Kunaté, Maramba, Mau, Nana Nyankopón, Shuku y una letanía de otros orixas africanos habidos y por haber. No obstante, el valiente Guacayarima, un poco frustrado, por la falta de hermandad y unión, hizo de tripas corazón y asumió el liderazgo de la liberación, sin el apoyo de los que se cruzaron de brazos con la esperanza de que maná lloviera del cielo o un milagroso **Deus ex machina** los rescatara; pero, el valiente guerrero cometió un error fatal: por la desorientación en la oscuridad del nauseabundo vientre del galeón negro, Guacayarima dió la señal para iniciar la rebelión una noche de plenilunio, cuando los aullidos de Casandra neciamente, más que nunca, no permitieron que la tripulación conciliara el sueño. Luego, librados de las cadenas y argollas, calladamente subieron a la cubierta los esclavos que decidieron luchar por su dignidad. El primer acto heroico fue destripar al sobrecargo holandés, el más diabólico de los marineros. La agonía del que arrastraba sus entrañas manchando con sangre la cubierta, alarmó a los pasajeros sefarditas, amigos y parientes del holandés, quienes inmediatamente pusieron sobre aviso a otro pariente, el contramaestre mallorquín, que al sonar la campana para incendios alertó a los otros marineros, desvelados y frustrados por el incesante aullido de la perra mascota. Por el campaneo, el cual alborotó aún más a la perra aulladora, Guacayarima se percató de que el tiro le había salido por la culata, porque mayor fue la sorpresa para los valientes guerreros al encontrar a casi todos los marineros despiertos y activos en la cubierta, donde en vez de noche parecía mediodía, por efecto de la luna, que se había devorado la oscuridad de la noche, oscuridad indispensable en el planeado ataque sorpresivo. Para colmo de males, cinco valientes africanos murieron instantáneamente cuando el artillero inglés les disparó con su mosquete a quemarropa.   Otros cinco esclavos desangraron a muerte por los ganchazos que les clavó repetidas veces el pañolero genovés, y otros murieron acuchillados a manos del cocinero francés y el timonel portugués con el auxilio de los grumetes y los pasajeros sefarditas. Solamente el cabecilla de la rebelión y otro esclavo lograron acercarse al capitán negro. Sorprendieron al borracho don Bartolomé Ladrón, desnudo y agotado, en cama con la histérica francesa, y el hijo menor de la que, madrugada tras madrugada, tenía pesadillas sobre un horroroso presagio, de un solo hachazo le cercenó el brazo izquierdo a "El martirio de los negros". Pero cuando se preparaba para decapitar al capitán negro, la rabiosa perra mascota hundió sus grandes colmillos en la pierna derecha de Guacayarima. Sorprendentemente, la francesa recogió el brazo cercenado y, a manera de garrote, comenzó a darle golpes al cabecilla de la rebelión, quien inmediatamente se cubrió el ombligo, y en vez del otro esclavo seguir las órdenes de echar a la francesa al mar, donde los tiburones, como de costumbre, esperaban cadáveres de esclavos africanos, inesperadamente atacó a su compañero Guacayarima, quien había logrado de un solo puntapié echar a la ramera francesa a un lado. Los dos únicos sobrevivientes de la rebelión lucharon entre ellos mismos con furia enconada. Era maldición. Se repetía, esta vez, abordo el **Gitano** las traiciones que había presagiado, en Buruco, la nieta del que organizó, a orilla del río Nilo, la conspiración del baobab. Mientras los esclavos se golpeaban con mutuo rencor, el capitán manco le dió un puñal a su esposa, el cual fue enterrado en el ombligo del que no obedeció las órdenes de echar a la ramera francesa a los tiburones. Acto seguido, inmediatamente, los cinco grumetes chuetas rodearon al único sobreviviente de la rebelión propinándole un diluvio de latigazos. Y, Guacayarima, con la cara ensangrentada le fue difícil ver para arrimarse a la borda con el propósito de entregarse a los voraces tiburones, lo cual hubiera sido más misericordioso que la odiosa furia de la tripulación.

Extrañamente, otra vez, como en Veracruz, La Habana, Santo Domingo y en la desembocadura del río Níger, don Bartolomé Ladrón no ordenó la castración de Guacayarima.

Al día siguiente, subieron a la cubierta a uno de los esclavos que se había cruzado de brazos cuando comenzó la rebelión. Luego de ser castrado, fue decapitado como escarmiento del severo castigo que ordenaría el negrero manco para todos los que osaran participar en una rebelión, como Guacayarima, deseosos de triunfar sobre el yugo de la esclavitud.

Completado el escarmentador desmembramiento del esclavo que sustituyeron por Guacayarima, quien, en plenilunio y sin el apoyo de todos sus compañeros, intentó liberar a los esclavos africanos marcados en la piel negra con hierro candente (una cruz encerrada en una estrella), un capitán francés de un bergantín (el más frecuente cliente del prostíbulo portuario donde fue secuestrada Suzanne Chefmenteur) auxilió al negrero manco en las reparaciones del galeón averiado que casi zozobra por los daños de los piratas, por la tormenta y por la rebelión.

En la víspera de la continuación del viaje rumbo a Santo Domingo y Portobelo, en una ceremonia especial, pomposa como la misa nupcial, celebrada con una opípara cena y vino chorreante, el capellán bautizó a la perra mascota, renombrándola Luna.

Luego, cinco madrugadas más de navegación en el océano Atlántico arrimaron a los esclavos africanos (menos de la mitad de los quinientos originales) al mar del Caribe. Cerca de Santo Domingo, se obligó al capellán bautizar a los encadenados, lo cual ofendió al sacerdote no porque los más fieles a Yemayá, Obatalá y Changó y los otros orixas africanos escupieron en el agua bendita y pisotearon los rosarios que les habían regalado los padrinos, sino porque era fanático creyente de la filosofía aristoteliana que afirmaba que algunos hombres por naturaleza son esclavos: los negros africanos. Además, consideraba a todos los africanos pecadores polígamos y descendientes asquerosos de Canaan, malditos por el mismo Noé, a quienes era justo conquistar en Buena Guerra para esclavizarlos como castigo por la dominación musulmana en España.

Después de los negocios en el mercado de esclavos en Santo Domingo, donde vendió más de la mitad de los africanos que a duras penas lograron sobrevivir el viaje trasatlántico de episodios crueles y traicioneros, don Bartolomé Ladrón dió orden de zarpar rumbo a Portobelo.

Allá en Portobelo, otra vez, Guacayarima, aunque parezca mentira, no fue castrado a pesar de ser el más conspicuo sospechoso involucrado en el envenenamiento de las tres esclavas africanas destinadas, por mandato del negrero manco, a la prostitución y los criaderos de mulatos en Portobelo; además, también involucrado en el apoyo del cimarronaje capitaneado por Pedro Casanga, Juan Angola y Antón Soso, quienes luego fueron ahorcados cerca de la iglesia portobeleña del Cristo Negro; y, sobre todo, también involucrado, sin la menor duda, en el incendio que destruyó el **Gitano** durante el tercer atardecer de las ferias de Portobelo, donde el manco negrero acostumbraba vender los esclavos más enfermos, rechazados en Santo Domingo, para separarlos de los más sanos, a quienes preparaba para ofrecer a un judío holandés o, a su cliente favorito, un rico judío peruano más adelante en la Casa de los Genoveses, el mercado de esclavos africanos cerca de Villa Gitana.

Además, después del incendio del galeón negrero, don Bartolomé Ladrón, como en otras ocasiones, tuvo la oportunidad de vender al hijo menor de Felicidad Dolores, esta vez, a una rica y poderosa sevillana, dueña de cantinas y prostíbulos en Portobelo. Pero extrañamente la lucrativa oferta fue rechazada y el amo manco de Guacayarima se marchó apresuradamente de Portobelo, recorriendo a caballo el Camino Real, rumbo a la ciudad de Panamá, perseguido por chismes que insinuaban una situación semejante a lo del concubinato en la naufragada carabela del Almirante de la Mar Océano.

Pasaron cinco años después del incendio que destruyó el **Gitano**. Doña Suzanne Chefmenteur de Ladrón, muy preocupada y con los nervios de punta, durante su quinto embarazo asistía a misa diariamente en la Santa Iglesia Catedral de la ciudad de Panamá y por las tardes frecuentaba el convento de la Merced, donde rezaba fervorosamente el rosario rogando por el parto ordenado en Villa Gitana – un heredero varón.

Además, como las misas matutinas y los rezos vespertinos del rosario no surtieron el efecto deseado en los primeros cuatro partos, cada noche llevaban clandestinamente a Villa Gitana a esclavos africanos de los barrios Pierdevidas y Malambo para que celebraran ritos a orixa Yemayá mientras un babalawo se dedicaba a adivinar el destino del quinto embarazo de doña Suzanne Chefmenteur con dieciséis caracoles y cuatro pedazos de coco.

Pero, a pesar de noche tras noche de ritos y adivinanzas, ni la tibia sangre de una gallina negra sacrificada, que los esclavos yorubas y congos derramaron sobre el vientre de la francesa, surtió efecto, porque la niña del quinto embarazo nació prematuramente como para fastidiar a sus progenitores.

Después del quinto parto, la francesa se encerraba en el depósito de tabaco, ron y coca llamado Maison Marsella, donde, según los gritos, todos en Villa Gitana se daban cuenta de que la esposa de don Bartolomé Ladrón, desnudándose completamente tocaba una campanita para dar inicio a su pregón en lengua de rameras, el hecho que ella se consideraba una perra e insistía que la llamaran, en ese momento, Suzanne Lachien. Y pasaba horas, días y hasta semanas imitando los aullidos de la perra mascota como había ocurrido abordo el galeón negrero cuando "El martirio de los negros" quedó manco del brazo izquierdo. A veces la campanita indicaba que ella era, en ese entonces, Suzanne Lanoire. Y, se cubría todo el cuerpo con una sábana blanca para que su esclavo favorito, el más negro de todos, a quien habían castrado, le arrancara todo lo que se ponía de blanco mientras chillaba escandalosamente como una parturienta enloquecida, juego que culminaba cuando a carcajadas hacía que sacaran al esclavo del depósito de tabaco, ron y coca para que metieran a un bebé negro, arropado de rojo, de pies a cabeza, lo cual, curiosamente, la tranquilizaba hasta que el sonido de la campanita y los aullidos o chillidos indicaran otra vez, capricho tras capricho, qué o quién pretendía ser en esa ocasión y qué los esclavos tenían que hacer para satisfacer sus caprichos y mañas.

Cuando don Bartolomé Ladrón se enteró, por boca de su concubina favorita, de que él no era el progenitor de Socorro, la quinta hija de la francesa, insultó odiosamente al cura confesor de su esposa y obligó, maliciosamente, a Felicidad Dolores, la cocinera de Villa Gitana, entregarse como mujer a marido, durante cinco madrugadas consecutivas, al único otro sospechoso de su deshonra.

Pasaron cinco meses después del nacimiento de Socorro. Felicidad Dolores fue reemplazada como cocinera de Villa Gitana a pesar de los muchos años de servicios como la más fiel esclava y la mejor cocinera de Panamá, lo cual la forzó a vivir en una humilde choza entre los barrios de Pierdevidas y Malambo.

Además, peor aún, fue separada de Baltazar, su hijo mulato, cuyo padre era el manco negrero. Por si esto fuera poco, estaba embarazada y, ahora más que nunca, la enloquecían, madrugada tras madrugada, las pesadillas sobre el horroroso presagio de orixa Orula. Esto le pareció raro porque, para esos entonces, ella ya no era leprosa y había participado valientemente en el cimarronaje con Felipillo en el Archipiélago de las Perlas, con Miguel en Venezuela, con el rey Bayano en Nombre de Dios, con Benkos en Cartagena, con Yanga en México, con Zumbí en Brasil, con Fabulé en la Martinica...

Luego, cuando, por consejo de su madre, se alejó de Villa Gitana acompañando a un grupo de cimarrones que les causaban muchas pérdidas al tráfico de mercancías acarreadas por recuas de mulas a lo largo del Camino Real, Guacayarima logró salvarse de la furia del manco negrero, quien deseaba darle personalmente latigazos, mutilarlo, hacerlo comer excremento, beber orina, hervirlo vivo y ahorcarlo.

Durante el largo recorrido de Guacayarima (con la ayuda de las Siete Potencias africanas), de palenque a palenque, desde el Cofre de Perote en México hasta Palmares en Brasil, comentaba con frecuencia sobre la torpeza del manco negrero, quien nada aprendió de los sermones de las misas dominicales, y la crueldad con los esclavos que lo hacían rico en Portobelo y Villa Gitana. Pero jamás comentó el secreto sobre lo del ombligo y el horroroso presagio que le había revelado Felicidad Dolores en la víspera de su despedida (atardeceres más adelante, en Cartagena, Guacayarima funcionó como traductor del jesuita Pedro Claver –el Apóstol de los Negros–, quien se dedicaba a bautizar a los esclavos negros que desembarcaban en el puerto de Cartagena, a pesar de las burlas de algunos de sus hermanos jesuitas, quienes le tenían desdén y asco porque en vez de dedicarse al estudio de filosofía aristoteliana y a la enseñanza de la doctrina cristiana a los colonos blancos y ricos, perdía su tiempo y su escaso talento con negros y pobres, nacidos para la esclavitud, según los doctos jesuitas enemigos de Pedro Claver, que en aquel entonces, como el capellán del último viaje del **Gitano,** respetaban más las enseñanzas de Aristóteles que las de Jesús).

En Malambo y Pierdevidas, la situación de Felicidad Dolores iba de mal en peor después de la partida de Guacayarima, porque se sospechaba que ella, en vez de su hijo menor, era la persona que envenenaba a los esclavos que, por escapar del agotador trabajo, de sol a sol, en Villa Gitana, y peor aún, los que, por cobardía no participaban ni en sabotajes ni cimarronajes, preferirían encerrarse con el amo para turnarse sobre el manco negrero como hacía la jauría que perseguía a la perra mascota cuando estaba en celo.

Tres meses de bellos y serenos atardeceres veraniegos acariciados por la más suave y fragante brisa tropical después de la partida de Guacayarima, tres ancianas africanas –nobles como las sabias faraonas nubienses enterradas en secretas pirámides a orillas del río Nilo–, desconocidas en Malambo y Pierdevidas, se presentaron, inesperadamente, al umbral de la choza habitada por Felicidad Dolores. Era martes por la tarde, un atardecer lluvioso como aquel en las cumbres del Kilimanjaro cuando ocurrió el maravilloso suceso con las figuras esculpidas en barro por orixa Obatalá.

Luego, después de los cariñosos abrazos tradicionales, las tres ancianas entonaron un canto ceremonial en lengua ancestral, invitando a Felicidad Dolores a participar en la danza para una reina embarazada. Tras de danzar en círculo moviendo rítmicamente manos, caderas y pies alrededor de la embarazada, las tres ancianas africanas entraron en la choza y con escobas hechas de hojas de baobab, tamarindo y ceiba barrieron cuidadosamente, pulgada por pulgada, el suelo de la choza y salpicaron la habitación, tres veces, con agua de río mientras, como letanía, en coro, cantaban repetidas veces: "Yemayá, Obatalá, Changó..." Luego, completada la limpieza de la habitación, las ancianas quemaron todo lo que habían sacado de la choza. Acto seguido, antes de invitar a la embarazada a entrar en la choza limpia, de todo lo que había sido tocado por los Chefmenteur y Ladrón, Felicidad Dolores fue bañada con agua de mar y vestida de azul. E inmediatamente le anunciaron cantando alegremente que, esa noche lluviosa, ella sería la madre de trillizas. Lo dicho asombró a la embarazada porque, hasta ese entonces ella, aunque a veces la consideraban demente y bruja, presagiaba importantes sucesos (lo último que presagió en Panamá fue señalar a la niña africana de cuyo vientre nacería, en tierra de Uiracocha, el primer santo afrolatino, a quien todos apodarían Fray Escoba).

Ese martes lluvioso por la noche (sin relámpagos y sin truenos), al caer las gotas de lluvia sobre las chozas y los bohíos sonaban como tambores ceremoniales, los cuales tocaban solamente hombres selectos en Africa, bajo la sombra de un frondoso baobab, para anunciar algún gran acontecimiento. Era el mismo martes en el cual se había celebrado la danza para una reina africana embarazada alrededor de la choza de Felicidad Dolores, bajo un cielo encantador de millares de estrellas brillantes en el hermoso horizonte tropical del istmo de Panamá. Mientras más noche se hacía más llovía, purificando a ritmo de tambores el ambiente en los vecindarios de Malambo y Pierdevidas y, precisamente, como habían anunciado las tres ancianas africanas poco después de terminar la limpieza de la habitación que ocupaba la embarazada Felicidad Dolores, también, al cesar los cantos ceremoniales a Yemayá, Obatalá, Changó y los otros orixas, al nacer las tres tortugas negras de los huevos cubiertos con hojas de ceiba, tamarindo y baobab, nacieron simultáneamente las trillizas abrazadas, pregonando con entusiasmo, tres veces cada una, la palabra **sodinu.**

Inmediatamente después del maravilloso y venturoso parto de las niñas trillizas –se festejó gozosamente y no se lloró amargamente como en el nacimiento de Bandelé Cebiano–, las tres ancianas, en silencio solemne, observaron cuidadosamente el ombligo de cada criatura, se desnudaron el pecho y, después de que la lluvia las empapara, abrazaron tiernamente a las recién nacidas, costumbre ancestral que tuvo su génesis en las cumbres del Kilimanjaro y a las orillas del río Nilo.

Poco después de la ceremonia de bienvenida y abrazos en honor a las trillizas, un melodioso canto alegró a las niñas mientras las bañaban con una totuma llena de agua tibia que era mezcla de agua de río, agua de mar y lágrimas. Y, tras los baños, arropadas las tres criaturas en sabanitas hechas a mano con retazos de diferentes colores, que aportaron de su propia ropa todas las madres cariñosas y bondadosas de ascendencia africana en Malambo y Pierdevidas, en ceremonia secreta, mientras continuaba el tamborileo de las gotas de lluvia sobre las chozas y los bohíos, nombraron a las niñas Ayoluwa, Asabi y Adeola.

Los orixas Elegguá, Ogún, Orula y Oshún visitaron la choza, donde se escuchó, por primera vez, la palabra **sodinu**, tres meses después del alumbramiento de las trillizas, para comunicarles a las tres ancianas africanas que habían cumplido felizmente lo trazado por los orixas Yemayá, Obatalá y Changó. Luego, después de los besos y abrazos de despedida, los orixas acompañaron a las ancianas al feliz Reino de los Muertos.

A la choza de las trillizas, quienes nacieron abrazadas y pregonando la palabra **sodinu**, solamente las madres cariñosas y bondadosas, tras de empaparse bajo la lluvia, tenían el privilegio de visitar y mecer a las recién nacidas. En cambio, las mujeres estériles, las prostitutas y las madres crueles y descuidadas, que no respetaron lo comunicado por las ancianas africanas que habían participado en el maravilloso y venturoso parto, durante la quinta madrugada, después de mirar a las hijitas de Felicidad Dolores, llorando y gritando en pánico, como locas atrapadas en un manicomio devorado por fuego feroz, murieron desangrando lentamente por el ombligo. Extrañamente, la misma muerte sufrieron horrorosamente los afeminados que se disfrazaron como mujeres y, también, los hombres malvados que se acercaron a la choza de Felicidad Dolores para robar las tres tortugas de oro que recibieron las trillizas al nacer.

Cada atardecer, en Malambo y Pierdevidas, en todas las chozas y los bohíos también habitados por gente en cuyo rostro se encontraban huellas de su ascendencia africana e indígena, cuando por los senderos y caminos las luciérnagas comenzaban a indicar con sus frágiles lamparitas que el sol ya se preparaba para reconciliar el sueño en el horizonte oscurecido, y, por supuesto, antes de que el quiquiriquí de los gallos madrugadores anunciaran la nueva aurora plétorica de flores y gorjeos, se comentaba, vez tras vez, jubilosamente sobre la dulce sonrisa de Ayoluwa, los graciosos movimientos de las manitos de Asabi y la mirada penetrante de Adeola. Sin embargo, atardecer tras atardecer, el tema que más se comentaba entre los más curiosos no era sobre la preciosidad de las tres tortugas de oro, sino lo de **sodinu**.

En efecto, lo que más llamó la atención de las tres niñitas de Felicidad Dolores era la lengua en que se comunicaban. Las trillizas repetían, con frecuencia, la palabra **sodinu** y, durante los atardeceres, entre ellas hablaban en lo que sonaba como una lengua secreta que nadie entendía. Desconcertadamente, ni la madre de Ayoluwa, Asabi y Adeola, quien conocía muchos acentos, lograba participar en las pláticas vespertinas que entablaban sus hijitas, porque ella decía: "no es yoruba, ni congo, ni twi, ni inglés, ni portugués, ni francés", en fin, ningún idioma hablado por esclavos o negreros.

Curiosamente, castigaban severamente a los esclavos que repetían las palabras extrañas que usaban las trillizas, sobre todo la palabra **sodinu**, acusados de brujería o, peor aún, de la perversa y bárbara costumbre de no querer olvidar el atropellador balbuceo africano de sus progenitores, el cual se consideraba creación de satanás, ofensa a la culta lengua cristiana que todos estaban obligados a hablar solamente (aunque azotaban a los esclavos negros a quienes sospechaban de querer aprender a leer y escribir la lengua de sus amos) para toda comunicación en Villa Gitana, donde, por temor a los latigazos, algunos esclavos nunca mencionaban la palabra **sodinu**.

Sin embargo, a los esclavos que habían castrado o mutilado, capturados después de audaz cimarronaje, o a los que ya estaban muy viejos para participar en los frecuentes sabotajes en los cañaverales y los hatos de ganado, por los cuales los acusaban de negros brutos, para fastidiar como las trillizas, comenzaron a hablar al revés con el propósito de sacar de quicio a los esclavos espías que se dedicaban a identificar, por un plato de arroz y lentejas con carne de perro sarnoso, la lengua africana (que usaban a veces clandestinamente los esclavos) para comunicarle a don Bartolomé Ladrón quiénes eran los conspiradores y cuándo se planeaba un sabotaje o un cimarronaje en Villa Gitana y la Casa de los Genoveses.

Las hijitas de Felicidad Dolores gozaron una infancia muy feliz. Nunca se enfermaron. No sufrieron calenturas ni diarrea como era común entre las criaturas nacidas en Malambo y Pierdevidas, donde además del clima malsano y la falta de agua potable, muchos niños morían, según algunas abuelas, sufriendo de mal de ojo, del cual estaban protegidas Ayoluwa, Asabi y Adeola porque orixa Omolú castigaba con lepra a los que tan siquiera pensaran maliciosamente en las trillizas. Y los que insistían en llevar a cabo alguna maldad o, peor aún, tocar el ombligo de las niñitas de Felicidad Dolores con la mano izquierda o darles cinco mangos, cinco mameyes, cinco naranjas, cinco perritos o cinco de algo como regalo desangraban lentamente por el ombligo hasta morir al quinto día.

   Felicidad Dolores gozaba a diario con las trillizas. Jamás había estado tan feliz. Ya no sentía vergüenza de ser descendiente del cabecilla de la conspiración del baobab a orilla del río Nilo. Tampoco sentía culpabilidad por la destrucción de Buruco. Más importante aún, no se sentía impura por el parto de Bandelé Cebiano –el primero en nacer lejos del tamarindo en el corazón de Buruco– y la consecuente expulsión del Reino de los Muertos. Además, ya no era leprosa y las pesadillas de las madrugadas, preñadas de penosos presagios, dejaron de atormentarla. Su alegría era casi igual a la de las faraonas nubienses de la antigua Etiopía y el glorioso Egipto y, también, muy semejante a la jovialidad de las esposas de quienes fueron valientes y ricos emperadores africanos en Ghana, Mali y Songhay. También, Felicidad Dolores estaba contenta porque la ayudaban a cuidar a las niñas las abuelas esclavas que ya estaban muy viejas o muy mutiladas para seguir trabajando en la limpieza y en la cocina de Villa Gitana y la Casa de los Genoveses. Y, por otra parte, Felicidad Dolores no tenía que preocuparse por sus hijitas porque, además de las atenciones de tantas abuelas cariñosas y bondadosas, las niñas, quienes a veces jugaban con alacranes, tarántulas y serpientes venenosas, nunca estuvieron en peligro porque, hasta los perros rabiosos que utilizaban los negreros para perseguir a los cimarrones ansiosos de libertad, no fueron capaces de acercarse y mucho menos causarles daño a las trillizas, como los mansos animales, juguetes de las criaturas que nacieron bajo la sombra del robusto y frondoso baobab a orilla del río Nilo antes de la conspiración para perjudicar a los sabios abuelos creados por orixa Obatalá en las cumbres del Kilimanjaro. Por lo tanto, Felicidad Dolores dedicaba la mayor parte de su tiempo entonando canciones de cuna para dormir a sus hijitas, jugando con ellas los alegres juegos ancestrales de infancia que las tres ancianas africanas le volvieron a enseñar, narrando el maravilloso suceso de aquel atardecer lluvioso en las cumbres del Kilimanjaro, las festividades a orillas del río Nilo, las épocas gloriosas en Etiopía y Egipto, la fama de los emperadores africanos en Ghana, Mali y Songhay...

Pero una madrugada, dolorosamente, la quinta madrugada que Felicidad Dolores separó a las trillizas (las tres ancianas africanas le habían advertido repetidas veces que nunca separara, por ningún motivo o razón, a Ayoluwa, Asabi y Adeola), obedeciendo ciegamente los consejos mal intencionados de los que fingidamente no deseaban que se llevaran a las niñas a Maison Marsella, en Villa Gitana, cuando por capricho la francesa voceaba, a voz en cuello, sus enloquecidos gritos parturientos y se cubría con una sábana blanca para lo del juego con el más negro esclavo castrado, esa misma madrugada, uno de los piratas (barbudo, hediondo, tuerto, manco y cojo) que acompañó al capitán Henry Morgan, durante el saqueo que destruyó, con incendio, a la original ciudad de Panamá, cruzó a pasos de borracho el Puente del Rey arrastrando a una de las trillizas rumbo al Camino Real (dejando atrás pánico, incendios y cadáveres por todas partes, sobre todo, en Malambo y Pierdevidas) hasta llegar en canoa a la desembocadura del río Chagres, de donde los barcos hondeando banderas de filibusteros zarparon hacia la isla de Jamaica, sin el Altar de Oro que tan desesperadamente buscaron por toda la ciudad de Panamá (los frailes habían pintado el altar de color blanco).

Y, luego, navegando en el mar Caribe, los compañeros ebrios del pirata Henry Morgan se contentaron con dejar en ruinas a la ciudad de Panamá, llevándose como botín a niñas y mujeres capturadas en Malambo y Pierdevidas y, también, centenares de esclavos africanos secuestrados en Villa Gitana y la Casa de los Genoveses.

Pasaron muchas, muchísimas madrugadas preñadas de amargo dolor en los dulces cañaverales caribeños, desde luego, empapados con el sudor y la sangre de africanos que, como Bandelé Cebiano, nacieron lejos del tamarindo en el corazón de Buruco.

Lentamente, muy lentamente se ahogaba la algarabía en inglés africanizado de las mujeres que se habían reunido en un muelle de Kingston, en Jamaica, aquel mediodía bajo el ardiente sol tropical, agitando sombreros, pañuelos y abanicos, para despedir a sus hermanos, maridos e hijos aglomerados en la cubierta del **Old Pirate** cuando, tras de sonar una campana que se usaba como alarma de incendios, empezó a zarpar la vieja embarcación repleta de jóvenes obreros contratados por una empresa norteamericana para construir un ferrocarril en Panamá.

Mientras los cañaverales de dolorosos y amargos recuerdos azucarados se borraban paulatinamente del horizonte isleño, donde las bellas y majestuosas palmeras, como gigantes abanicos, se mecían suavemente acariciadas por las brisas caribeñas, ninguno de los jóvenes obreros a bordo el viejo barco, que se alejaba muy despacio de la costa de Jamaica, soñó con la posibilidad de llegar a explorar las minas de oro en California como lo harían la mayoría de los pasajeros aventureros que viajarían en el proyectado ferrocarril de 76 kilómetros entre la costa caribeña y la costa pacífica del istmo de Panamá.

A medida que el barco navegaba más y más en alta mar, los isleños a bordo la embarcación, mientras se divertían jugando dominó, en las conversaciones con sus compañeros de viaje revelaban que anhelaban solamente ganar suficiente dinero en la construcción de la vía ferrea transístmica para luego regresar a Jamaica, donde vivirían cómodamente, según ellos, en lujosas haciendas las cuales llamarían New London, New Liverpool y New Bristol, como sus antiguos amos británicos, dueños de los cañaverales que fueron empapados, madrugada tras madrugada, con el sudor y la sangre de millares de esclavos africanos.

Cuando el **Old Pirate,** tras de navegar durante cinco días en el mar Caribe, echó su ancla en las aguas que bañan la costa caribeña de Panamá, el tercer joven en desembarcar, un polizón de Maroon Town (palenque fundado por el cacique cimarrón llamado Cudjoe cuando los ingleses expulsaron a los españoles de Jamaica), declaró falsamente ante las autoridades portuarias llamarse John Brown (el verdadero John Brown se había ahogado al caer borracho al mar durante el tercer atardecer del viaje) y, como muchos obreros no tenían ningún tipo de documento, el joven polizón no tuvo que mostrar evidencia de su verdadera identidad.

El polizón que se hizo llamar John Brown frecuentaba el sector en Jamaicatown para los obreros de Montego Bay (los obreros de Kingston y Spanish Town, quienes también viajaron juntos a bordo el **Old Pirate,** vivían en sectores separados y no se hablaban salvo por orden de los jefes norteamericanos durante las horas de trabajo en la construcción del ferrocarril) buscando, día tras día, un rostro conocido entre los recién llegados obreros de Jamaica.

Cuando el alto, flaco y descalzo joven con un sombrero que heredó de su abuelo llegaba a Jamaicatown, que estaba separado de las viviendas de los obreros chinos, en su cotidiana búsqueda, algunos obreros a carcajadas se burlaban de John Brown llamándole Bellyman Brown porque, cuando ocurría algún accidente en el trabajo o alguna pelea en las cantinas entre los tramposos que jugaban dominó, mientras los otros hombres se cubrían la cara o la cabeza para protegerse del diluvio de piedras, el solitario joven de Maroon Town siempre, siempre se cubría, extrañamente, el ombligo.

Además de la manía de cubrirse siempre el ombligo en todo momento de peligro, a los otros obreros ferrocarrileros de Jamaica les llamó la atención el hecho de que John Brown se pareciera tanto en el físico y, curiosamente también, como en los gestos y ademanes a un frutero oriundo de Portobelo, a quien llamaban Juan Moreno, quien se ofendía cuando por equivocación lo confundían por John Brown, el obrero polizón de Maroon Town. Cada vez que esto ocurría, lo cual era frecuente, sobre todo durante los atardeceres lluviosos, Juan Moreno conjeturaba que los obreros antillanos deliraban y enloquecían a causa de nostalgia, del bochornoso calor y de los torrenciales aguaceros.

Cuando Juan Moreno terminaba de vender frutas a sus mejores clientes, los antillanos (los obreros chinos nunca compraban frutas porque ellos mismos sembraban huertos donde vivían), todas las tardes les gritaba a voz en cuello: "Me llamo Juan Moreno. Negro, pero no chombo. Vengo de Portobelo. Le rezo a la Santísima Trinidad (persignándose con un rosario rápidamente repetidas veces) y hablo en lengua cristiana como mis héroes los Reyes Católicos."

Pero el día que Juan Moreno se encontró, cara a cara, con John Brown, como quien se espanta de su propia sombra (además del parecido físico y los mismos gestos y ademanes, ambos tenían pantalón remendado con parches de tela de diferentes colores y, curiosamente, del mismo estilo de costura), en un abrir y cerrar de ojos abandonó la carretilla llena de frutas y se marchó a toda prisa, como potro asustado, rumbo a Portobelo.

A lo largo del camino, Juan Moreno se desvió varias veces para estar seguro que no lo perseguía el obrero antillano a quien llamaban Bellyman Brown, diciendo para su interior: "Todos los chombos son ladrones. Y ese antillano Bellyman es capaz de robarme el sombrero, robar un rosario, machucar algunas palabras cristianas para engañar a mi abuelita en Portobelo." El frutero repitió estas palabras, como si fuera letanía, durante el recorrido desde Jamaicatown hasta llegar al hogar de su abuela cerca de la iglesia del Cristo Negro de Portobelo, donde millares de esclavos africanos, recién bautizados, fueron vendidos por don Bartolomé Ladrón poco después de desembarcar en el más famoso puerto negrero de Tierra Firme durante la época de las lucrativas ferias.

Al llegar a Portobelo, tras horas de correr sin descansar, el asustado Juan Moreno, empapado en sudor y con los pies hinchados y cortados, respirando aceleradamente interrumpió el relato de su abuela, quien en ese momento estaba rodeada, como de costumbre, de nietos y vecinos que saboreaban chicha de tamarindo, sobre los valientes cimarrones Felipillo, Pedro Casanga y Bayano, y le preguntó a gritos, balbuceando atropelladamente: "Abuelita, ¿dónde está su tortuga de oro?"

Durante cinco lustros, John Brown y Juan Moreno no volvieron a encontrarse ni en Jamaicatown ni en la ciudad de Panamá, donde luego fue a vivir el joven polizón de Maroon Town.

Juan Moreno permaneció una larga temporada en Portobelo bajo el pretexto de proteger la tortuga de oro de su abuela.

En la época cuando se terminó la construcción del ferrocarril, John Brown se enfermó y no pudo regresar a Jamaica. Luego, buscó de todo tipo de trabajo hasta que llegaran los franceses para, según ellos, repetir en el Istmo la hazaña celebrada en Suez.

Los domingos por las madrugadas, sus únicos días libres, John Brown lavaba platos, barría y trapeaba el piso del restaurante "Chez Pierre", donde mejor se celebraba cada año el 14 de julio, para suplementar el dinero que ganaba en la construcción del canal a nivel que había planeado la compañía francesa organizada por el ingeniero Ferdinand de Lesseps.

Un domingo, el dueño del restaurante, un bondadoso francés de París, invitó al aseador a quien habían apodado "Chezombilic Brown, para que, por más dinero, funcionara como mozo durante una cena privada en honor a un amigo del ingeniero Ferndinand de Lesseps, quien también había trabajado en el exitoso Canal de Suez, allá en Egipto.

Cuando todos los invitados llegaron luego al restaurante, cuyo dueño, acompañado de acordeones, cantó la "Marsellesa" para celebrar lo de la Bastilla, a las cinco en punto de la tarde Chezombilic Brown comenzó a servir la mesa del agasajado, un amigo también de Philipe Bunau Varilla. El nuevo mozo hacía todo a la perfección como si fuera el mejor garcon importado, especialmente para esa ocasión, del más lujoso restaurante de París ubicado cerca de la avenida Champs-Elysées. Pero, al acercarse a la mesa con la quinta botella de vino, un travieso niño de cinco años, nieto del agasajado, con una espada de madera, imitando a uno de los famosos personajes creados por Alejandro Dumas, trató de atacar a Chezombilic Brown en el estómago. De repente, el sorprendido mozo se cubrió el ombligo, como hacía cada momento de peligro desde la época que trabajó en el ferrocarril, dejando caer la botella de vino y un plato de sopa caliente sobre la niñera del juguetón niño mosquetero. Inmediatamente, la niñera Marie Antoinette Lanoire saltó de un brinco y gritó cuando el plato de sopa caliente le quemó las piernas. El mozo auxilió en seguida a la joven secándole las piernas con servilletas y toallas. Cerca de su silla, en el momento del accidente, la niñera quemada había dejado caer un pañuelo azul. Y cuando Chezombilic Brown recogió el pañuelo azul, descubrió una tortuga de oro idéntica a la de su abuela en Maroon Town, Jamaica. En ese instante, el mozo se sintió confuso y le preguntó atropelladamente en inglés a la joven: "¿Por qué tienes la tortuga de oro de mi abuelita? ¿Quién eres?" Pero, como la joven no entendía inglés, hizo caso omiso del interrogatorio; en cambio, Marie Antoinette Lenoire, olvidando momentáneamente el dolor de la quemadura, comenzó a gritarle en francés, a quemarropa, a Chezombilic Brown, que no tocara la tortuga de oro que su abuela le había regalado en un muelle de la Martinica poco antes de zarpar el barco en que viajó a Panamá con sus patrones.

La algarabía políglota en el restaurante llamó la atención de Juan

Moreno, quien acababa de llegar con frutas tropicales para el francés dueño y cocinero de Chez Pierre que seguía cantando melodías de su patria mientras tocaba un acordeón, con vivacidad, para distraer a los comensales. Pero, como el recién llegado frutero no entendía ni inglés ni francés, pensó que el alboroto era simplemente una riña bulliciosa entre marido y mujer. No se acercó a la mesa donde discutían escandalosamente porque recordó el refrán: "En pelea de marido y mujer nadie se debe meter." Pero luego, de reojo vió el brillo de la tortuga de oro sobre el pañuelo azul. Su corazón comenzó violentamente a golpear el pecho. Fijó la mirada en el mozo. Reconoció a John Brown. En seguida, su corazón golpeó con más violencia el pecho. Cerró apretadamente los puños y empezó a respirar como alguien que se ahoga. Sus ojos se llenaron de rencor. E inmediatamente pensó en su abuela en Portobelo. Se arrebató. A voz en cuello gritó: "Carajo, maldito chombo ladrón." De un brinco se colocó entre los que discutían. Al pisar la botella de vino, resbaló y cayó sobre la comida en el suelo. Se levantó. Se limpió las manos con un delantal. Echó a un lado al mozo que interrogaba a la joven martiniqueña y trató de coger la tortuga de oro, pero todos los franceses en el restaurante, quienes no estaban al tanto de lo que ocurría, se imaginaron que los dos negros trataban de desnudar a la mulata y comenzaron a golpear al que interrogaba a la nodriza y al que trataba de coger lo que estaba sobre el pañuelo azul de la martiniqueña. La música del acordeón enmudeció y se escucharon gritos como de locos en un manicomio incendiado. Los franceses utilizaron sillas, botellas, puñetazos, patadas y mordiscos para atacar a los que, según el dueño del restaurante, parecían mellizos. Consecuentemente, Chezombilic Brown y Juan Moreno no tuvieron ninguna otra alternativa que salir del restaurante, a toda prisa, para escapar de los insultos y la paliza que recibían mientras ambos, simultáneamente, se cubrían el ombligo.

Al día siguiente, antes de regresar a Portobelo, Juan Moreno no pudo vender frutas ni en el hospital Ancón ni en el vecindario de los franceses, donde trabajaban y vivían algunos comensales del restaurante Chez Pierre, porque sobre su cabeza llovieron palos y piedras y, también, gritos de "voleur noire."

A Chezombilic Brown también lo acusaron de ladrón negro y por esa razón fue despedido de su empleo dominical en el restaurante Chez Pierre. Además, el polizón de Maroon Town no regresó a trabajar en la construcción del canal a nivel de los franceses por temor de ir a la cárcel.

Cuando los norteamericanos, tras el fracaso del canal a nivel francés en Panamá, firmaron el tratado Hay-Bunau Varilla, el cual autorizó la continuación de la construcción del canal, John Brown regresó de su escondite en Darién, donde se había refugiado después de que ahorcaron a su amigo Pedro Prestán, el cabecilla de la revolución en la ciudad de Colón, acusado por el gobierno colombiano de empezar el incendio que por poco destruyó la ciudad en la costa caribeña del istmo de Panamá, lo cual ocurrió muchas madrugadas después del incidente causado por el niño mosquetero en el restaurante francés.

Allá en Matachín, donde Bellyman Brown había sido testigo de los chinos suicidas que trabajaron en el ferrocarril, el polizón de Maroon Town se alegró de que el Istmo ya no era ni territorio de la República de Colombia ni el sepulcro de las revoluciones que tenían su cuna en Bogotá; también, Chezombilic Brown se alegró de que los franceses se hubieran marchado del Istmo, porque sospechaba que a pesar de los años transcurridos aún lo buscaban para castigarlo por el alboroto de aquel domingo por la tarde en el restaurante Chez Pierre; John Brown trabajó como **digger** en las excavaciones de la vía interoceánica para ganar el dinero necesario que lo ayudaría en la búsqueda de la niñera martiniqueña, quien, según él, tenía en su posesión la tortuga de oro de su abuela en Jamaica.

Durante la década de la construcción del Canal, a esclusas, bajo la administración de los norteamericanos, John Brown no se enfermó ni de fiebre amarilla ni de malaria. Tampoco murió, como tantos de sus compañeros, de pulmonía, ni ahogado en el río Chagres, ni partido en dos en los accidentes de trenes cerca de las esclusas en Gatún, Pedro Miguel y Miraflores, ni desmembrado en la fatal explosión de dinamita en Bas Obispo, ni sepultado vivo en uno de los frecuentes derrumbes en Culebra... Trabajaba seis días de cada semana como obrero "silver roll", aunque no le agradaba y no le parecía justo que por hacer el mismo trabajo, bajo el ardiente sol tropical y los aguaceros torrenciales, ganara solamente la mitad de lo que les pagaban a los españoles, griegos e italianos, obreros "gold roll." Sin embargo, haciendo caso omiso de los riesgos de pulmonía, tuberculosis, lepra, malaria, fiebre amarilla, serpientes venenosas, derrumbes, accidentes de trenes, explosiones de dinamita, ahogos... trabajaba, con mucho empeño, diez horas al día y ahorraba la mayor parte de los diez centavos que ganaba por hora, añorando regresar a Jamaica para visitar a su abuela, en Maroon Town, tan pronto, un domingo, su único día de descanso, encontrara entre los millares de barbadienses y martiniqueños a la nodriza con la tortuga de oro.

Luego, después de la apertura de la vía interoceánica —Pro Mundi Beneficio—, la tristeza de John Brown se profundizó más hondamente no solamente, porque ya habían pasado cinco lustros desde que inició la búsqueda de la martiniqueña que tenía una tortuga de oro en su pañuelo azul aquel atardecer en el restaurante Chez Pierre, pero, también, porque fue despedido de su empleo de plomero en las esclusas de Gatún, Pedro Miguel y Miraflores, y, como consecuencia, expulsado junto con su familia de la población Paraíso, en la Zona del Canal, por haber apoyado la huelga de los obreros afroantillanos organizada por el maestro de Barbados llamado William Stoute, quien luego murió exiliado en Cuba.

Muchos atardeceres más adelante, John Brown, a quien los "zonians" norteamericanos calificaron de "persona non grata" en la Zona del Canal, prohibiendo que trabajara, viviera y caminara en ese territorio bajo la jurisdicción de la bandera norteamericana, llegó a ser el más popular zapatero en el barrio Guachapalí.

Entre los aprendices del zapatero zurdo de Guachapalí (muchos eran obreros expulsados de la Zona del Canal, donde jamás se les permitiría trabajar, vivir y caminar por participar en las huelgas organizadas para protestar la discriminación racial del infame sistema racista de los norteamericanos llamado "silver roll and gold roll"), sobresalía su hijo mayor llamado Winston Churchill Brown.

Poco después del nacimiento de Aníbal Brown, la mujer de zapatero zurdo, Sara Winner, oriunda de Jamaica y una de las primeras pasajeras del barco **Telémaco,** se dedicó a intensificar la búsqueda de una tal Marie Antoinette Lenoir, quien, según el zapatero, sospechaba que la martiniqueña podría darle explicaciones sobre lo del ombligo de sus hijos varones.

Pero, Sara Winner, en poco tiempo perdió interés en lo de la misteriosa martiniqueña porque su mayor preocupación era encontrar el paradero de su abuelo obrero del ferrocarril, su padre y sus tres hermanos **diggers** del Canal, todos desaparecidos desde que desembarcaron en Panamá. Además, durante sus ratos de ocio y, también, en sus días de descanso, después de las horas de trabajo en la lavandería de Ancón, la mujer del zapatero zurdo dedicaba mucho tiempo en Guachapalí, Calidonia, Chorrillo, Marañón y Río Abajo en la organización de la Asociación Unida para el Mejoramiento del Negro, movimiento fundado por Marcus Garvey, su vecino de infancia en Jamaica, a quien admiraba por criticar los atropellos racistas contra los obreros afroantillanos en Puerto Limón, Bocas del Toro, Zona del Canal, Guantánamo...

Sara Winner admiraba tanto al líder jamaicano, cuyo gran anhelo era establecer una compañía naviera y organizar a los obreros ferrocarrileros, canaleros y bananeros de ascendencia africana nacidos en el exilio, como Bandelé Cebiano, para regresar orgullosamente a la cuna ancestral en Africa, que con mucho honor y orgullo bautizó a su hijo menor en la iglesia Episcopal de San Pablo, nombrándolo Marcus Garvey Brown.

Cincuenta madrugadas después del bautizo del niño Marcus Garvey Brown, a la casa de inquilinos 5 de Mayo, en Guachapalí, donde vivía el zapatero John Brown con su familia en el cuarto número seis, llegó el nuevo vecino del cuarto número cuatro, un frutero portobeleño llamado Juan Moreno. Este fue un oportuno encuentro porque, a diario, el frutero vigilaba celosamente todos los movimientos del zapatero y el vecino del cuarto número seis observaba cuidadosamente a todas las amistades del vecino del cuarto número cuatro: uno temía que el otro viajara a Portobelo para robar la tortuga de oro de su abuela y el otro sospechaba que su vecino era cómplice de la martiniqueña que poseía la tortuga de oro de su abuela en Maroon Town.

Luego, Lesbiaquiña Petrablanche de las Nieves de Monte Monarca Moreno, la hija mayor del frutero, contenta de alejarse de la ciudad de Colón porque, según ella, "esa ciudad de chombos donde hasta los chinos, griegos e italianos hablan inglés", se alegró de que un cuarto separara a su familia de "los hijos chombos del zapatero meco y la negra yumeca."

En el cuarto que separaba la habitación de los Moreno y la de los Brown, habitaba la señora Felicidad Dolores. Con ella vivían varios huérfanos que ella recogió y adoptó, tras de examinarles minuciosamente el ombligo, entre los niños huérfanos que dormían y comían en el hogar de Nenén y Papá James, una pareja bondadosa de Jamaica y Barbados respectivamente.

Desde un principio la familia Brown y también la familia Moreno pensaron que la vecina Felicidad Dolores era loca, no por su manía de examinar el ombligo de cada criatura que encontraba por primera vez, sino porque, el primer día que vio al frutero zurdo trató de abrazarlo llamándole Bandelé, exactamente, como había hecho con el zapatero zurdo cuando, expulsado de la población zoneíta llamada Paraíso para obreros afroantillanos "silver roll," fue a vivir a la casa de inquilinos 5 de Mayo, en Guachapalí, cerca del parque Lesseps y la estación del ferrocarril.

Una madrugada, cuando Lesbiaquiña Petrablanche de las Nieves de Monte Monarca Moreno regresó de trabajar con su mamá, la cocinera de la familia Ladrón y Chefmenteur, gritó a voz en cuello:

– ¡Viva la ley 13!

– Cállate hija – regañó la señora Martina Ocaña de Moreno, sintiendo vergüenza.

– Aquí no pueden llegar más negros antillanos y sus hijos chombos serán deportados pronto – vociferó gozosamente, llena de amargura y rencor.

– Cállate la boca.

– ¡Viva la ley 13!

Esa madrugada, los mosquitos dejaron de fastidiar, con sus zumbidos, cuando el aguacero comenzó a gotear por el techo de la casa 5 de Mayo, donde cada cuarto fue originalmente construido para hospedar un sólo obrero del Canal. Hacía mucho calor en Guachapalí esa madrugada. Aníbal Brown, el que mejor dominaba el idioma español en su familia, a pesar del rechazo de hijos de afroantillanos en algunas escuelas públicas (donde si les permitían asistir a clase algunos estudiantes, como maestros, los insultaban apellidándolos "Chombo, Meco, Yumeca, Wacuco y Bembón"), de un brinco saltó de la cama que ocupaba todas las noches con sus hermanos, despertando con brusquedad por el bullicio de la vecina Lesbiaquiña Petrablanche de las Nieves de Monte Monarca Moreno. Sin embargo, el zapatero zurdo y sus otros hijos siguieron roncando tranquilamente, pero el hijo que había despertado, espantando los ratones que todas las madrugadas correteaban, de cuarto en cuarto, por todo el vecindario buscando pan duro para saciar el hambre, de repente, en la oscuridad, después de quitarse el pijama empapado, en sudor, se puso un pantalón remendado de color caqui descolorido. Buscó debajo de la cama y, al encontrarlos, se puso un par de zapatos negros en buenas condiciones. Al rato, quitó el picaporte y abrió cuidadosamente la chirriante puerta. Al salir del cuarto número seis, seguido de Cimarrón (el gato arrastraba una rata casi de su tamaño), le dió un puntapié a un perro sarnoso, acostado al lado de la puerta de la vecina Felicidad Dolores, e, inmediatamente, con una escoba barrió un poco de azúcar que alguien había tirado donde se encontraba el perro (tanto el perro como el azúcar sacaban de quicio a la señora que con frecuencia les narraba a sus nietos sobre una tortuga negra bajo un tamarindo a orilla de un río). Cuando terminó de barrer, colocó la escoba detrás de la puerta y botó el azúcar en un tinaco. Luego, caminó hacia el lavadero público, donde tuvo que esperar un largo rato porque allí se encontraba Lesbiaquiña Petrablanche de las Nieves de Monte Monarca Moreno lavándose, repetidas veces, las manos. Y, cuando la hija mayor del frutero comenzó a secarse las manos, antes de que volviera a lavarse las manos otra vez, inmediatamente, con una toallita azul que compartía con sus hermanos se limpió los dientes con ceniza de carbón del fogón. Después, tapándose la nariz con la toallita, entró y salió rápidamente del nauseabundo excusado para hacer sus necesidades, evitando las mugrosas paredes y las inmundicias que inundaban el piso. Se lavó las manos y la cara con jabón. Y, después de secarse cara y manos, se peinó con una peinilla, gastada por los años de buen uso. En ese entonces, la vecina del cuarto número cuatro volvió a lavarse las manos, muchas veces. Finalmente, antes de regresar a la habitación, de un sólo cuarto, que era sala-cocina-comedor-alcoba-lavandería y, también, zapatería, mezcló un poco de agua con bicarbonato, el cual untó, en ambos sobacos, a manera de desodorante. Al regresar al cuarto (el único del vecindario que no tenía en sus paredes cuadros del Sagrado Corazón de Jesús, la Virgen María y la Ultima Cena, sino, fotografías de abuelos y recién nacidos), le dió otro fuerte puntapié al perro necio que volvió a acostarse donde había estado antes. Entró en la habitación y evitó tumbar la lámpara de kerosín que se encontraba en la mesa colocada entre una inservible estufa de kerosín y una nevera vieja recién pintada. Pero tropezó con la caja de herramientas de su padre zapatero, regando clavos en el suelo. Recogió cada clavo y limpió, con un trapeador, unas gotas de líquido oscuro para teñir zapatos, dejando el suelo de madera un poco menos limpio de lo usual. Luego, amalgamando palabras en inglés con palabras en español, como era la costumbre entre los miembros de su familia, habló, en voz baja, y le pidió varios centavos a su mamá, quien también había despertado por el escándalo de la hija mayor del vecino frutero. Ella le refunfuñó al hijo en su inglés africanizado, de acento jamaicano, que las monedas que él pedía eran para comprar ñame, yuca y plátanos. El hijo le sugirió que ese día para el almuerzo y la cena se cocinaran el arroz y la sopa con guandú sin ñame, yuca y plátanos, porque era importante comprar el periódico matutino para leer los pormenores de la Ley 13. La señora Sara Winner, una analfabeta como su marido zapatero, se enfadó con su hijo por la sugerencia y, en silencio, se levantó para encender el carbón del fogón, como acostumbraba temprano todas las mañanas, después de lavarse las manos y ponerse un delantal, para calentar el té del desayuno y el pan viejo que mandaba a comprar, todas las noches, en la abarrotería del chino. Luego, después de ponerse una camisa vieja de color azul palido y llena de parches multicolores, pero limpia, que heredó de su padre y de su hermano mayor, Aníbal Brown, después de mirar con desdén a Lesbiaquiña Petrablanche de las Nieves de Monte Monarca Moreno quien seguía lavándose las manos, a saltos, asustando a las cucarachas, los gatos, los perros y los huérfanos que banqueteaban en los tinacos llenos de basura, bajó aceleradamente las escaleras del primer piso de la casa de inquilinos, perseguido por la jerga refunfuñadora de su mamá. Al llegar a la planta baja de la casa 5 de Mayo, donde la señora Negra Tomasa echaba más carbón a su fogón y vendía frituras a los obreros madrugadores, respiró profundamente y llenó su estómago con los olores de morcilla, chicharrón, carimañolas, empanadas, hojaldas, tortillas... e inmediatamente giró a la izquierda y cruzó la calle. Corrió. Toreó, con agilidad, caballos y vacas que sus dueños llevaban, a galope, por las calles cerca de la estación del ferrocarril al matadero. En una esquina de la Avenida Central, donde el vecino Juan Moreno vendía de su carretilla mangos, naranjas, mameyes, nances... cerca de la estación del ferrocarril, una señora indígena a quien todos llamaban Chola, acompañada de sus andrajosos y desvelados niños, vendía billetes de la lotería y periódicos. El hijo del zapatero zurdo se acercó y logró leer la noticia, en primera plana, sobre la Ley 13. Inmediatamente, regresó a la casa 5 de Mayo como un disparo de cañón. Al pie de las escaleras estaba durmiendo el perro de la hija mayor del vecino frutero. Aníbal Brown buscó un palo y, varias veces, golpeó fuertemente el hocico de la mascota de los Moreno y, tras varios puntapiés, el moribundo animal se arrastró y se echó sobre el estiércol de una caballeriza cercana. Después de calmarse un poco, el hijo del zapatero John Brown subió, lentamente, las escaleras y se acercó al fogón que su mamá preparaba, avivando las llamas del carbón con un viejo abanico de paja. Miró a Lesbiaquiña Petrablanche de las Nieves de Monte Monarca Moreno y le hizo un gesto obsceno, pero ella siguió lavándose tranquilamente las manos. Con los puños cerrados y respirando con dificultad, le reveló a su mamá que la nueva ley promulgada prohibía la inmigración, a Panamá, de negros cuya lengua materna no era el castellano. Al escuchar lo de la ley recién promulgada, la cual alegró mucho a Lesbiaquiña Petrablanche de las Nieves de Monte Monarca Moreno, el ánimo de Sara Winner se desplomó porque la noticia derrumbaba los planes que, durante varios años, después de desembarcar del **Telémaco**, había hecho para su anciana madre, quien vivía sola y era la única conocida sobreviviente de la familia en Jamaica.

Al día siguiente, por la tarde, después de cobrar los últimos centavos a los clientes que, por la mañana, habían pedido suelas o tacones nuevos, el zapatero zurdo, aunque no era temporada navideña, consiguió que un viejo compañero antillano, a quien había conocido en Matachín durante la construcción del ferrocarril y luego en la construcción de las esclusas en Gatún, Pedro Miguel y Miraflores, le comprara una pierna de jamón en el comisariato de Paraíso, Zona del Canal, para celebrar el cumpleaños de su esposa. Luego, por la noche, la familia Brown festejó la ocasión saboreando arroz con guandú, ensalada de papas, souce, gallina, refresco de saril, dulce y, por supuesto, jamón. Durante la suculenta cena, John Brown le comunicó a su esposa que no se preocupara por la Ley 13, porque él estaba ahorrando dinero para regresar con su familia a Jamaica. También reveló que, según Winston Churchill, el hijo mayor, tanto los franceses como los norteamericanos habían quemado las nóminas de los obreros afroantillanos que murieron en las excavaciones del Canal, pero le aseguró a su esposa que eso no era ningún obstáculo, porque de alguna manera encontrarían, averiguando entre los millares de afroantillanos en Guachapalí, Calidonia, Chorrillo, Marañón y Río Abajo, el paradero de los abuelos de apellido Winner. Además, comentó, esa misma noche del cumpleaños, que también era importante descubrir el escondite de la nodriza martiniqueña que tiene la tortuga de oro, antes de regresar a Jamaica, donde, tal vez, la abuela iba a volver loca por la desaparición de su tortuga de oro que, no cabe duda, se robó la martiniqueña con quien se encontró en el restaurante francés aquel julio por la tarde. También, por primera vez, reveló que la voz de la vecina que siempre se equivoca llamándole Bandelé le hacía recordar a su abuela, sobre todo los martes por la tarde cuando les narra a los nietos el relato de una tortuga negra bajo un tamarindo a orilla de un río en Africa; y, aunque había aprendido muy poco español, desde que desembarcó como polizón del **Old Pirate** para trabajar en la construcción del ferrocarril, estaba convencido que su abuela en Maroon Town, a quien durante el día amarraban a un árbol de mango donde pasaba todo el día masticando caña de azúcar, no era loca en realidad, como se creía, sino que, a veces, hablaba, extrañamente, en español (John Brown se percató de esto al reconocer varias palabras de su abuela que repetía la vecina Felicidad Dolores cuando narraba lo de la tortuga negra bajo el tamarindo en el corazón de Buruco, las aventuras de Guacayarima y lo que ocurrió con las trillizas en Puente del Rey cuando llegó el pirata Henry Morgan a Malambo y Pierdevidas).

—Esos chombos son brutos —dijo Lesbiaquiña Petrablanche de las Nieves de Monte Monarca Moreno, mientras se lavaba las manos, al escuchar la alegría del cumpleaños de Sara Winner en el cuarto número seis.

—¿Qué mosquito te picó ahora? Y, tú, ¿por qué hablas así de los vecinos? —preguntó Salvadora Moreno.

—Hermanita, más brutos no pueden ser esos chombos —insistió, gesticulando con coba e imitando el acento de los españoles inmigrantes que frecuentaban la casa de madera 5 de Mayo para vender, a plazo, cuadros del Sagrado Corazón de Jesús, la Virgen María, la Ultima Cena, joyas y muebles.

—¿Qué te hicieron? —preguntó la hermana, tratando de ahogar las carcajadas que rebentaban, una tras otra, en sus entrañas por la manía de su fanfarrona hermana mayor, quien pronunciaba las palabras como las recién llegadas esposas de los inmigrantes oriundos de Barcelona.

—La ley 13.

—¿Qué tiene eso que ver contigo?

—La ley 13 es contra los negros antillanos chombos yumecas mecos.

—No entiendo tu preocupación.

—Brutos. Chombos brutos. Chombosyumecasmecos bembones, ñatos de pelo cuzcú.

—Cálmate.

—Los chombos están celebrando la ley 13.

—Pero, ¿qué te importa a ti eso?

—Pendeja. Yo soy panameñista auténtica...

—Cuidado. No agarres tu rabia conmigo. Hablar contigo es una pérdida de tiempo. Pues, no se puede esperar mango del cocotero.

—A ti como que te gustan los chombos —dijo ladrando mientras se lavaba las manos.

—Esa gente no me ha hecho nada malo.

—Eso es lo único malo contigo, eres una chombera de m....

—Eres vulgar y tienes tanto piquete.

—Soy del Partido Panameñista y me llamo Lesbiaquiña Petrablanche de las Nieves de Monte Monarca Moreno y soy más fina que tú. Vuelvo y repito que soy más fina que tú porque no hablo con chombos como lo haces tú todos los días. Odio a esos yumecas del carajo. No me sorprendería si un día llegas a casa preñada por un chombo. ¡Qué asco! Siempre andas defendiendo a esos africanos... Estoy cansada de tu cantaleta: "Hay gente buena y gente mala en todos los grupos y razas. La mayoría de los antillanos es gente decente. Si no fuera por los antillanos, ¿y el ferrocarril? Si no fuera por los antillanos, ¿y el Canal?" Ojalá tengas hijos y nietos chombitos ñatos y bembones de pelo cuzcú. Cuando venga papá le voy a decir que me insultas, yo tu hermana, y que defiendes a los chombos que llegaron aquí para quitarnos trabajo, cuarto y hasta para comer mejor que nosotros los panameños. Somos negros, pero gracias a Dios no somos chombos. Esos mecos llegaron todos de Jamaica. Los Yumecas no son católicos y, que desgracia, los bembones no hablan español porque tienen los labios demasiados gruesos, bembones. Esta noche vamos a cenar frutas podridas, con arroz sin carne y sopa sin huesos. Mira, no es ni

Navidad y los chombos ahora mismo están comiendo jamón. ¿Tú crees que eso es justo?

Esa misma noche, por lo de la Ley 13, Marcus Garvey Brown, quien desde ese entonces en adelante, orgullosamente, se hizo llamar Marco Nieves Cristiano Castellano Nietoreiquinto, se marchó de la casa (jamás volvió a tener contacto con su familia y no quiso ver a afroantillanos ni en pintura; fue a vivir a Pueblo Nuevo con varias rameras extranjeras, todas rubias de acento porteño, colombiano, peruano, cubano y francés).

Cuando le explicaron todos los detalles de la Ley 13 a la vecina de la habitación repleta de nietos escogidos por el secreto del ombligo, a la madrugada siguiente, falleció Felicidad Dolores.

Casi todas las vecinas de la casa 5 de Mayo lamentaron el fallecimiento de Felicidad Dolores. Algunas comentaron que era muy extraño que, de repente, muriera la abuela de los nietos, que tenían el mismo tipo de ombligo, aunque era más vieja que Matusalén.

—¡Caramba! Esto es cosa de brujería porque la vecina no estaba enferma —dijo la vecina esposa de un carnicero griego mientras miraba de reojo a la hija mayor del frutero, quien seguía lavándose las manos.

—¡Corpo de Baco! No puedo creer que la vecina murió —comentó la mujer de un panadero italiano, también mirando con desdén a la que se lavaba las manos.

—Cho. Nieba dead is obea de gente mucho malo —manifestó Sara Winner.

—Mon Dieu, je suis muy confusa —declaró una martiniqueña, fijando la mirada penetrante en las manos mojadas de la hija mayor del frutero.

—¡Calajo! Aquí pasando cosa muy extlaña —opinó una vecina china.

—La vecina morir pareciendo macuá —explicó una anciana indígena de raza guaymí.

—Coño, ni en el culo de Sevilla pasa lo de aquí con la vieja con canas de Matusalén —chilló la española del vecindario.

Las vecinas que estaban sorprendidas por lo ocurrido, aunque no se entendían muy bien en español, pasaron un buen rato, en el cuarto de la difunta, comentando simultáneamente sobre el repentino fallecimiento.

Pero la única vecina que no estaba desconcertada y, además, estaba segura de la causa de la muerte inesperada de Felicidad Dolores era la hija mayor del frutero zurdo. Ella se alegró de que el azúcar que, cada madrugada, regaba alrededor de la puerta ajena, donde se acostaba su perro sarnoso, por fin, surtió el efecto deseado. "Gracias a Dios, repitió varias veces Lesbiaquiña Petrablanche de las Nieves de Monte Monarca Moreno después de lavarse las manos, ya murió la negra colonial que tiene amistad con negros antillanos chombos yumecas mecos bembones y ñatos de pelo cuzcú".

Cinco nietos de la difunta, en la Casa 5 de Mayo, fueron corriendo al hogar de Nenén y Papá James, cerca de la estación del ferrocarril, para anunciar el fallecimiento de la abuela, lo cual no fue necesario, porque Nenén, quien a menudo se quejaba de insomnio, había soñado esa madrugada, exactamente a las cinco en punto cuando murió su amiga, que un caballo albino y salvaje, relinchando locamente, aplastó una tortuga negra que se había alejado de la sombra de un tamarindo a orilla de un río.

Después de secar, con un pañuelo azul, las lágrimas de los jóvenes que llegaron corriendo a su hogar llorando, por la muerte de la abuela, la señora Nenén les sirvió desayuno a los nietos de Felicidad Dolores. Luego los abrazó y le pidió a Papá James que cuidara de los niños ese día. Papá James, muy contento, aceptó la responsabilidad y les dió instrucciones a varios pintores de brocha gorda bajo su dirección que fueran a trabajar sin él y que, al terminar de pintar, regresaran para comer un plato de ñame, guineo verde, plátano maduro y cucú con bacalao y, también, para recibir el sueldo de ese día.

Tras de meter una botella en una bolsa azul, Nenén se puso un pañuelo negro en la cabeza, se puso un traje negro y un par de zapatos negros. Poco después, se despidió de todos con abrazos y besos. Al salir del cuarto saludó a las vecinas, que lavaban y planchaban ropa de norteamericanos, cerca de la escalera. Bajó la escalera y cruzó la

Avenida Central para evitar a los maleantes que fumaban canyac en el patio y cerca de la esquina de la casa. Caminó rápidamente hacia la estación del ferrocarril porque, cuando era posible, prefería viajar en tren, en vez de autobús, cada vez que iba a la ciudad de Colón.

– Nenén, you go Colón? – preguntó un barbadiense, empleado del ferrocarril y amigo de Papá James, cuando Nenén se acercó a la ventanilla "silver roll" para comprar los boletos de ida y vuelta.

– Yes, me go do sometin.

– You go buy ackee, soroci, saril and ginga?

– Cho. No man notin like dat.

– Den, why you go Colón today? Not fifth November.

– Cho, man. Mind you own business. You maco man?

– No, no. Me wan a favor para mi mujer.

– Lad me God, you tun paña people now.

– Me no live Barbados me live Panamá now. So now an den me speak paña language like mío vecino chiricano.

– Cho. Me say de misma cosa to vecinas from Chorrera and Capira and Campana. Me no live Jamaica. Me soy orgullosa to live in patria mía Panamá with bunch pickney nietos en casa mía.

– Yes, man. Me sabiendo dat you an pickney hacer mío pasiero Papá James mucho happy. He buy candy, melcocha, cocada de coco con rapadura and mango para nietos todos los días.

– See you esta tarde regresando de Colón. Me go now. Me give tu marida la plata mandando ella para bacalao, corn harina and okró.

Poco antes de que se anunciara la salida del tren, Nenén subió a la sección "silver roll" del tren. No obstante, habían norteamericanos rubios en esta sección, en vez de la sección "gold roll" porque, o no les agradaba el aire acondicionado de los vagones de pasajeros reservados exclusivamente para ellos, o no deseaban viajar en asientos más cómodos, por el mismo precio de boletos en ambas secciones.

Tras del maquinista sonar, varias veces, la campana de la locomotora para que se detuvieran las carretas y peatones en la Avenida Central, donde pasan los rieles del ferrocarril, el tren empezó su marcha, a la hora exacta, puntualmente, como indicado en el itinerario de los trenes que viajan los 76 kilómetros (en menos de dos horas) entre las ciudades de Panamá y Colón, recorriendo los rieles paralelos, en su mayor parte, al Canal.

Al acercarse el tren a Gamboa, después de rememorar la época en que trabajó Papá James en la construcción de las esclusas en Miraflores, Pedro Miguel y Gatún, Nenén se durmió un rato en el tren y despertó cuando un empleado norteamericano del ferrocarril le pidió su boleto, como se acostumbraba, al acercarse el tren a la última parada, la ciudad de Colón.

Al bajar del tren, lo primero que hizo Nenén fue buscar un barco en el muelle de Cristóbal para viajar a Portobelo, donde llenaría la botella en la bolsa azul, hasta la mitad, con agua bendita de la iglesia del Cristo Negro.

Luego, regresó, en seguida, otra vez en tren, a la ciudad de Panamá después de llenar la otra mitad de la botella, con aguas de mar y río, cerca de las ruinas de Portobelo, donde desembarcaron millares de esclavos africanos durante la época de las célebres ferias que enriquecieron a don Bartolomé Ladrón.

A las cinco en punto de la tarde, en Guachapalí, Nenén se encontró con tres ancianas en el cuarto de Felicidad Dolores.

Las tres ancianas bañaron, en silencio, a la difunta, primero, con el agua bendita de Portobelo y, después, con agua del río Chagres y el mar Caribe. Finalmente, el último baño fue con una totuma llena de lágrimas. Luego, vistieron a la fallecida con ropa azul y un collar de cuentas blancas y azules tras de quemar la ropa en que murió. Llenaron un vaso, con agua de mar, después de echar doce caracoles en el fondo del vaso. Y, antes de que llegaran los participantes de la ceremonia ancestral, colocaron un par de tortugas negras a los pies de Felicidad Dolores.

Al anochecer, empezó el veloriofiesta de la difunta abuela de los nietos, que llamaban la atención por lo del ombligo, después de que las tres ancianas barrieron la habitación tres veces, cubrieron los espejos con sábanas blancas y llenaron la boca de Felicidad Dolores con tamarindo.

Durante cinco noches consecutivas comieron, cantaron y bailaron alrededor del cadáver de Felicidad Dolores hasta que, el espíritu de la fallecida, regresó del Reino de los Muertos. –Ya llegó –anunció el babalawo de la ceremonia.

–Felicidad Dolores –dijo la más anciana del grupo.

–Ampáranos Siete Potencias –suplicó el babalawo.

–Obatalá, Elegguá, Changó, Ogún, Oshún, Orula y Yemayá –cantaron siete veces todos los presentes. Acto seguido, cesaron los cantos y las danzas rituales, que simulan el movimiento de las olas, porque la alegría cambió a tristeza cuando todos los presentes en el veloriofiesta lloraron, continuamente, durante cinco horas antes de marcharse, en silencio, a sus cuartos.

Era el mes de octubre. Los aguaceros torrenciales seguidos de días calurosos anunciaban, según el pronóstico de Felicidad Dolores, un verano temprano, de sol infernal, que freiría los sesos de los que aún trabajan, desde la madrugada hasta el anochecer, en los cañaverales, como en la época de la esclavitud, embruteciéndolos más que el aguardiente que, a diario, beben para ahogar sus miserias. Todo el vecindario de la Casa 5 de Mayo, en Guachapalí, se enteraba, cada año, que había llegado la temporada de la anual peregrinación de la familia Moreno a Portobelo porque, en preparación, los primeros veinte días del mes, la esposa del frutero zurdo rezaba fervorosamente, tres veces al día, antes de cada comida: "Oh Cristo Milagroso, Cristo Negro de Portobelo, Extiende tus manos hacia nosotros, y danos Salud, Paz y Consuelo..." Y, cada noche, hasta llegar la víspera de la peregrinación a Portobelo, como en un velorio, mientras, en el balcón de la casa para inquilinos, los hombres, ruidosamente, jugaban dominó y se contaban chistes (condenando a los maricones y glorificando a los mujeriegos), las mujeres y los niños se congregaban, en el cuarto número cuatro, para rezar: "En el nombre del Padre, del Hijo y del Espíritu Santo. Amén." Y, después de hacer la señal de la cruz, recitaban el Credo, el Padrenuestro, tres Avemarías, el Gloria al Padre, los cinco Misterios del día seguidos cada uno de un Padre Nuestro, diez Avemarías y un Gloria al Padre. Luego, al concluir los rezos del rosario, la más anciana entre las presentes decía: "Ruega por nosotros, Santa Madre de Dios." Y todas las demás mujeres respondían: "Para que seamos dignos de las promesas de Cristo. Amén."

Después de los rezos de cada noche, la esposa del frutero ofrecía café, chocolate, panecitos, empanadas, carimañolas, chicharrones y yuca frita a todos los que rezaban el rosario y jugaban dominó durante las primeras veinte noches octubrinas. Además, comían y bebían más los que se quedaban para escuchar la narración de Salvadora Moreno.

"Mi abuelita en Portobelo es como el Cristo Negro, narraba cada noche Salvadora Moreno, milagrosa (sus enemigas la acusaban de ser bruja vieja) y se pasea por las calles de Portobelo una vez al año. Religiosamente, cada veintiuno de octubre, por la tarde, mi abuelita se baña, con agua de mar y agua de río, antes de ponerse una pollera de color azul. Pero, en vez de sombrero montuno o trembleques, se adorna el cabello con una preciosa tortuga de oro. Cuando, por la noche, después de la misa, sacan del santuario la imagen del Cristo

Negro, mi abuelita se encuentra con la procesión en el umbral de la puerta principal de la iglesia y acompaña al Cristo Negro, caminando tres pasos hacia adelante y dos hacia atrás, como es la tradición de la procesión anualmente en Portobelo. Curiosamente, mi abuelita concentra la mirada, durante la lenta procesión, en los rostros de las mujeres porque, según soñó un sábado por la noche, orixa Yemayá le reveló que, no en Panamá Viejo donde antes de los piratas vivió en una choza entre Pierdevidas y Malambo, sino en Portobelo, donde encontraría a sus otras hermanas y las otras dos tortugas de oro..."

Cuando pasaba la temporada de la peregrinación a Portobelo, la familia Moreno regresaba a Guachapalí justamente a tiempo para celebrar las fiestas patrias en noviembre.

Luego, el ocho de diciembre, los hijos de Martina Ocaña de Moreno agasajaban con flores, comida y una fiesta a la cocinera de la familia Ladrón y Chefmenteur, a la hora que regresara del trabajo, por ser el Día de la Madre. En cambio, en el cuarto número seis, los hijos de Sara Winner celebraban, cada año, el homenaje a la madre en otra ocasión, un domingo de mayo, como la colonia norteamericana en la Zona del Canal.

A Salvadora Moreno le agradaba viajar, cada octubre, a Portobelo para visitar a su abuela curandera y acompañarla en la procesión del Cristo Negro. Regresaba a Guachapalí contentísima, después de la peregrinación, no tanto por las fiestas patrias, a principios de noviembre, aunque más patriótica que ella no había en todo el vecindario de la Casa 5 de Mayo (confeccionaba banderitas del pabellón nacional para regalar a todos los estudiantes del vecindario, organizaba fiestas alegres para bailar cumbias y tamboritos después de los desfiles de los días 3 y 4 de noviembre y entre los jóvenes coordinaba tertulias para declamaciones de poemas patrióticos de Ricardo Miró, María Olimpia de Obaldía y Gaspar Octavio Hernández), sino porque durante las fiestas navideñas, sin despertar sospechas y mucho menos chismes, podía ofrecer arroz con pollo y tamales y, además, saludar con alegría "Feliz Navidad" a Aníbal Brown, su admirador secreto.

Pero, Aníbal Brown regocijaba más la llegada del mes de enero porque, tras de comer la tradicional docena de uvas a medianoche del último día de diciembre (para tener suerte en cada mes del año) y cantar "Próspero Año Nuevo," tenía la oportunidad de abrazar, abiertamente, a la hija del vecino frutero sin tener que hacerlo a escondidas detrás de los árboles en el parque Lesseps, en la playa cerca de la estatua de Vasco Núñez de Balboa y a la sombra de la estatua de Simón Bolívar en las Bóvedas, donde se encontraban los sábados, para darse besitos de enamorados, después de zigzaguear por las calles estrechas de la época colonial para evitar las miradas espías de Lesbiaquiña Petrablanche de las Nieves de Monte Monarca Moreno, quien, como bestia salvaje al acecho, perseguía, con desesperación, a su hermana o al admirador buscando testigos que confirmaran las sospechas del idilio que, según sus anhelos, eclipsara la tragedia de Romeo y Julieta.

Era la víspera de la Epifanía. Lesbiaquiña Petrablanche de las Nieves de Monte Monarca Moreno amaneció cantando alegremente (por primera vez la hija mayor del frutero no estaba amargada y por primera vez no regó azúcar alrededor de la puerta de Felicidad Dolores) porque, al fin, había encontrado a un testigo ocular (un pretendiente rechazado) que llegaría, a las cinco en punto de la tarde, a la Casa 5 de Mayo, para delatar los atrevidos amoríos "del chombo Aníbal Brown con Salvadora Moreno."

—Oleléolá lalalá. Ese Romeochombo muere decapitado hoy, olelé olá lalalá —cantó la hija mayor del frutero utilizando estentóreamente la música de un popular tamborito—. Olelé olá lalalá. Decapitado, como Balboa, en la 5 de Mayo, a las cinco en punto, este glorioso quinto día del año nuevo. Olelé olá lalalá, porque por el machete sangre chomba nunca se mezclará con la mía. Olelé olá lalalá.

Las vecinas quedaron desconcertadas por la alegría de la que, a diario, maliciosamente tiraba azúcar a la puerta de Felicidad Dolores e insultaba odiosamente a los inmigrantes afroantillanos.

—Vecina, aquí hay perra diabólica —dijo la mujer del carnicero griego.

—Es verdá. Huele a gato encerrado —dijo la esposa del panadero italiano.

—Epa, caray. Algo muy malo va a pasar hoy con sangre —comentaron, a coro, las otras vecinas.

A Aníbal Brown le pareció raro que esa madrugada no tuvo que ni barrer azúcar tirado alrededor de la puerta de la vecina Felicidad Dolores ni darle puntapiés al perro sarnoso. Pero supo que algo andaba mal cuando la generalmente callada Salvadora Moreno gritó:

—Y la cochinada con la gringa...

—Julietaprieta—dijo, a manera de insulto, la hija mayor del frutero.

—Eso sí da asco.

—Por menos decapitaron a Balboa.

—Eres una infeliz.

—No quiero chombos en mi familia.

—Criticas al vecino griego porque vive con una chola.

—Machete con la cabeza de Romeoprieto.

—Criticas al panadero bachiche porque se casó con una chomba.

—Julietaprieta.

—Criticas al zapatero Brown porque después de tanto tiempo aquí se juntó con una yumeca.

—No quiero chombos en mi familia.

—Criticas al vecino francés porque se casó con una martiniqueña negra.

—Machete con la cabeza de Romeoprieto.

—Criticas al chino macaco porque se trajo a su chinita.

—Julietaprieta.

—Criticas a Quibián por no mejorar la raza porque vive con una india guaymí como él.

—No quiero chombos en mi familia.

—Criticas al vecino español porque mandó a buscar a la sevillana.

—Machete con la cabeza de Romeoprieto.

—¿Cuándo tienes tiempo para tus asuntos? Vidajena infeliz. Además, todo el mundo sabe que andas gringeando cochinada asquerosa puerca sucia...

—Callate la boca. Peor es chombear con esa actitud chombista tan chombada fresca y tranquila muy chombadamente en esa chombadera en el parque chombeando con el chombo, Aníbal Brown y... Esa chombatización de la chombadez...

Para demostrar su rencor, Lesbiaquiña Petrablanche de las Nieves de Monte Monarca Moreno, quebró varios platos, golpeándolos fuertemente con un machete, violentamente, y balbuceó una letanía de vulgaridades. Acto seguido, se acercó a Salvadora Moreno con el machete.

—Tengo ganas de...

—Pues, que se te quiten las ganas —gritó Salvadora Moreno mirando a la hermana con asco y desdén—porque yo creo firmemente en el refrán: "Cuando la perra muerde, en ese mismo momento se le dan los palos" así que atrévete si eres loca.

La cobardía invadió el cuerpo de la que amenazaba con el machete. Al instante, la hermana mayor de Salvadora Moreno dejó caer el machete. Se despeinó el cabello. Rasgó su traje. Se ensució el rostro y los brazos con salsa de tomate. Y empezó a lamentarse como viuda. Salió como disparo del cuarto gritando: "¡Auxilio! Me quiere matar a machetazos. ¡Socorro! Llamen la policía. ¡Auxilio! Ay mi madre. Se ha vuelto loca. ¡Socorro! Me quiere matar a machetazos. ¡Auxilio! ¡Socorro! Me quiere matar por un chombo. Papá. Mamá. Lo juro por Dios que me alzó el machete. ¡Socorro! ¡Auxilio! Me quiere matar..."

Cerca de la Casa 5 de Mayo, en la aborrotería del chino, un vecino policía, a quien los chiquillos del vecindario apodaron Tongofulo, bebía una cerveza cuando escuchó los ladridos y los gritos de la hija mayor del frutero. En seguida, el policía vació la botella de cerveza en su garganta diciendo: "Chinito macaco, te debo cinco frías." Corrió y subió rápidamente la escalera de la casa de los alborotos. Entró en su cuarto y se puso el uniforme de policía que estaba empapado en sudor y sucio. Al salir del cuarto, chocó contra la puerta de su vecino por la borrachera. Su vecino, un bombero voluntario camisa roja, agarró al borracho para que no se cayera en un balde de agua sucia donde acababan de lavar pañales de las criaturas que sufrían de diarrea.

—Suéltame, negro de mierda —dijo el policía.

—Perdón, señor guardia —dijo el bombero.

—¿Qué carajo pasó aquí? —preguntó el policía.

—¡Auxilio! ¡Socorro! Me quiere matar a machetazos...

—¿Un chombo? —preguntó el policía.

—Ay mi madre. Me quiere matar...

—¿Dónde está el chombo sucio asesino ratero matón? —preguntó atropelladamente el policía borracho.

—¡Auxilio! Me quiere matar...

—¿Dónde está el chombo cobarde?

—No es un chombo.

—¿Estás segura?

—Es por un chombo.

—Carajo, yo sabía que era un chombo cobarde...

—No señor guardia, yo dije que mi hermana por un...

—Callate la boca.

—Por culpa de un chombo.

—Carajo. Yo sabía eso.

De súbito, el policía sacó su tolete y le dió golpes al primer hijo del zapatero zurdo que vió. Era Aníbal Brown.

—Señor guardia —dijeron varios vecinos— la vaina no es con...

—Cállense la boca ahora mismo carajo —gritó el policía.

—Pero, señor guardia...

—Todo el mundo para su cuarto y cierren las puertas ahora mismo si no quieren probar este palo duro.

Una tras la otra, las puertas de la Casa 5 de Mayo se cerraron y todos los testigos desaparecieron porque sabían que Tongofulo era de esos policías que abusan de su autoridad.

Después de ponerle las esposas a Aníbal Brown, el policía registró el cuarto número seis y encontró cinco dólares en la alcancía del zapatero zurdo.

—Vecina, cuando llegue mi teniente ponte a llorar y nada más. Yo explicaré todo.

—Sí, señor guardia.

—Mientras tú lloras le contaré a mi teniente que el chombo ratero...

—Pero no es ladrón...

—Cállate la boca.

—El chombo ladrón te robó un par de aretes, una sortija, una medalla y una esclava de oro.

—Pero, señor guardia...

—Silencio. Aquí en mi bolsillo tengo la evidencia.

—Pero yo nunca he tenido esclava...

—Los vendió el chombo y tengo los cinco balboas en mi bolsillo. Ya sabes, eso fue lo que pasó.

El policía enmudeció cuando observó que su madre, una señora campesina humilde y bondadosa, subía la escalera en compañía de Nenén, con quien se encontró en el mercado después de asistir a misa en la iglesia de Santa Ana.

—Mira como andas borracho —regañó la madre del policía—. Tú no pareces guardia y mucho menos hijo de tu padre, que en paz descanse –dijo persignándose–. Ese señor era un guardia decente y un padre responsable. Nunca borracho.

–Nenén, Nenén. Look my pickney. Him inocent. No haciendo nada malo. Porfavó, tell paña people –dijo Sara Winner, con los ojos llenos de lágrimas.

–Okay. No cry. Wa happen? –preguntó Nenén.

–Lad my God. Look blood on my pickney.

Sara Winner ahogó las palabras en lágrimas. Por el mar de lágrimas no pudo explicarle a Nenén sobre el incidente con Tongofulo.

Nenén consoló a la mujer del zapatero zurdo y buscó una toalla para secar la sangre que bañaba la cara de Aníbal Brown.

Las puertas que se habían entreabierto cuando los vecinos oyeron los regaños de la madre de Tongofulo, se abrieron totalmente y todos los vecinos salieron de sus cuartos porque se asombraron de que Sara Winner le hablara a Nenén (la esposa de John Brown nunca le dirigía la palabra a Nenén porque para ella era una ofensa que una de sus paisanas viviera o se casara con un hombre como Papá James, un barbadiense, ya que, como muchos jamaicanos, ella consideraba a la gente de Barbados como gente sucia, estúpida e inferior a los otros antillanos).

–Hoy es el fin del mundo –dijo una vecina.

–Seguro que sí –dijo otra vecina.

–¡Caray! la yumeca del zapatero...

–Le habló a Nenén.

–¡Meto! No lo puedo creer.

–Bueno, si pasa eso...

–De todo puede pasar hoy.

–El fin del mundo.

—Amén.

Al rato, cuando todo el vecindario se calmó, otro policía, que conocía bien a Tongofulo, ordenó que le quitaran las esposas a Aníbal Brown. Y para no ofender la buena memoria del padre de Tongofulo, un policía ejemplar que murió por la patria, el compañero de Tongofulo lo encerró en su cuarto para que durmiera la borrachera.

Tras de entregarle a Felicidad Dolores una bolsa llena de víveres para los nietos, Nenén se despidió y se marchó rumbo a su hogar, con otra bolsa llena de víveres y una gallina viva.

Felicidad Dolores les pidió a los nietos que lavaran el arroz, las frutas y los vegetales; pelaran la yuca, el plátano y el ñame y prepararan el pescado que se encontraban en la bolsa que había dejado Nenén, después de encender el carbón del fogón. Los nietos obedecieron, pero les extrañó que la abuela buscara dos tortugas negras, dos vasos, una jarra de tamarindo y se sentara en un rincón repitiendo, como si fuera una letanía, "no saben nada del Kilimanjaro-Nilo-baobab... ampáranos Obatalá, Yemayá y Changó. No saben nada del Kilimanjaro-Nilo-baobab..."

Felicidad Dolores estaba desvelada. Aunque, desde el embarazo de las trillizas, había perdido la facultad para presagiar, en la víspera de la Epifanía, presintió que algo ocurriría ese día en la Casa 5 de Mayo. Una extraña sensación le invadió el cuerpo. Temió que volvieran las pesadillas de mal agüero que la atormentaban, cada madrugada, sobre el horroroso presagio de orixa Orula que comenzaron después del nacimiento de Bandelé Cebiano —elprimero en nacer lejos del tamarindo en el corazón de Buruco. No pudo conciliar el sueño en la víspera de la Epifanía porque estaba muy desconcertada por la visita que le había hecho orixa Elegguá. Le preocupó mucho el hecho de que recordaba, con lujo de detalles, la madrugada que zarpó el primer barco negrero después de la destrucción del tamarindo en el corazón de Buruco, lo del ombligo de su primogénito, el primer cimarronaje en Santo Domingo, las aventuras de Guacayarima, el nacimiento de las trillizas en la choza ubicada entre Malambo y Pierdevidas y muchos otros acontecimientos de antaño, sin embargo, no recordaba nada del mensaje que le acababa de comunicar orixa Elegguá.

Luego, más tarde en la víspera de la Epifanía, llamó la atención la llegada del vecino zapatero seguido por orixa Ogún, con una botella de ron en una mano y en la otra un machete. Pero, mayor fue el asombro cuando cinco minutos después, cuando perros y gatos callejeros comenzaron a pelear, entre truenos y relámpagos, llegó el vecino frutero seguido por orixa Changó, también con una botella de aguardiente y un machete.

Felicidad Dolores trató de recordar, desesperadamente, el mensaje de orixa Elegguá que la había hecho desvelarse. Pero, el esfuerzo fue en vano. Nada. Además, no fue posible pensar en medio del alboroto que empezó cuando Sara Winner le contó a su marido, entre sollozos, en su inglés africanizado de acento jamaicano, lo que había sufrido Aníbal Brown, por la paliza del policía vecino; y, por otro lado simultáneamente, cuando Lesbiaquiña Petrablanche de las Nieves de Monte Monarca se quejó, a gritos, usando vulgaridades generosamente, sobre los amoríos entre su hermana y el vecino hijo del zapatero.

Aunque el vecino que era policía seguía durmiendo bajo el dominio de la borrachera, las puertas del vecindario volvieron a cerrarse rápida y ruidosamente, esta vez, porque nadie deseaba ser testigo de la sangre que, todo el mundo estaba seguro, como un río crecido por aguaceros torrenciales inundaría la Casa 5 de Mayo, cuando el furioso zapatero salió de su cuarto armado con un machete para encontrarse, cara a cara, con su rival frutero igualmente borracho y armado.

De repente, Felicidad Dolores, quien observaba a sus dos vecinos desde una ventana entreabierta, abrió su puerta y se colocó entre ambos hombres.

—¿Es tú Bandelé? —preguntó la anciana mirando con asombro el ombligo del zapatero.

—Choman, me ser John Brown.

—¿Es tú Bandelé? —le preguntó esta vez al frutero, también mirando con asombro su ombligo.

—¡Caramba! Ya le he dicho mil veces que no me confunda con ese... Soy negro, pero no soy chombo. Apártese ahora mismo señora porque mi machete y la cabeza del chombo...

—Ayoluwa, busca la jarra —dijo Felicidad Dolores.

—Lady, múfande now múfande ajoramismo. Mi machete tener sed de pañablood...

—Asabi, busca dos vasos rápido —dijo Felicidad Dolores.

—¡Carajo! Quítese que voy a matar al chombo.

—Rassman, múfande. I kill pañaman now ajoramismo.

—Ayoluwa, Asabi...

Los perros del vecindario empezaron a ladrar y los gatos a maullar. La pelea entre perros y gatos formó un tremendo alboroto. La hija mayor del frutero, gritando como loca, salió del cuarto armada con un cuchillo, pero no pudo acercarse a la mujer del zapatero porque feroz era la batalla entre los perros y los gatos que ahora eran más. Junto con los otros perros y gatos callejeros, a la Casa 5 de Mayo llegaron también hombres, mujeres y niños que abandonaron lo que hacían para entusiasmar a los contrincantes, deseosos de ver sangre derramarse en el suelo.

—Mátalo que no es nada mío —dijo un criollo.

—Mata al chombo —dijo una mujer.

—Sangre, sangre... —gritó el coro de niños.

—Quiten esa vieja matusalena de allí.

—Lárgese vieja impertinente.

—Deje que los machos sean machos.

—Yo apuesto al chombo.

—Cinco dólares al frutero.

—Cinco dólares al machete del zapatero.

—Cinco balboas a un empate.

Los insultos entre los vecinos se confundieron con gritos, llantos, lamentos, lloriqueos, ladridos, maullidos...

Felicidad Dolores hizo de tripas corazón cuando los dos machetes fueron alzados. El alboroto de la turbamulta enloqueció como en la época de los espectáculos en el Coliseo de Roma. Los gritos a favor del zapatero y del frutero estaban divididos por igual. Todos querían ver sangre. Es más, querían irse luego salpicados de sangre para narrar durante horas que fueron testigos de la mejor pelea con machetes en el vecindario.

—Ayoluwa, Asabi...

—Cállese vieja matusalena.

—Asabi, Ayoluwa...

—Lárgese vieja impertinente.

—La jarra...

—Deje que los machos sean machos.

—Los dos vasos...

Cuando las dos nietas de Felicidad Dolores se abrieron paso entre la alborotada muchedumbre, sedienta de sangre, la anciana llenó los dos vasos con chicha de tamarindo e inmediatamente bañó las caras de John Brown y Juan Moreno. Misteriosamente, los dos machetes cayeron al suelo. Mientras la anciana llenaba otra vez los vasos con más chicha de tamarindo, Ayoluwa colocó una tortuga negra sobre el machete del zapatero y Asabi hizo lo mismo con el machete del frutero.

—Que peleen como machos.

—Negro, levanta tu machete.

—Chombo, agarra tu machete.

—Sangre, sangre...

—¿Son maricones o machos?

—Que se muevan esos machetes.

—Sangre, sangre...

Al rato, ni el zapatero ni el frutero pudo levantar su propio machete. Las dos tortugas negras, una sobre cada machete, impidieron que se derramara la sangre que tantos ansiaban con deleite.

—Parecen maricones —gritaron los que se sintieron defraudados.

—No jodan. Tanta bulla y nada —dijo un vecino que deseaba ser salpicado con sangre.

—Negros maricones.

—Les faltan huevos.

—Cuecos de mierda.

—Así son esos negros. Puro blablablá y nada.

—Maricones.

Los que habían llegado a la Casa 5 de Mayo para ver machetazos y sangre, se alejaron mascullando maldiciones y obscenidades cuando el zapatero y el frutero se sentaron sobre las dos sillas que Ayoluwa y Asabi sacaron del cuarto de la abuela. En seguida, Felicidad Dolores puso dos vasos llenos de chicha de tamarindo en la mesa donde, a los que ella siempre llamaba Bandelé, comenzaron a jugar dominó.

—Lo que no pasa en un siglo pasa en un día —comentó la mujer del carnicero griego, después de quedar boquiabierta, al observar a los que jugaban dominó.

—Esto es brujería —dijo la esposa del panadero italiano.

—¿Quiénes juegan dominó? —preguntaron, a coro, varios vecinos, mirando con asombro a los dos zurdos.

—El zapatero y el frutero —contestaron, con voz de incrédulos, otros vecinos.

—Extrañas arañas —comentó la indígena guaymí.

—Es macuá —explicó Salvadora Moreno.

—Cho, es obeá —afirmó Aníbal Brown.

—¿Desde cuándo el perro se lleva bien con el gato?

—Es pura brujería.

—Pellizquen mis brazos porque no puedo creer que John Brown esté jugando dominó con Juan Moreno.

La hija mayor del frutero estaba tan asombrada de lo que ocurría que, después de quedar muda momentáneamente, se desmayó.

Durante los juegos de dominó, cada vez que los vasos quedaban vacíos, Felicidad Dolores, en seguida, los volvía a llenar con chicha de tamarindo.

Tan pronto terminaba un juego de dominó, empezaba otro, uno tras el otro, lo cual fastidió a los que querían ver machetazos y las paredes salpicadas con sangre.

Felicidad Dolores era la única en el vecindario que entendía la conversación que entablaron el zapatero y el frutero, después de cada juego de dominó, mientras movían las fichas volteadas para seleccionar, por suerte, cada jugador, las mejores siete fichas ganadoras.

El primer comentario, que intercambiaron los dos zurdos que bebían chicha de tamarindo y jugaban dominó, fue sobre experiencias semejantes que sufrieron, por ser zurdos, cuando eran niños porque, tanto la abuela en Maroon Town como la abuela en Portobelo, trató cada una de asustar a su nieto zurdo, de la misma manera, narrando sobre las maldades de Perraloca, una mujer fea y alta arropada en una sábana blanca que, todas las madrugadas, se reía a carcajadas, como loca, cuando encontraba a un niño zurdo y lo mordía ferozmente, como perra hambrienta y rabiosa, y poco a poco se comía el brazo, al menos que, el niño prometiera nunca jamás usar la mano izquierda para comer, escribir y, sobre todo, ofrecer regalos con esa mano que, según dicen, es la cola del diablo.

Después de saborear varios vasos de chicha de tamarindo, luego comentaron sobre un tal Baltazar Ladrón y Chefmenteur, el único heredero de Villa Gitana, y el más rico negrero de Casa de los Genoveses y Portobelo que comerciaba exclusivamente con negreros judíos, quien durante su niñez se nutrió del cariño y la dulce leche maternal de una esclava africana, la que no le permitió mamar las tetas de la perra mascota de Villa Gitana, como lo hicieron sus cinco hermanastras, sin embargo, él fue más cruel, que su padre don Bartolomé, con los esclavos africanos que osaban participar en el cimarronaje. Cuando los cazadores de negros, que fueron contratados con sus feroces perros, en Cuba, capturaban a los cimarrones, a lo largo del Camino de Cruces, el mismo hijo del negrero manco se encargaba de darles los doscientos latigazos a los que no habían escapado muy lejos de Puente del Rey, y a los que habían estado ausentes más de cinco días de la Casa de los Genoveses o de Portobelo, el famoso puerto negrero donde, tras la muerte del pirata Francis Drake, celebraban las ferias para vender y comprar esclavos africanos, a todos los castraba antes de escoger a cinco niños para hervirlos en aceite como escarmiento a todos sus esclavos, y a los castrados que escapaban del aceite caliente, los obligaba a beber y comer orine y excremento.

Tras breve pausa después de un juego de dominó, narraron que además de los cimarrones, también sufrieron, otros por antojo del heredero de Villa Gitana, y el mismo don Bartolomé, a quien el hijo le prohibió los encierros con negros, pero luego, por los aullidos enloquecedores semejantes a los de la francesa, tanto al padre como a la madrastra, les sustituyó los esclavos negros por marineros portugueses y chuetas pintados de negro con corcho quemado. Y, peor les fue a las hermanastras. A la que vivía tranquilamente en concubinato con un esclavo negro en Villa Gitana, la exilió al Convento de las Monjas de la Concepción, ubicado en la calle La Empedrada cerca del Hospital de San Juan de Dios, forzándola a ser monja contra su voluntad, pero permitiéndole seguir siendo dueña de su esclavo concubino. A las otras cuatro hermanastras, por sus contactos con sefarditas negreros, las casó con marineros chuetas que se establecieron en Jamaica, Martinica, Curacao y Perú.

Finalmente, el último tema que sacaron a colación, antes de beber más chicha de tamarindo, fue sobre la agonía de don Bartolomé. Comentaron que el rico negrero murió lentamente, en Villa Gitana, cuando una esclava llamada Negra Felicidá emborrachó al esclavo concubino, el más fornido de todos, que todas las noches se encerraba con el amo. Pues, una noche la esclava viuda (su marido murió ahorcado por cimarrón y sus hijos fueron castrados y vendidos, cada uno, a cinco diferentes negreros, de acento británico, holandés, francés, portugués e italiano, en las ferias de Portobelo) se vistió como hombre y logró entrar en la habitación del amo, tocando la puerta después de deletrear, con mucha dificultad, analfabéticamente, la palabra secreta: padrino. Luego, en la oscuridad, cuando don Bartolomé estaba en el climax del eroticismo y creía que era macho lo que sentía entre sus nalgas, Negra Felicidá quebró la botella que utilizaba para saciar la lujuria de "El Martirio de los Negros." Luego, sentó al negro manco en una silla colocada en una esquina y lo amarró. Y, antes de regresar a su choza entre Malambo y Pierdevidas, la esclava viuda soltó las riendas del caballo blanco de don Bartolomé Ladrón para que en Villa Gitana y Casa de los Genoveses pensaran que el negro manco se había marchado, para comprar esclavos africanos, a Portobelo.

Durante varias vísperas de Epifanías, año tras año, con la entusiasmada asistencia de Felicidad Dolores, el zapatero y el frutero volvieron a jugar dominó animadamente, como viejos amigos en velorios de vecindarios, mientras gustosamente bebían chicha de tamarindo, comentando, repetidas veces, los mismos relatos acerca del rechazo de los zurdos por parte de la abuela en Maroon Town y la abuela en Portobelo, las crueldades que sufrieron los esclavos africanos por orden del negrero de Villa Gitana heredero de la fortuna de Casa de los Genoveses y, sobre todo, la venganza de la esclava Negra Felicidá.

En aquellos entonces, Felicidad Dolores, contenta por el anual juego de dominó entre los dos zurdos bebedores de chicha de tamarindo, pensó que eso era, sin duda, señal de que, por fin, había llegado la víspera del último castigo de orixa Omolú contra los descendientes de todos los que fueron desterrados, dolorosamente, por lo de la conspiración en perjuicio de los abuelos, lejos del baobab a orilla del río Nilo después de mucha felicidad desde aquel maravilloso atardecer lluvioso en las cumbres del Kilimanjaro.

Además, comenzó a sentir alivio por lo del horroroso presagio vinculado con el ombligo de mal agüero que predijo orixa Orula, en pesadillas, las cuales empezaron a atormentarla después de ser rechazada del feliz Reino de los Muertos, por lo del primer parto lejos del tamarindo en el corazón de Buruco.

Por lo tanto, cada enero, después de la Epifanía, intensificó la búsqueda de la tortuga negra, que tenía que encontrar bajo la sombra de una ceiba, mientras, hasta fines de febrero, a voz en cuello, gritaba "Adeola, Adeola, Adeola", cerca de Puente del Rey, allá en las ruinas de Panamá la Vieja, llamando a una de las trillizas que fue secuestrada en la época del pirata Henry Morgan.

También, el anual juego de dominó en la víspera de la Epifanía, influyó a Aníbal Brown, quien, paulatinamente, olvidaba la paliza que recibió por culpa de la amargada hija mayor del frutero.

Para evitar cualquier tipo de confrontación, Aníbal Brown decidió dejar de enamorar a Salvadora Moreno.

Luego, Aníbal Brown fue el feliz padre de dos varones bautizados Victoriano Lorenzo Brown y Simón Bolívar Brown.

La madre de los nietos del zapatero zurdo era Guacholá (casada solamente en ceremonia civil porque su marido secretamente sentía repugnancia por el catolicismo, según él, un negocio manejado por hipócritas y desalmados, y además, una creación de Lucifer y sus cómplices, los judíos), una joven de ascendencia indígena, oriunda de las montañas de Coclé, cerca de donde el valiente quibián Urracá se burló, durante nueve años, de los invasores coloniales.

Además de comentar lo del anual juego de dominó, Aníbal Brown, con frecuencia, narraba: "La noche que nacieron mis dos hijos, fue una experiencia maravillosa. Después de nueve meses de embarazo, una larga espera para mí que soy tan impaciente, fui testigo de los partos de mi esposa. Lloré de felicidad cuando la doctora, tras de cortar el cordón umbilical de cada criatura, anunció que Guacholá y yo éramos progenitores de dos varones. ¡Qué felicidad! Fue la noche más maravillosa de mi vida. En ese momento se me olvidaron las salidas, muy tarde en la noche, para comprar el refresco favorito de mi esposa – chicheme –, y también para cocinar torrejas, corvina y camarones, antojos de mi mujer embarazada. Ella pasaba horas durmiendo o con el radio encendido, deseando escuchar una guaracha de Celia Cruz o un bolero de Benny Moré. A decir verdad, sentí un poco de vergüenza, esa noche maravillosa, por evitar, con tanto empeño, acompañar a mi querida esposa embarazada por las calles de Calidonia, especialmente, los paseos que ella pedía por la Avenida Central desde la loma de la iglesia de San Miguel hasta la iglesia de Santa Ana y, a veces, hasta la iglesia de San José, donde se encuentra el famoso Altar de Oro, cerca de las Bóvedas, porque me preocupaba tontamente más lo que pensara la gente y las miradas burlonas. Pues sí, mi obsesión era que, por la Avenida Central, creyeran que yo era un soldado norteamericano de Fort Clayton, en la Zona del Canal, que andaba fanfarroneando exhibiendo a mi conquista: una de esas cholitas pintorreteadas con colorete rojo que visten ridículamente, como payasos de un circo, y caminan torpemente, por la Avenida 4 de Julio, con zapatos de tacones muy altos, desesperadas por una relación promiscua con soldados gringos que frecuentan cantinas como el Happyland, donde el bullicio de acento yanqui suena más extraño por la borrachera desenfrenada. Absurdo, pero esa era mi preocupación. Pero, lo maravilloso fue escuchar, por primera vez, las voces de mis dos recién nacidos hijos. Milagros del amor. Felicidades del dolor parturiento. ¡Maravilloso! Volver a revivir con mis hijos la alegría y la inocencia de la infancia: jugar felizmente, otra vez, la gallina ciega, el florón, la lata, las cuatro esquinas, las estatuas, Ato amó materilerileró ese oficio no me gusta... Mirón, mirón, mirón donde viene tanta gente, mirón, mirón... Pues sí, cuando la doctora anunció: varones, mi corazón se llenó de felicidad y orgullo porque las hembras hacen que los papás envejezcan más pronto. Es verdad. Hay que cuidarlas tanto, hoy día, mucho antes de que la pubertad haga que sus tetitas empiecen a formarse, porque, desgraciadamente, hay muchos malvados por allí que, como bestias salvajes al acecho, quieren aprovechar la primera oportunidad para devorar la virginidad de las señoritas. También hay que preocuparse si la hija es fea o bonita, porque las feas se quedan para vestir santos. Además, hay que preocuparse de que consigan un buen marido que no sea borracho, mujeriego y boxeador frustrado. También hay que preocuparse de esto, eso y aquello que todo macho sabe pero calla. Caramba, las hijas hacen que los papás se vuelvan alcolitos, sospechosos, agresivos, en fin, todo lo que acelere el viaje al sepulcro. Por eso los hombres con hijas se mueren más pronto que los hombres que engendran varones. Pues sí, las hijas hacen envejecer rápidamente... Me alegro de que mi mujer no me defraudara. Ambas veces se sentó en la silla donde bajo la almohada había un cuchillo y no unas tijeras −varones.

—¡Compa tocayo! —llamó Juan Ñaterno Blanco, golpeando fuertemente la puerta de su compañero frutero.

—¡Carajo! ¿Quién llamará a estas horas de la madrugada? —preguntó Juan Moreno, encendiendo un fósforo para verificar la hora en su reloj viejo que se atrasaba cinco minutos cada cinco horas.

—¡Compa tocayo!

—Papá, es mi padrino Juan Ñaterno Blanco —dijo Lesbiaquiña Petrablanche de las Nieves de Monte Monarca Moreno.

—¡Compa tocayo!

—Ya voy coño. No es necesario tumbar la puerta con ese escándalo. Viejo madrugador, es muy temprano para jugar dominó y fichas —masculló a regañadientes Juan Moreno.

—Vamos a celebrar la deportación de todos los chombos que se van de Panamá —anunció jubilosamente el compadre tocayo del frutero.

—¡Ombe! Esto sí lo celebro con gusto a la hora que sea. Ojalá se vaya esta madrugada para Jamaica el chombo John Brown y su chombería de familia.

—¡Viva la Constitución del 41! —pregonó a ritmo de tamborito Lesbiaquiña Petrablanche de las Nieves de Monte Monarca Moreno cuando leyó titulares del periódico que exhibía su padrino, quien tras de comprar varias botellas de aguardiente en la aborrotería de un chino en Calidonia, caminó con prisa rumbo al hogar donde estaba seguro que más se celebraría la promulgación de la Constitución de 1941.

—Ya llegó tu tocayo con el guaro. Vamos a celebrar —dijo Juan Ñaterno Blanco abrazando a Juan Moreno, su compadre.

Lesbiaquiña Petrablanche de las Nieves de Monte Monarca Moreno, la hija mayor del matrimonio Moreno, con gran júbilo gritó: "¡Viva la Constitución del 41!" y alegremente leyó en voz alta lo publicado en el periódico: "Constitución de la República de Panamá, 2 de enero de 1941, Título II, Nacionalidad y Extranjería, Artículo 12, Seccion B. Son panameños por nacimiento: Los nacidos bajo la jurisdicción de la República, aunque uno de los padres fuere de inmigración prohibida, siempre que el otro sea panameño por nacimiento. Esta disposición **NO SE APLICARA** cuando el **PADRE** que fuere de inmigración prohibida pertenezca a la **RAZA NEGRA** cuyo **IDIOMA ORIGINARIO NO SEA EL CASTELLANO...**" Después de una catarata de estruendosas carcajadas y golpes de puñetazos a la pared del cuarto habitado por John Brown y su familia, Lesbiaquiña Petrablanche de las Nieves de Monte Monarca Moreno continuó, a gritos, la lectura del periódico: "Artículo 23: Son de inmigración prohibida: **LA RAZA NEGRA CUYO IDIOMA ORIGINARIO NO SEA EL CASTELLANO...**

– ¡Viva Arnulfo Arias y viva la Constitución de 1941! –exclamaron a coro los compadres y la ahijada–. Que se vayan los chombos de Panamá.

La borrachera duró cinco días. Las botellas de cerveza y guaro, al quedar vacías, fueron estrelladas ruidosamente en las paredes de los cuartos que ocupaban los afroantillanos del vecindario. El olor a corcho quemado, lo cual usaba la vecina Fulabuta Simeñiquez como indicio de su deseo de fornicar con negros, inundó el vecindario, y en ausencia de su marido hospitalizado y su amante negro encarcelado, los borrachos, quienes celebraban lo de la desnacionalización de la ciudadanía panameña de todos los nacidos de progenitores afroantillanos (los más numerosos y destacados obreros de la construcción del Ferrocarril y del Canal de Panamá) cuya lengua materna no fuera el castellano, entraron y salieron repetidas veces del cuarto saturado de humo y olor a corcho quemado. Luego, vomitaron copiosamente en la puerta de Felicidad Dolores y echaron excremento en la puerta de John Brown.

– Rass man, I sick of de madjouse –dijo el zapatero luego cuando su hijo Aníbal Brown llegó con una copia del "Panama Tribune" y le explicó al padre lo publicado en el periódico sobre la nueva constitución.

– Fara, please no hablar like dat delante de los niños –rogó Aníbal Brown abrazando a sus hijitos.

—¡Cho! True is true and de pickney must saber verdá —vociferó John Brown tumbando una silla como para manifestar su furia.

—Abuelito, papi... Por favor no griten —dijo llorando Victoriano Lorenzo Brown.

—Papi, abuelito... por favor no peleen... tengo miedo... —dijo Simón Bolívar Brown.

—You see papá, los chiquillos ahora están crying. Coño, carajo...

—I don care a rass. Me come to dis hell country before Anulfo Aria is a boy to work on de Big Ditch. Me work and me work and me work ten howas each day. Yes, six day each week to get ten yanquee cents for each howa. Now de Canal done ready and de dotipaña say chombo go home.

—Al bagazo poco caso. You are a digger... —dijo Aníbal Brown.

—My name no chombo. Me John Brown, a proud Jamaican.

—Al cabezón poca atención. You are a digger y si no fuera por el sudor y la sangre de los antillanos... Canal...

—¡Cho! Me go home to Jamaica soon. Wit my country people me somebody. Me John Brown, digger of de Big Ditch.

—Por favor no griten. Digan lo que digan, mi abuelito de Jamaica tiene tanto derecho de vivir en este país como los inmigrantes griegos e italianos —dijo Victoriano Lorenzo Brown.

—Quizás más por haber sacrificado, como millares de barbadienses y martiniqueños, sudor y sangre en la construcción del Canal —dijo Simón Bolívar Brown.

—Nuestro papá nació aquí y es tan panameño como el presidente de la República que firmó esa estúpida y racista constitución —dijeron simultáneamente los hijos de Aníbal Brown.

—Sí, a mí no me vengan con cuentos ni mucho menos con eso de Constitución del 41 porque soy orgulloso de ser panameño legítimo como la flor del Espíritu Santo y el río Chagres —declaró enfáticamente Aníbal Brown.

—¿Y por qué esa ley no incluye a los griegos y a los italianos? —preguntó Victoriano Lorenzo Brown.

—Y también a sus descendientes —añadió Simón Bolívar Brown.

—La lengua materna de esos inmigrantes no es el castellano.

—¿Por qué no incluyeron a los franceses que se quedaron después de fracasar con su canal a nivel?

—Y también a sus descendientes.

—Aquí sí que son brutos.

—No cabe duda. Por parte de madre, una chola, hemos heredado sangre de Quibián y Urracá.

—Y nuestros antepasados guaymíes por parte de madre dominaron en las montañas de Veraguas siglos antes de que naciera el genovés que estaba seguro y convencido que había llegado a la India.

—Sí, y todos esos tripulantes que sacaron de la cárcel en Sevilla trajeron sífilis y locura hereditaria.

—Y el genovés murió convencido que los arahuacos, los mayas, los incas, los guaymíes... eran indios.

—Boberías. Indios son Gandhi, Nehru, Singh...

—Pero, porque nuestro padre nació aquí en Panamá de papá y mamá que no hablaban castellano...

—Ni él ni nosotros somos ciudadanos panameños...

—De acuerdo con la Constitución del 41.

—Aquí son brutos.

—Más que brutos.

—Pues sí, brutos...

—Otra cosa. Aquí odian al chombo.

—Eso está bien claro.

—Pero nadie dice nada sobre por qué solamente menos de cuatrocientos panameños trabajaron en el Canal.

—Sí, eso es cierto. Más de cuarenta mil diggers como nuestro abuelito de Jamaica.

—Menos de cuatrocientos obreros panameños en diez años, toda una década, de excavaciones para el Canal.

—Millares de jamaicanos, barbadienses, martiniqueños...

—¿Cómo se explica eso?

—Sí, ¿dónde estaban los padres de los que firmaron la Constitución del 41 cuando necesitaban hombres machos para excavar durante diez horas al día, seis días cada semana...

—Cho, John Brown work on Gatún.

—Yes fara, you a digger.

—Cho, John Brown work on Pedro Miguel.

—Si abuelito, estoy orgulloso de tu hazaña.

—Cho, John Brown work on Miraflores.

—Yo también estoy orgulloso de mi abuelito canalero.

—Pues, ¿dónde estaban los abuelos de los que gritan chombo y firman leyes racistas cuando necesitaban hombres machos, como nuestro abuelo, para construir el Canal?

En víspera de la Epifanía, cuando los nietos le explicaron todos los detalles de la Constitución del 41, a la madrugada siguiente murió Felicidad Dolores.

Como en el fallecimiento después de la promulgación de la Ley 13, mientras Caizimú y Bainoa fueron a buscar a Nenén, quien otra vez había soñado con un caballo blanco salvaje y una tortuga negra, Ayoluwa y Asabi cubrieron los espejos del hogar y prepararon la ropa azul, las dos tortugas negras y el tamarindo que Nenén pediría después del viaje, en tren y en barco, a Portobelo, para llenar la botella en la bolsa azul con agua del río Chagres, agua del mar Caribe y agua bendita de la iglesia del Cristo Negro de Portobelo.

Luego, el veloriofiesta empezó después del último baño con la totuma llena de lágrimas de mujeres embarazadas, y cuando llenaron la boca del cadáver de Felicidad Dolores con tamarindo.

Durante los cantos y las danzas alrededor de la difunta, Lesbiaquiña Petrablanche de las Nieves de Monte Monarca Moreno abrió la puerta de su cuarto y gritó:

—Chombos estúpidos.

—¿Por qué dices eso? —preguntó Aníbal Moreno.

—¡Escúchalos! Gente más estúpida no hay en el mundo.

—¿Bajo qué criterio?

—Están en el cuarto de la vieja matusalena celebrando la Constitución del 41.

—¿Cómo sabes eso?

—Lo mismo pasó con la Ley 13. Los chombos cantan y bailan por todo. Hasta lo que va contra ellos.

—Un momento por favor. Salvadora me dijo que lo que celebraban en ese entonces era el cumpleaños de la señora Sara Winner.

—Mentira. Ella no quería aceptar que eran brutos porque andaba enamorada del chombo ese.

—Mira, no tengo tiempo para discutir boberías.

—¿Llamas eso bobería? Tu hermana enamorada de un chombo.

—Me refería a lo del cumpleaños y tu equivocación. Como el otro loco, tu también ves gigantes cuando en realidad son molinos.

—A mi no me hables de molinos porque eso no tiene nada que ver con los chombos.

—Ya ves, siempre por la tangente.

—Nada de gente y mucho menos tan gente. Los chombos son brutos y estúpidos. Como son bembones no pueden leer bien ni pronunciar palabras castellanas y por eso celebran las nuevas leyes que los estúpidos no captan que son leyes para deportarlos. Sí, como tienen el pelo cuzcú y bien duro, la inteligencia no puede entrar en sus cabezas y por eso son brutos...

—A tí como que se te cruzaron los cables o eres estu...

—¿A quién llamas estúpida?

—¿Acaso hablo con la pared?

—No te pregunté eso.

—¿Acaso las paredes dicen disparates?

—Me insultas porque soy mujer.

—Tu estupidez no tiene nada que ver con...

—Si yo fuera hombre no hablaras así.

—Punto. Murió el asunto.

—Sí, eres igualito a Salvadora, siempre defendiendo a los chombos bembones ñatos pelo cuzcú brutosestúpidos. Ella porque estaba enamorada y tú porque comes comida de chombos. Tú no pareces hermano mío. Yo soy más fina que tú y Salvadora. Me llamo Lesbiaquiña Petrablanche de las Nieves de Monte Monarca Moreno —dijo la hija mayor del frutero con acento francés.

—Eres una moneda falsa. Te cambiaste el nombre y crees que eso va a cambiar lo que realmente eres, una m...

—Soy más fina que tú.

—Pues, la mona aunque se vista de seda mona queda porque el hábito no hace a la monja.

—Yo no como comida de chombos como tú.

—¿Y de dónde sacas ese acento francés?

—De algún pariente heredé sangre francesa.

—¿Puta o condenado a la isla del Diablo?

—Desde hace tiempo te quiero decir que cada día te pones más y más estúpido y bruto por comer comida de chombos. Otra cosa, cada día te pones más y más bruto y estúpido por aprender inglés. ¿No te da vergüenza? Van a pensar que eres chombo.

—Por aprender unas cuantas palabras en inglés que me enseñaron el vecino zapatero y su esposa, ahora tengo un buen empleo como mecánico con los gringos en la Zona del Canal.

—Sí, pero eres negro y si hablas en inglés van a pensar que eres chombo.

—Antes cuando trabajaba de mecánico en el taller de la familia Ladrón y Chefmenteur mi gente se moría de hambre por lo poco que me pagaban.

—Pero, si hablas en inglés van a pensar que eres chombo.

—Mamá ha trabajado tantos años con esa familia y tú también. ¿Y qué tienen? Siguen viviendo en este maldito vecindario donde siempre hay pelea de perros y gatos.

—A veces tengo que negar que eres mi hermano porque los bochinchosos dicen por allí que pareces chombo cuando dices: "Cho man, ¿wa japin today pasiero? Voy a workear en el machinechop..."

—Por saber un poco de inglés tengo un buen trabajo que me paga cuatro veces más lo que me pagaban tus patrones.

—Pero van a pensar que eres chombo.

—Vivo cómodamente en Paraíso y no en esta basura que es la 5 de Mayo.

—Pero nunca hables en inglés porque...

—Mi señora y mis hijas comen y visten bien porque tenemos privilegio para comprar en el comisariato en la Zona.

—Tampoco comas bacalao ni cucú porque...

—Si nos enfermamos tenemos buenas atenciones médicas en el hospital Gorgas. Gracias a Dios no tenemos que ir al matadero del Santo Tomás.

—Sí, ganas buena plata como mecánico en la Zona, más de lo que gana un médico en el hospital Santo Tomás. Sí, vives bien en Paraíso. Sí, en el comisariato consigues todo más barato y de mejor calidad. Sí, te atienden los mejores médicos en el hospital Gorgas. Pero, estúpido yo soy la que tiene que sufrir la vergüenza de que digan "ese hermano tuyo es un vendepatria porque trabaja en la Zona con los gringos imperialistas, come comida de chombos y, peor aún, habla inglés como los chombos que pronto vamos a deportar por su inglés guariguari y su religión jumpijumpi aleluya". Todo el mundo cree que tu eres chombo y eso es un insulto para esta familia. El peor insulto, peor que tener una puta, ladrón o maricón en la familia. Por favor, hermanito, nunca hables en inglés. Te lo ruego por Dios, la Virgen María y todos los Santos.

—Lo que te debería dar vergüenza es la vaina asquerosa con la gringa en Balboa.

—Eso no es asunto tuyo. No te metas...

—Cosa más asquerosa no hay.

—Cállate la boca.

—Tú y la gringa...

—No como comida chomba ni hablo inglés guariguari ni soy de la religión jumpijumpi aleluya.

—Da asco el asunto que tienes con la gringa.

—Por lo menos nadie piensa que soy chomba.

—Asquerosa.

—Pero no soy chomba.

—Estúpida.

—Pero no soy chomba y no como comida chomba de bacalao con cucú y okró.

—Bruta.

—Pero no soy chomba, no como comida chomba de bacalao con cucú y okró y no hablo inglés.

—Perra.

—Pero no soy chomba, no como comida chomba de bacalao con cucú y okró, no hablo inglés y no soy jumpijumpi aleluya.

—No tienes marido y no tienes hijos por lo de la gringa.

—Pero soy la más fina de la familia. Salvadora, enamorada de un chombo y tú...

—El vecino Winston Churchill Brown quería casarse contigo y tú...

—¡Ave María Purísima! Primero muerta que casada con hijo de zapatero y, peor aún, chombo.

—Pues, ese hijo de zapatero para tu información, tiene una buena posición en las escuelas para negros y latinos en la Zona del Canal, o como dicen los gringos, escuelas silver roll. Sí, es cierto que todo lo silver roll como las barriadas en Silver City y Paraíso, las escuelas, las iglesias, los comisariatos, los cines, las clínicas y las salas en el hospital Gorgas, los cementerios, los excusados y hasta las fuentes para beber agua están separados y son inferiores a todo lo gold roll reservado solamente para gringos. Pero, al hijo mayor del zapatero le pagan más que al presidente de la República, no vive en esta porquería en Guachapalí y su familia vive decentemente.

—Prefiero ser lo que soy y no esposa de un chombo.

—Es más, el hijo mayor del zapatero es dueño de terrenos en Sabanas, Río Abajo, Parque Lefevre, Juan Díaz...

—Pero es chombo.

—Tú y mi tocayo Aníbal Brown nacieron uno para el otro.

—¿Estás loco? ¿Yo con un chombo? Yo no soy puerca como Salvadora. La comida chomba te está embruteciendo. Yo no quiero nada con chombos. Yo soy fina. Me llamo Lesbiaquiña Petrablanche de las Nieves de Monte Monarca Moreno. No soy chom...

—Mi tocayo anda todo el tiempo por la Plaza Santa Ana con un rosario en la mano para que vean que es católico. Nunca habla inglés fuera de la casa. Come solamente carimañolas, hojaldas, arroz con iguana, empanadas, bollos, chicha fuerte... porque dizque no le gusta bacalao con cucú y okró, arroz con guandú, souce, bakes, sorocití... Y, cuando le preguntan cómo se llama responde atropelladamente: "Me llamo Aníbal Brownez" para que el apellido de su padre suene algo a Benitez... Prefiere trabajar en el taller de la familia Ladrón y Chefmenteur ganando una miseria en comparación con lo que pudiera ganar en la Zona donde yo trabajo. Mi tocayo dizque no desea trabajar en la Zona porque hace mucho sol y no quiere ponerse más prieto de lo que es. Además, opina que los gringos son más racistas que... Es todo lo contrario a su hermano mayor. Winston Churchill Brown rechaza la religión católica, no quiere aprender ni una sola palabra del español, según él, "pañalanguage", no come iguana y el mejor país del mundo para él es los Estados Unidos. Pues sí, nacieron el uno para el otro. Tú con tus acentos postizos y ridículos y Aníbal con... Además, cada noche el hijo del zapatero se pone una horquilla en la nariz para tener una nariz afrancesada y, también, se pone casi una libra de pomada en el cabello y se cubre la cabeza con una media nylon de mujer para tener el pelo más liso que los indígenas guaymíes, los progenitores de Quibián y Urracá.

—No me interesa nada de lo que dices.

—Pues, como no se trata sobre la gringa.

—Cállate la boca.

—Eso es lo que tú deberías hacer cuando estás con la gringa encerrada en Balboa.

—Esos chombos no se cansan de cantar y bailar.

Los cantos y las danzas en el veloriofiesta, de repente, cesaron durante la quinta noche cuando Felicidad Dolores regresó, en compañía de orixa Elegguá, expulsada otra vez del feliz Reino de los Muertos.

Los llantos y lamentos que empezaron cuando la difunta terminó de beber el tamarindo que llenaba su boca, alegraron a Lesbiaquiña Petrablanche de las Nieves de Monte Monarca Moreno, quien dijo: "Por fin los brutoestúpidos se dieron cuenta que los hijos criollos de chombos nacidos en Panamá no son panameños gracias a la Constitución del 41. Pues, no queremos aquí en esta linda patria mía, de alegres cumbias y tamboritos, a negros que no hablan castellano, a negros que no son católicos y a negros que no tienen apellidos como Moreno, Lesseps, Garibaldi, Papadopoulos, Toledano..."

—¡Viva la Constitución del 41 y viva Arnulfo Arias! Los próximos carnavales serán los mejores porque no más calipsós ni comida chomba en la linda patria mía. Gracias al Presidente Panameñista y a Dios los chombos serán deportados sin ciudadanía. Guararé Guararé Guararé. Serán los mejores carnavales. Voy a bailar el tambor de la alegría con mucho sabor y alegría porque quiero que me lleven al tambor, al tambor de la alegría en la linda patria mía donde no hay chombos ni calipsós. Qué sabroso es el tambor de la alegría que ahora se escucha en la linda patria mía porque tampoco hay bacalao con cucú y okró, ni souce ni bakes. Guararé Guararé Guararé. Se van los de inglés guariguari con su jumpijumpi que ofenden a la lengua de Cervantes y a la fe de los Reyes Católicos. Ay que viva viva Panamá vivavivaviva Panamá ahora no hay jumpijumpi ni comida chomba. Quiero amanecer, quiero amanecer cantando en castellano con el tambor de la alegría. Quiero amanecer, quiero amanecer bailando cumbia. Quiero amanecer, quiero amanecer rezando a Jesús, María y José. Quiero amanecer, quiero amanecer comiendo mondongo. Quiero amanecer, quiero amanecer sin chombos. Que viva, viva Panamá ahora vivavivaviva...

—Poca es la diferencia. Nacieron el uno para el otro —enfatizó Aníbal Moreno al escuchar la cantaleta de su hermana mayor—. Sí, eres igual al tocayo que tanto odias. Pues sí, nacieron el uno para el otro. Tu comportamiento es repugnante como lo fue la actitud de mi tocayo cuando murió la señora Sara Winner. El idiota no fue al entierro de su propia madre para que sus amigos en el taller de la familia Ladrón y Chefmenteur no se enteraran que era hijo de una chomba. Pasó la tarde en una cantina invitando a todo el mundo a emborracharse. Eso fue sucio. Reconozco que la señora Sara Winner cometió errores como madre, pero después de todo, la jamaicana era analfabeta. Además, debemos aprender a perdonar. Sí, la esposa del zapatero no fue al matrimonio de su hijo mayor porque se casó con una hija de barbadienses, antillanos a quienes los de Jamaica rechazan como gente inferior. Tampoco fue al matrimonio de mi tocayo porque éste se casó con, según las palabras de la mujer del zapatero, una "pañagial" y, según el bochinche, la señora Sara Winner no podía ver ni en pintura a nadie católico de sangre española. Los odiaba por lo de la invasión a Etiopía y la esclavitud en Santo Domingo, Bahía, Portobelo...

Durante el lustro que estuvo en vigencia la Constitución del 41, Lesbiaquiña Petrablanche de las Nieves de Monte Monarca Moreno no visitó ni una sola vez a su abuela en Portobelo cuando los otros miembros de la familia Moreno hacían su anual peregrinación octubrina para participar en la procesión junto a la imagen del Cristo Negro de Portobelo. En cambio, dedicaba mucho tiempo a las preparaciones para los carnavales, organizando concursos de comparsas y rifas para costear los disfraces de todos sus amigos. Además, cuando no estaba encerrada durante los fines de semanas con la maestra norteamericana rubia en Balboa, Zona del Canal, dedicaba su tiempo denunciando, ante las autoridades vinculadas con el Partido Panameñista, las pocas empresas en las ciudades de Panamá y Colón que empleaban a obreros de ascendencia afroantillana. También, se empeñaba, madrugada tras madrugada, a echar azúcar en la puerta de la vecina Felicidad Dolores.

Como la hija mayor del frutero ya no podía insultar a su hermana Salvadora, quien trabajaba y vivía con una familia puertorriqueña de alto rango en el ejército de los Estados Unidos en Curundú, Zona del Canal, concentraba su amargura en Felicidad Dolores. Y, también, desde que murió la esposa del frutero, Aníbal Moreno poco frecuentaba la Casa 5 de Mayo y, además, Salvadora llegaba al vecindario solamente a mediados de octubre para llevarse a varios nietos de Felicidad Dolores a Portobelo, Lesbiaquiña Petrablanche de las Nieves de Monte Monarca Moreno le daba rienda suelta a su odio echando azúcar y mandando su perro mascota para hacer sus necesidades en la puerta de Felicidad Dolores.

Pero, la venganza secreta de Felicidad Dolores comenzó un martes por la tarde cuando Lesbiaquiña Petrablanche de las Nieves de Monte Monarca Moreno dijo:

—Oye negrito, ven acá.

—Señora, me llaman Guacayarima.

—Negrito, te doy un real si me haces un mandado.

—Me llaman Guacayarima y tengo que pedirle permiso a...

—Negrito, cómprame un vaso de limonada en la abarrotería del chino y quédate con los cinco centavos del vuelto.

—Pero, señora...

—Negrito, anda ve rápido.

Guacayarima todos los martes compraba la limonada, pero antes de entregarle el refresco a Lesbiaquiña Petrablanche de las Nieves de Monte Monarca Moreno, quien se lo tragaba en seguida, se metía el dedo índice de la mano izquierda entre las nalgas e inmediatamente, como si fuera una cucharita, metía el dedo índice en la limonada antes de que bebiera la que lo llamaba "negrito".

Luego, una madrugada, la venganza secreta de Felicidad Dolores llegó a su fin allí en Guachapalí, en la Casa 5 de Mayo, cuando Lesbiaquiña Petrablanche de las Nieves de Monte Monarca Moreno dejó de hablarle a Guacayarima porque se enteró de que "Negrito" estaba muy enamorado de su sobrina Candelaria.

Lesbiaquiña Petrablanche de las Nieves de Monte Monarca Moreno se puso aún más furiosa por lo del noviazgo entre su sobrina y Guacayarima cuando su hermano no la apoyó en la decisión de ponerle fin a lo que ella consideraba "una tremenda vergüenza para la familia Moreno". Y, cada vez que se encontraba con Guacayarima gritaba:

—Hijuechombo, no quiero verte con mi sobrina. Dicen que cada oveja con su pareja porque tortuga no se enamora de yegua. Enamórate de una chomba y deja a mi sobrina en paz. Cásate con una chomba. Yo no quiero chombear mi sangre ni tener sobrinitos chombitos. Eres un infeliz hijuechombo y lo único que tú quieres es desgraciar a mi sobrina y a toda la familia. Hijuechombo, mi sobrina no nació para ser preñada por un criollo como tú. Maldito. La culpa es de mi hermano que por aprender inglés y comer comida chomba ahora es brutoestúpido como todos los chombos y sus hijos criollos.

El único que estuvo de acuerdo con Lesbiaquiña Petrablanche de las Nieves de Monte Monarca Moreno era el Padre Montebello, un nuevo amigo cura, quien en ese entonces estaba furioso porque en el año en que murió Papá James (juró jamás entrar en una iglesia católica por las mismas razones de su enemiga jamaicana Sara Winner:

la invasión de Etiopía por soldados italianos y el comercio negrero de niños africanos en Santo Domingo, Veracruz, Portobelo...), celebró en la ciudad de Colón su primera misa el recién ordenado Carlos Ambrosio Lewis, S.V.D., el primer sacerdote católico de ascendencia afroantillana en Panamá.

—Sí, el negrito está contento porque ahora podrá casarse con tu sobrina.

—Pero, padrecito, dijiste que tú nunca casarías al chombo con mi sobrina.

—Sí, pero...

—Besaste el crucifijo cuando lo del juramento.

—Sí, pero...

—¿Comiste comida chomba hoy?

—Pero, ahora hay un sacerdote chombo que...

—¿Qué le pasa a la iglesia católica? ¿Cómo es posible que un chombo sea sacerdote? Todos los chombos son brutosestúpidos. El Papa tiene la culpa. Está allá lejos en el Vaticano y no se dá de cuenta el daño que causa porque por permitir que un chombo sea sacerdote católico ahora mi sobrina está en peligro de casarse con un hijuechombo. ¡Ave María Purísima! Satanás se metió en el cuerpo del Papa. ¿Cómo es posible...

—Querida amiga, no se puede hacer nada. Hay que aceptar todo lo que haga o diga el Papa porque Roma locuta est.

—No entiendo que demonios dices.

—Roma locuta est. El chombo es un sacerdote legítimo. Roma locuta est.

—Pero, ¿cómo es posible que un chombo sea sacerdote católico apostólico romano?

—Roma locuta est.

—Parece que el Papa comió comida chomba.

—Roma locuta est.

—Antes era mejor con la Inquisición.

—Roma locuta est.

—La iglesia va de mal en peor. Ahora el Vaticano permite que un chombo sea sacerdote católico. ¡Ave María Purísima! ¿Por qué la iglesia no promulga leyes como la Constitución del 41? Los padres del sacerdote chombo son negros de inmigración prohibida porque su lengua materna no es el castellano y seguro que los abuelos del sacerdote chombo le rezaban a Obatalá, Yemayá y Changó.

—Cálmate amiga, Roma locuta est.

—Esto no puede quedar así. Si nosotros los fieles católicos que somos muy católicos porque hablamos castellano permitimos que un chombo sea sacerdote católico, entonces mi sobrina está en peligro...

—Roma locuta est.

—Voy a apelar a una autoridad más alta que el Papa, los Jesuitas, porque no voy a permitir que mi sobrina se case con un hijuechombo.

—Roma locuta est.

—Cállate la boca. Ya me tienes mareada con tu "Roma loca es".

—Es más, dicen que tu vecina Felicidad Dolores tuvo un sueño en el cual el sacerdote que tanto criticas por su ascendencia antillana... llega a ser obispo.

—Tu estás más loco que "Roma loca es".

—Pues, los sueños de Felicidad Dolores...

—¿Obispo de Panamá?

—Y más todavía.

—¿Comiste comida chomba?

—Obispo de David.

—¿Comiste comida chomba?

—Pues, sí querida amiga.

—¿Chiriquí?

—Pues sí, obispo de la ciudad de David en la provincia de Chiriquí, donde, según me has dicho, los chiricanos no quieren ver a chombos ni en pintura y mucho menos en la tierra de hombres machos.

—¡Ave María Purísima! Nunca en mi vida he oido a alguien decir tantos disparates. Todo el mundo sabe que empinas el codo demasiado, pero ahora no estas borracho. No creo que eres canyacero, así que no puede ser la marijuana. Pero, no cabe duda, como mi hermano, te estás embruteciendo porque sospecho, por todo lo que has dicho, que secretamente estás comiendo comida chomba.

—Aún hay más.

—Por favor, padrecito, no digas más disparates. Te voy a dar un consejo. Dicen que la mejor comida chomba la prepara la amiga de Felicidad Dolores, una chomba llamada Nenén. Nunca comas esa comida porque con solamente oler esa comida... ¿Qué disparates dirías si saborearas la comida de Nenén?

—Escucha, si yo fuera Dios ningún chombo iría al Cielo.

—Buena esa Padrecito, ahora sí estás hablando como verdadero cristiano de la verdadera fe católica apostólica romana. Eres mejor que la Inquisición. Usted perdone que hace rato lo calificara de loco. Roma loca es pero usted es santo.

—Pues sí, si yo fuera Dios ningún chombo iría al Cielo. Son los más monos de todos los negros.

—Para el infierno con ellos.

—Pues sí, si yo fuera Dios... Es que todos son ladrones y se robarían la felicidad en el Cielo. Todos son ladrones. Una noche me detuvo en un zaguán un negro ladrón. Cuando traté de apartar al negro no pude moverme porque me abrazaba con dos machetes. En ese momento se escapó de mi garganta una larga letanía a todos los santos y como ni mi Angel protector me auxilió, decidí levantar la rodilla para ver si por algún milagro el negro tenía lo que solamente los hombres machos tienen. Pues, la letanía a todos los santos tuvo efecto porque milagrosamente el negro sintió el golpe de la rodilla donde momentáneamente era macho, como yo nací, y cayo al suelo. Y cuando mi corazón se calmó un poco, saqué y besé mi rosario y, en seguida, le di varios puntapiés al negro en la cabeza. No lo maté porque no quería ensuciar mis zapatos blancos con sangre negra. Bueno, por eso, desde ese entonces, mantengo a todos los hombres negros a una distancia, lo más lejos posible. Pues sí, si yo fuera Dios ningún chombo iría al Cielo.

–Amén.

Felicidad Dolores murió, otra vez, una madrugada, en su cuarto de la Casa 5 de Mayo en Guachapalí, donde siempre había pelea de perros y gatos, el día que firmaron el tratado Remón-Eisenhower.

Durante cinco madrugadas antes de su más reciente muerte, Felicidad Dolores había soñado que, como resultado del tratado Remón-Eisenhower, los comisariatos cerraron sus puertas y, como consecuencia, además de pagar más impuestos, los afroantillanos que construyeron el Canal, con menos dinero, tendrían que hacer todas sus compras fuera de la Zona del Canal, en centros comerciales donde pagarían más dinero por mercancías de menos calidad. Pero, lo más perturbador del sueño, que se repitió durante cinco madrugadas consecutivas, era el hecho de que cientos de hombres y mujeres, todos empleados en los comercios "silver roll" para los que no son "zonians" blancos, o sea, norteamericanos rubios en la Zona del Canal, serían los primeros entre los desempleados, resultado directo del nuevo Tratado, que participarían en el éxodo (hacia los Estados Unidos) de afroantillanos y sus descendientes nacidos cerca del cerro Ancón, la estatua de Vasco Núñez de Balboa y la estatua de Cristóbal Colón.

El veloriofiesta de Felicidad Dolores se llevó a cabo exactamente como en los anteriores.

Durante este más reciente veloriofiesta, Lesbiaquiña Petrablanche de las Nieves de Monte Monarca Moreno le comentó a su amigo cura:

—Otra vez los chombos brutosestúpidos celebran algo que les quita trabajo y pan.

—Te equivocas. Es que murió tu vecina que tiene un ejército de nietos y a lo mejor piensan que por beber refresco de tamarindo y por bañar el cadáver de la vieja matusalena con agua bendita del Cristo Negro de Portobelo... Pero, si yo fuera Dios ningún chombo iría al Cielo.

—No Padrecito, yo sé muy bien lo que digo. Los chombos brutosestúpidos celebraron la Ley 13 y la Constitución del 41 exactamente como ahora celebran el nuevo Tratado que los deja sin trabajo y sin pan.

—Así no es el asunto.

—Pero...

—Yo soy sacerdote y lo sé todo. Como Roma cuando...

—Yo conozco muy bien a esos...

—Pues, cuando yo hablo es como Roma locuta est.

—Por lo que escucho Roma no es la única loca.

—¡Silencio!

—¿Comiste comida chomba? A mí tú no me mandas a callar porque eres bien descuidado con el voto de castidad.

—¡Negra!

Al quinto día del veloriofiesta en Guachapalí, esta vez nadie se sorprendió de que, otra vez, Felicidad Dolores regresó expulsada del feliz Reino de los Muertos.

Luego, tras de beber chicha de tamarindo, comer souce, patí de bacalao y, también, jugar dominó, los que escucharon a Nenén comentar sobre el sueño de un caballo blanco salvaje acompañado de perros rabiosos la madrugada que murió Felicidad Dolores, decidieron que tanto el sueño de Nenén como el de Felicidad Dolores eran mensajes de mal agüero que comunicaba orixa Elegguá, el representante de Obatalá, Yemayá y Changó. Por lo tanto, pensando en el desempleo y la hambruna que azotarían los hogares de los que, como obreros "silver roll" excavaron, más que los griegos, españoles e italianos, toneladas de tierra en Gatún, Pedro Miguel y Miraflores durante la década que duró la construcción del Canal, bajo la amenaza de malaria, derrumbes, culebras, pulmonía y otros peligros, se marcharon calladamente rumbo a sus hogares, en Calidonia, Chorrillo, Marañón, Río Abajo, Juan Díaz... para preparar las maletas por lo del presagiado éxodo.

Guacayarima fue estudiante sobresaliente en la escuela primaria Gil Colunje, en el barrio del Marañón, donde lo trasladaron por segunda vez, según la directora de la escuela (primero, trasladado del plantel escolar cerca de la iglesia San Vicente —la sede en la ciudad de Panamá de los inmigrantes afroantillanos católicos, quienes se establecieron principalmente en Panamá y Colón después de la construcción del Canal, y sus descendientes panameños, orgullosos estos últimos de no ser ni conversos como sus abuelos anglicanos, adventistas, bautistas, metodistas, episcopalistas, hermanos y hermanas de logias, oficiales del Ejército de Salvación y miembros de varias sectas religiosas popularmente conocidas como iglesias jumpi-jumpi ni locuaces en las lenguas de Shakespeare y Moliére ni bautizados con nombres de pila como Mary o Joseph, sino María o José–,y, luego, trasladado otra vez antes de completar el quinto grado, del plantel escolar cerca de la estación del ferrocarril, donde vivían muchos **diggers** y sus familias en casas de madera para inquilinos), debido a la falta de comodidad y no por ser nieto de chombos como algunos periodistas, maestros, padres de familia y estudiantes de los colegios Artes y Oficios, Instituto Nacional, Liceo de Señoritas y Escuela Profesional insinuaban, con poco disimulo (arriesgando algunos sus empleos o privilegios), en las aulas de clases, en las esquinas de las calles bulliciosas en los barrios de Calidonia, Chorrillo, Marañón y Guachapalí y en los patios de los vecindarios en Río Abajo, Parque Lefevre y Juan Díaz. Y, luego, al completar las materias del sexto grado, a pesar de haber fracasado el tercer grado cuando estudió bajo la maestra Auroralba Ladrón y Chefmenteur, quien solicitó el primer traslado del estudiante, además, a pesar de las dificultades con raíces en conflictos personales durante los estudios del quinto grado con la maestra Albaurora Ladrón y Chefmenteur (gemela de la maestra del tercer grado) y, también, a pesar del favoritismo a los alumnos que eran hijos, sobrinos y ahijados de las maestras, Guacayarima se graduó de la primaria con el segundo puesto de honor.

También, Guacayarima fue estudiante sobresaliente durante el primer ciclo de la escuela secundaria Instituto Nacional, colegio ubicado a las faldas del cerro Ancón, cerca de la Zona del Canal.

Pero, en el segundo ciclo, durante el quinto año de la escuela secundaria, Guacayarima empezó a cambiar de actitud. Rechazaba diariamente las explicaciones de gramática que le ofrecía Simón Bolívar

Brown, las lecciones de biología que le enseñaba Victoriano Lorenzo Brown y toda ayuda en matemáticas, geometría, química, filosofía y francés que le proponían los nietos mayores de Felicidad Dolores: Ayoluwa, Asabi, Caizimú y Bainoa. Guacayarima les decía a todos que de nada le servía saber las funciones del modo subjuntivo, lo del sistema circulatorio y el sistema respiratorio y todo lo relacionado con raíz cuadrada, teoremas, moléculas, Aristóteles, Platón, Sócrates, Hugo, Dumas y Moliére si no conocía, con certeza, su verdadera identidad y sus raíces ancestrales.

Además, fastidiaba a los profesores y los sacaba de quicio en cada clase, cada día, cada semana, cada mes, cuando anunciaba que su nombre había cambiado de Guacayarima a Kilimanjaro, Nilo, Baobab, Mango, Nokoró, Tamarindo, Buruco, Níger, Tortuga, Ceiba, Ombligo... Además, no completaba las tareas a tiempo, fracasaba en los exámenes de hasta las materias más fáciles de los profesores más cretinos, y faltaba mucho a las clases porque dedicaba mucho tiempo (desde que abrieran las puertas hasta la hora de cerrarlas) en la biblioteca del Servicio Informativo de los Estados Unidos y la biblioteca en Paraíso, Zona del Canal, leyendo e indagando sobre la gran civilización egipcia, los faraones nubienses, la antigua Etiopía, los reinos en Ghana, Mali, Songhay, Zimbabwe y muchos otros acontecimientos en Africa.

En las clases de Historia (las únicas clases a que asistía después de las visitas a las bibliotecas) discutía detalladamente, locuaz e interminablemente con los profesores ridiculizando los mitos y las leyendas vinculados con el arribo de la **Santa María**, la **Niña** y la **Pinta** a la isla de Quisqueya, donde estaban ubicados los territorios de los abuelos de la cacica arahuaca Anacaona. Ponía en tela de juicio los dudosos méritos de la fanática cristianización de los fray Bartolomé de las Casas. Enfatizaba el acelerado contagio de la sífilis importada a Santo Domingo, La Habana, Veracruz, Cartagena, Portobelo... por los tripulantes españoles y la despiadada crueldad de Balboa, Pedrarias, Almagro, Pizarro y otros. Elogiaba los triunfos, los monumentos y los conocimientos científicos de las culturas olmecas, mayas e incas. Y, por supuesto, condenaba a los negreros que vendieron niños africanos, arrancados de las tetas de sus madres, para cultivar y cosechar, desde la madrugada hasta el anochecer, los cañaverales en los alrededores de Santo Domingo, La Habana, Veracruz, Bahía, Cartagena, Portobelo...

El día que llegó el Padre Montebello embriagado y furioso a la Casa 5 de Mayo, porque se había publicado en todos los periódicos matutinos y vespertinos y se había anunciado por radio y televisión de la ciudad de Panamá la canonización de fray Martín de Porres, el primer santo afrolatino nacido en Lima, Perú, hijo de una afropanameña, Guacayarima mandó al cura al infierno cuando éste gritó:

—Si yo fuera Dios ese mulato fray Escoba no sería ni católico ni mucho menos santo y ningún chombo iría al Cielo —ladró el cura lleno de odio, fijando la mirada, como perro rabioso, en la garganta de Guacayarima.

—Vales ñinga. En lengua cristiana eso quiere decir váyase, padrecito, a la mierda —dijo Guacayarima mirando al sacerdote con desdén, como lavandera cansada que mira ropa sucia.

—Soy sacerdote católico apostólico romano. Nadie le habla así a un cura vaticano —gritó, besando su rosario tras de persignarse varias veces.

—Como tu amiga Lesbiaquiña Petrablanche de las Nieves de Monte Monarca Moreno eres moneda falsa, hipócrita y un pedazo de m...

—¡Silencio!

—Vales ñinga. El hábito no hace al monje —sentenció Guacayarima pensando en la poca vocación del que escandalizaba todo el vecindario de la Casa 5 de Mayo por su promiscuidad.

—Cállate negro, Roma locuta est —ladró el cura con su acostumbrada altanería, desatando una letanía de latinazos, cuya gramática ofendería a Séneca y Cicerón.

—Vales ñinga esclavo de Satanás.

—¿Esclavo? —repitió a voz en cuello el cura, con voz incrédula, pestañeando repetida y rápidamente, como alas de un colibrí. Los únicos en todo el mundo que nacieron para la esclavitud son los negros africanos. Biblia locuta est.

—Vales ñinga. No solamente eres descuidado con tu voto de castidad cada vez que visitas a la ramera y al maricón del vecindario, pero también tu conocimiento de la historia es...

—Cállate negro.

—Cuando tus antepasados aún vivían salvajemente en cuevas hartando sopa de murciélago allá en Europa, mis antepasados africanos ya eran faraones cultos y ricos en Etiopía y Egipto —declaró orgullosamente Guacayarima.

—Negrobruto. Egipto no está en Africa —gritó el sacerdote, quien en toda ocasión explicaba y sermoneaba todo, con lujo de detalles, haciendo alarde de su sabiduría.

—No me extraña tu estupidez, padrecito. Es típica de la gente como usted, padrecito, porque no le parece posible que las pirámides de Egipto y la cuna de una gran civilización pertenezcan a Africa. Pues sí, padrecito, Egipto está en Africa.

—Falso.

—Y el Nilo es un río...

—Falso.

—Y en las cumbres del Kilimanjaro...

—Falso.

—Y los judíos fueron esclavos de los egipcios hasta que un tal Moisés...

—Ese mito lo inventaron los negros africanos. La raza africana ha sido la única raza esclavizada en el mundo. La Biblia dice claramente que el negro africano nació para ser esclavo. Biblia locuta est.

—Según su ignorancia, supongo que también inventamos lo de los poderosos imperios africanos en Ghana, Mali y Songhay.

—Fábulas. Los negros nunca han hecho nada bueno en el mundo. Los únicos dos grandes imperios de importancia en el mundo fueron Roma, primero, y Atenas, después, cuando los griegos se copiaron de lo que vieron en la Ciudad Eterna, Roma. Luego, floreció el más importante reino en la historia del hombre: Castillaragón. Allí fue donde nació el mejor idioma del mundo y la única y verdadera fe de los Reyes Católicos.

—Nadie puede ser tan bruto. Discutir contigo es gastar pólvora en gallinazo. Supongo que no sabes nada del gran imperio africano en Zimbabwe.

—Los únicos brutos son los negros.

—Estúpido.

—Roma locuta est.

—Mis antepasados africanos fueron faraones cultos en Etiopía y Egipto, poderosos reyes en Ghana, Mali y Songhay. Luego vivieron ricamente en la ciudad de Timbuctú y estudiaron medicina en la Universidad de Sankore antes de que los parásitos albinos de acentos musulmanes y cristianos los esclavizaran y los encadenaran después de los latigazos en los barcos negreros, alejándolos de la cuna ancestral que tuvo su origen en las cumbres del Kilimanjaro y a orilla del río Nilo, donde bajo la sombra de un baobab empezaron a homenajear a Obatalá, orixa de la pureza; Elegguá, orixa guardián de los caminos; Changó, orixa del fuego, del relámpago y del trueno; Ogún, orixa de la guerra y los metales; Orunla, orixa de la adivinación; Yemayá, diosa del mar; y Oshún, diosa del amor, del matrimonio y de las aguas fluviales. Mis antepasados africanos también defendieron valientemente su dignidad durante la época de la esclavitud y con mucho orgullo grito los nombres de Bayano, Yanga, Zumbí, Benkos, Coba, Fabulé, Filippa...

—Fábulas y mentiras.

—Visite las bibliotecas y póngase al corriente...

—Mentiras y fábulas.

—Conversar contigo es como gastar pólvora en gallinazo, la más asquerosa ave de rapiña. Bueno, no se puede esperar mango del cocotero ni tamarindo de la ceiba. Pues sí, la tortuga...

—Cállate negro.

—Vales ñinga.

Ese día, Lesbiaquiña Petrablanche de las Nieves de Monte Monarca Moreno, quien también estaba indignada por lo de la canonización de San Martín de Porres, insultó a Guacayarima vociferando "estoy harta de ustedes los chombos brutosestúpidos. Llegaron a mi linda patria para quitarnos trabajo en el Canal. Se quedaron para quitarnos casas cómodas y comida buena en la Zona. Ahora, desgraciadamente, van a nuestras escuelas para aprender castellano y lo peor de todo es que los hijosdeldiablo son dizque católicos ahora. Yo voy a renunciar mi catolicismo porque cómo es posible que el Vaticano permita que un chombo sea sacerdote católico. Ya esto es el colmo porque no cabe duda que pronto la chombada va a exigir que sea obispo. Sí, y para colmo de males, ahora van a tener a un santo católico. Yo no quiero ser miembro de una religión que permite estas barbaridades. Quiero ser judía desde hoy en adelante, judía."

Sin embargo, lo que más horrorizaba a Lesbiaquiña Petrablanche de las Nieves de Monte Monarca Moreno era le noviazgo entre Candelaria, su sobrina, y Guacayarima.

Durante la infancia de los que Lesbiaquiña Petrablanche de las Nieves de Monte Monarca Moreno consideraba una desgraciada repetición del idilio entre su hermana Salvadora y el hijo chombo del zapatero zurdo, Romeoprieto, hizo todo lo posible para que Guacayarima y Candelaria no jugaran juntos. Pero, tan pronto se ocupaba en la preparación del azúcar que, cotidianamente, echaba alrededor de la puerta de Felicidad Dolores, o cuando conversaba con su amigo cura, maldiciendo a los que más sudor y sangre dieron en la construcción del Canal, los obreros afroantillanos, Guacayarima y Candelaria, juntos como uña y carne, jugaban alegremente la gallina ciega, mirón-mirón, las estatuas, las esquinas y otros juegos de infancia. Y cuando la tía escuchaba a la sobrina corear con su amiguito: "Mary had a little lamb..." la mandaba a callar, histéricamente, por temor de que los vecinos pensaran que su sobrina era una chombita.

Además, a Lesbiaquiña Petrablanche de las Nieves de Monte Monarca Moreno no le agradaba que, a la joven a quien ella cuidaba —Calixta Ladrón y Chefmenteur— cuando los padres se iban de vacaciones a París, Miami o Nueva York, Guacayarima la acusara, cada vez que entraba en el cuarto de Felicidad Dolores, de robar un zapato negro o una chancleta negra o una media negra o un botón negro...

Tras cada acusación de latrocinio, Lesbiaquiña Petrablanche de las Nieves de Monte Monarca Moreno, a gritos, defendía a Calixta Ladrón y Chefmenteur (ella odiaba a su niñera porque pensaba que, por culpa de Lesbiaquiña Petrablanche de las Nieves de Monte Monarca Moreno y sus constantes atenciones, pasaba muy poco tiempo con su madre, quien dedicaba la mayor parte de su tiempo a empinar el codo con las botellas de vino importado y encerrada con su amante, la misma persona que, a la vez, era amante del padre de Calixta Ladrón y Chefmenteur) declarando, "mucho cuidado, a esta señorita que acusas de robar algo negro cada vez que entra en el cuarto de la vieja matusalena Felicidad Dolores es descendiente de don Bartolomé Ladrón y doña Suzanne Chefmenteur de Ladrón. Y, según un libro publicado detallando las gloriosas hazañas de la fina cepa del árbol genealógico de su ilustre linaje, esta blanca y hermosa joven es descendiente, por parte de madre, de celtas, galos, francos, visigodos y normandos... la familia Chefmenteur ha sido fervorosamente de la religión católica desde la época en que el rey Clodoveo abrazó la verdadera fe católica apostólica romana. Ilustres varones del clan Chefmenteur combatieron valientemente al lado de Carlos Martel contra los fanáticos e impíos árabes en Poitiers. Luego, varios oficiales miembros de dicha ilustre familia, de alto rango militar, acompañaron a Carlomagno en la conquista de los africanos en Egipto. Y, por supuesto, bellísimas damas de la estirpe Chefmenteur también se destacaron en las hazañas de Juana de Arco. Durante la Revolución francesa, desde luego, fueron miembros de la familia Chefmenteur los que arriesgaron sus vidas en las peligrosas hazañas que felizmente culminaron con el peso de la guillotina sobre las nucas de Luis y María Antonieta. Además, por supuesto, la participación de los Chefmenteur en las célebres campañas bélicas de Napoleón... Por parte de padre, debo mencionar que don Bartolomé, el ilustre manco del **Gitano** y veterano de Lepanto, es el noble caballero de la Alegre Figura que, montado en un caballo blanco de raza pura, en efecto, superior a Pegaso, Orelia, Bucéfalo, Rocinante... atravesó los Pirineos y cruzó el Sena rumbo a Marsella donde rescató, de las garras de crueles y malvados piratas, a la cultísima Suzanne Chefmenteur. Felizmente, el célebre capitán que, con el sudor de su frente como lo manda Dios, enriqueció a la Casa de los Genoveses y las ferias de Portobelo, es descendientes de cristianos viejos que fueron compañeros de El Cid, los Reyes Católicos, Colón, Cortés, Pizarro, Almagro, Ponce de León, Ovando, Balboa...

—Un momento, por favor. ¿Qué evidencias tienen para apoyar todo eso? —preguntó Guacayarima, pensando en el mito, que por mucho tiempo se aceptó, de que la tierra era plana y también en lo de la tierra como centro del universo.

—Basta con que ellos lo digan —contestó, a gritos, la amiga del Padre Montebello.

—Cristóbal Colón también dijo, mejor dicho, juró hasta en el lecho de su muerte que había llegado a las Indias.

—Brutoestúpido. No estoy hablando de la leche ni de la muerte de Colón.

—Yo tampoco.

—Los chombos no saben nada y no son finos. Acusas, falsamente y sin evidencias, a Calixta, porque es más fina y porque eres envidioso. En casa ella escucha a Aída y las otras óperas de Picasso, un gran compositor alemán, y no ese ruido y bulla vulgar que se llama calipsó.

—¿Operas de Picasso? ¿Alemán?

—Ya ves, como no eres fino no conoces la Aída y las otras operas del gran alemán Picasso.

—Pero, Picasso fue pintor y no era paisano de Hitler.

—Hijuechombo, el pintor fue Verdi. Ese gran pintor francés se hizo famoso por los tonos de verde que empleaba en sus pinturas. La familia Ladrón y Chefmenteur tiene varias pinturas originales de Verdi, sinfonías del holandés Miguel Angel, novelas del griego Mozart, cuentos del británico Tchaikovsky...

—¡Absurdo!

—Lo que tu tienes es envidia porque además en el cuarto de Calixta hay una estatua hecha por el famoso portugués Stradivari.

—Disparates.

—Yo no dije Descartes, brutoestúpido. Envidioso. ¿Tienes un violín hecho por las manos del italiano Rodin?

—Nadie.

—Pues, para tu información, Calixta tiene uno de esos famosos violines que hizo Rodin allá en Cremona.

—Rodin no es italiano y no...

—Los chombos no saben nada. Cállate la boca —dicho esto, la hija mayor del frutero se lavó las manos. Al rato, anunció—: Padre Montebello, venga a saborear el arroz con murciélago (plato favorito de los Ladrón y Chefmenteur) que le preparé hoy para que no piense tanto en la canonización de San Martín de Porres.

Al rato, mientras Lesbiaquiña Petrablanche de las Nieves de Monte Monarca Moreno se lavaba las manos, llegó Ñato Pataperro para preguntar si ella necesitaba más limonada, y también para entregarle las hierbas al Padre Montebello, las cuales el cura fumaba, antes de cada misa, para rezar fervorosamente y sentir éxtasis durante la repartición de la santa comunión.

Cuando el vecino bombero vió a Ñato Pataperro, en seguida, buscó su casco negro, su camisa roja y sus botas negras, porque donde Ñato Pataperro pasaba cinco minutos, curiosamente, empezaba, sin falta, un incendio.

Luego, Guacayarima miró al recién llegado con desdén y le dijo: "Pedazo de ñinga, tienes menos de cinco minutos para marcharte, porque te voy a romper la cara." Ñato Pataperro escupió a los pies de Guacayarima y preguntó: "¿Tú y quién más?"

—Guacayarima, al cabezón poca atención —dijo Victoriano Lorenzo Brown, quien estudiaba para un examen de biología, para calmar un poco al que odiaba a Ñato Pataperro.

—Sí, no vale la pena gastar pólvora en gallinazo —dijo Simón Bolívar Brown, cerrando su libro de gramática de Andrés Bello.

Paulatinamente, los puños de Guacayarima se aflojaron un poco. Hizo una mueca para burlarse del que hartaba, junto con el Padre Montebello, arroz con murciélago.

Al rato, tras de beber chicha de tamarindo que le ofrecieron Ayoluwa y Asabi, pensó: "Felicidad Dolores ha dicho que así como la caridad empieza en casa, también la limpieza. Y, por esta razón no aceptó a Ñato Pataperro, a pesar de su ombligo, en su hogar. Sí, la limpieza comienza en casa. Basura como Ñato Pataperro hay que eliminar de nuestra familia. Nosotros mismos tenemos que quemar nuestra basura. El maldito ese se salvó del hambre y la pulmonía cuando, sus padres, cansados de regañarlo, lo abandonaron, una madrugada, en la puerta de Felicidad Dolores, porque como conseguía hierbas al curita y murciélagos a la vecina, lo ampararon y le permitieron comer, todos los días, en el cuarto de los Moreno, y dormir, todas las noches, en la sacristía del sacerdote, que en nada se parece a esos auténticos sacerdotes norteamericanos que ayudan a los afroantillanos católicos en la iglesia San Vicente, en Panamá, y San José, en Colón: Padre Schimmel y Padre Burns.

Exactamente, a los cuatro minutos se marchó Ñato Pataperro, y tras él, pisándole la sombra lo perseguía el vecino bombero, porque donde aparecía el cazador de murciélagos, estallaba un fuego.

Al día siguiente, regresó el cazador de murciélagos hediondo a humo de los más recientes incendios en los barrios de Marañón, Chorrillo, Calidonia y Guachapalí.

Poco después del regreso de Ñato Pataperro a la Casa 5 de Mayo, Felicidad Dolores se asomó a la ventana de su cuarto cuando escuchó relinchos y ladridos, eran el Padre Montebello y Lesbiaquiña Petrablanche de las Nieves de Monte Monarca Moreno, quienes agradecían a Ñato Pataperro por las hierbas y los murciélagos.

Al rato, Guacayarima se acercó a Ñato Pataperro, con los puños cerrados, cuando éste trató de impedir el paso de Chabela, la nieta de Nenén y Papá James, quien todos los sábados ayudaba a Felicidad Dolores en la limpieza del cuarto y el cuidado de los nietos, después del inesperado fallecimiento de Nenén cuando se internó en el hospital Santo Tomás por lo de la catarata en un ojo.

—Oye pedazo de ñinga, deja pasar a la señorita.

—¿Y qué vas a hacer?

—Nada.

—Entonces cállate la boca.

—Yo no te voy a hacer nada porque basta con los puñetazos que van a estrellarse con tu cara.

—¿De quién?

—Del hermano de Chabela.

—¿Litó?

—Tu verdugo.

—Yo no le tengo miedo a ese buay.

—Toca a Chabela si eres macho.

—Yo no le tengo miedo a tu pasiero.

—Tócala.

—No tengo ganas.

—¿Desde cuándo no tienes ganas? Además de los incendios, las señoritas y los niños tienen que pelar el ojo y cuidarse porque tú crees que la gente se pone en celo como las perras. Sátiro.

En silencio, se marchó Ñato Pataperro, perseguido por relinchos y ladridos, eran las voces de sus amigos que le recordaban de no regresar a la Casa 5 de Mayo hasta conseguir más hierbas y murciélagos.

A la semana siguiente, Ñato Pataperro regresó con los encargos. Llamó la atención el hecho de que tenía varios libros: El ingenioso hidalgo don Quijote de la Mancha, la Divina Comedia, la Ilíada, la Apología de Sócrates, la Epístola a los Pisones, la Odisea y La isla mágica. Pero lo curioso era que todas estas obras, a pesar de los ficheros en las bibliotecas anunciando los nombres de Cervantes, Dante

Alighieri, Homero, Platón, Horacio y Sinán, ahora, en las más recientes ediciones, eran todas de un nuevo y mismo autor: Ñato Pataperro.

Era martes de Carnaval. Por las calles de Guachapalí deambulaban felices borrachos que coreaban las populares melodías que las comparsas habían ensayado, repetidas veces, durante los once meses de preparaciones para los carnavales. Algunas mujeres, perseguidas por hambrientas y lloronas criaturas, insultaban a sus maridos borrachos y algunas madres regañaban a sus hijas, a quienes no veían desde que empezaron los bailes en la noche del sábado. Cerca de la estación del ferrocarril, muchos jóvenes, cansados de bailar, mientras unos dormían en la Plaza Cinco de Mayo, otros comían empanadas, tortillas, hojaldas, chicharrones, y bebían cafe.

Candelaria había llegado temprano, en la madrugada, ese martes de carnaval, a la Casa 5 de Mayo, buscando a la tía Salvadora, pero no la encontró porque el matrimonio puertorriqueño con quien trabajaba en Curundú, Zona del Canal, le pidió que cuidara de los niños ese último día de festividades carnestolendas porque, aprovechando un vuelo militar a Puerto Rico, la pareja boricua fue a San Juan para bailar con el Gran Combo y Celia Cruz. La otra tía de Candelaria brillaba por su ausencia (aunque no era fin de semana, como de costumbre, Lesbiaquiña Petrablanche de las Nieves de Monte Monarca Moreno se encontraba, en Balboa, encerrada con la maestra norteamericana). Y, como los padres y hermanas de Candelaria se habían ido a Penonomé para celebrar el martes de carnaval, la joven decidió pasar el día sola en el cuarto de sus tías ausentes.

Poco después de la llegada de Candelaria a la Casa 5 de Mayo, cuando Guacayarima salió del cuarto de Felicidad Dolores para, como de costumbre, barrer el azúcar que, sin falta, cubría la entrada del cuarto (Aníbal Brown dejó de barrer porque pasaba horas rezando, en latín, para demostrar que, según su más reciente capricho, era católico auténtico), se sorprendió por dos razones: no había azúcar regado en el piso y Candelaria estaba allí a su lado.

—Dichosos los ojos que te admiran —dijo cariñosamente el sorprendido Guacayarima, fijando la mirada, con ternura, en el rostro de Candelaria, como si fuera otra aparición de la Virgen de Guadalupe, esta vez, en Guachapalí.

—Hola, ¿cómo estás?

—Pues, ahora que te veo, muy bien. Mejor no puedo estar.

—Me da tanto gusto verte.

—Muñequita de mi vida, el gusto es mío.

—Eres tan amable.

—Y, tú, la más linda flor.

—Gracias por el piropo.

—Tú me inspiras a ser músico y poeta. El único problema es que no hay ningún idioma de los mortales ni de los ángeles que pueda expresar lo que mi corazón canta cuando escucho la melodía de tu voz y cuando tu mirada me hechiza y tu sonrisa me colma de alegría sin fin. Muñequita linda de mi vida, quiero vivir para adorarte con cada palpitar de mi corazón, quiero cantar y bailar porque tú, mi sueño adorado, ahora eres una maravillosa realidad. Don Quixote encontró a su Dulcinea y Rubén Darío a su Eulalia, pero más hermosa y princesa, y también, más divina eres tú, reina de mi alma, luz de mi sendero, flor de mi jardín y sinfonía de mi corazón.

—¡Qué romántico!

—Candelaria de mi vida, enciende mi corazón con esa loca pasión...

De repente, se escuchó una voz que, a gritos, interrumpiendo los piropos de Guacayarima, comenzó a pregonar:

—Dominus vobiscum.

—¿Y eso qué es? —preguntó Candelaria, un poco molesta por la interrupción de piropos.

—Latín —contestó con indiferencia el enamorado.

—Dominus vobiscum.

—Sí, pero...

—Dominus vobiscum.

—Es el tocayo de tu papá rezando para...

—Dominus vobiscum.

—¿Y eso ahora?

—Dominus vobiscum.

—Pues, allá en Portobelo, ¿qué escuchas cuando visitas a la abuela cada octubre?

—Dominus vobiscum.

—Los quiquiriquís de los gallos.

—Dominus vobiscum.

—Pues, aquí en Guachapalí cada madrugada se escucha...

—Dominus vobiscum.

—¿Hasta cuándo?

—Dominus vobiscum.

—El disco rayado se escucha...

—Dominus vobiscum.

—Hasta que...

—Dominus vobiscum.

—Alguien cante: "Y tu espiritum est muy locum".

—Y entonces, ¿qué pasa?

—Después de un prolongado "Aaaaamén", el de los "Dominus vobiscum" enciende varios fósforos para prender las velas votivas y el incienso que, a veces, es un alivio después de oler las hierbas que fuma el amigo curita de tu tía la que le gusta beber limonada y preparar arroz con murciélago.

—A propósito, hablando de murciélagos, ¿qué me cuentas de Ñato Pataperro.

—Lo mismo de siempre.

—¿Sigue siendo autor postizo?

—Sobre todo creador del Caballero de la Triste Figura que ataca molinos convencido de que son gigantes.

—Pero, ¿a quién pretende engañar?

—Hay tontos de sobra en este mundo.

—Pero...

—Además, no se puede esperar mango del cocotero.

—Cierto.

—Ni tamarindo de la ceiba.

—¿Vas al baile esta noche?

—No tenía planes.

—No voy a regresar a Paraíso porque mis padres llevaron a mis hermanas a Penonomé.

—Dicen que por allá se celebran los mejores carnavales.

—Y, como no voy a regresar a Paraíso...

—Vas a Penonomé.

—No, me voy a quedar aquí hasta mañana miércoles de ceniza para ir a misa temprano en la iglesia Santa Ana.

—¿Entonces vas a dormir aquí?

—¿Dormir martes de carnaval?

—Pues te invitara a bailar. Pero, este año no llegó el Gran Combo de Puerto Rico ni la gran guarachera Celia Cruz.

—Eso no importa. Después que esté contigo, basta.

Cinco minutos más tarde, Guacayarima cerró la puerta del cuarto de los Moreno y puso el dedo índice de la mano izquierda sobre sus labios, como señal de cautela, para indicarle a Candelaria que susurrara desde ese momento en adelante, porque el vecino Aníbal Brown, tras de escuchar: "Y tu espiritum est muy locum", que habían vociferado, en dueto, los dos jóvenes enamorados, gritó el último "Dominus vobiscum". Al rato, Candelaria tuvo un ataque de risas cuando, al abrir la puerta del refrigerador cayó a sus pies la peluca de su tía Lesbiaquiña Petrablanche de las Nieves de Monte Monarca Moreno que parecía un belludo monstruo rubio. En seguida, el ataque de risas cedió a muecas de asco cuando Candelaria vio los murciélagos congelados en el refrigerador. Guacayarima prefirió ver las muecas de asco porque las risitas, pensó, "van a despertar a Felicidad Dolores".

Cinco horas más tarde, Felicidad Dolores despertó asustada y fría (aunque era pleno verano), como en las madrugadas en que tenía pesadillas sobre la conspiración del baobab a orilla del río Nilo, la destrucción del tamarindo en el corazón de Buruco, el primer parto lejos del río Níger, la expulsión del feliz Reino de los Muertos y el ombligo de mal agüero vinculado con el horroroso presagio de la odisea apocalíptica.

Como todos los nietos se habían marchado temprano, ese martes de carnaval, tocando con palos y cucharas viejas las latas vacías para llamar la atención a las máscaras rojas (hechas de papel periódico y almidón sobre un molde de barro), llenas de chichones y muecas horribles, que se pusieron Caizimú y Bainoa, bailando como diablos locos por las calles y amenazando, con una espada de palo, asustar a los niños si sus parientes no les daban una moneda, tras de observar que no estaba la escoba detrás de la puerta, señal cotidiana que algún nieto barría afuera, Felicidad Dolores gritó: "Guacayarima". Pero, por el bullicio de los niños golpeando latas y vociferando, a carcajadas, que ellos eran diablos en busca de niños malos y traviesos, por los jóvenes con sus radios, a todo volumen, y cantando, a voz en cuello, los merengues, las cumbias y los calipsós, por las esposas furiosas que insultaban a sus maridos borrachos y mujeriegos, por las madres indignadas que regañaban a sus hijas y, sobre todo, por los relinchos del curita (disfrazado como prostituta), quien escandalosamente fingía, como diversión, una enconada batalla entre marido y mujer, con el maricón del vecindario, Guacayarima no escuchó los gritos de Felicidad Dolores.

En el cuarto de los Moreno, Guacayarima susurraba en los oidos de Candelaria diciéndole: "muñequita linda de mi vida, te adoro con toda mi alma, reina de mi corazón, te amo preciosa flor, la más hermosa mariposa de mi almamor, la miel de tus labios, esos tiernos y tibios pétalos de tu boquita, como un colibrí enamorado, chupar sin cesar, el dulce nectar quisiera y tu mirada, y tu sonrisa, y tu voz... hacen que la amargura y la melancolía se ausenten del alma mía... ¡qué alegría! Oh, dulce sueñito del alma mía, eres mi felicidad y nunca ni jamás despertar quisiera, Oh, dulce sueñito de mi corazón, muñequita linda, preciosa, hermosa, bella, amable, simpática, cariñosa..." En ese momento, Guacayarima besó la frente de Candelaria, besó tiernamente el cuello de su novia, besó lentamente toda la cara y sus labios se detuvieron en los tiernos labios de pétalos, llenos de mielamor. Guacayarima y Candelaria comenzaron a respirar aceleradamente, los latidos de ambos corazones empezaron a armonizar, los piropos se volvieron murmuros, la respiración de ambos se intensificó, los labios se acercaron y se tocaron tiernamente, se dieron besitos rápida y repetidamente, y, por fin, se besaron apasionadamente, se abrazaron y se besaron y se besaron y se besaron. Después de un rato, sus labios se separaron y comenzaron a respirar profundamente por la boca. Poco después, volvieron a darse besitos, muchos besitos. Se abrazaron y volvieron a besarse apasionadamente. La alegría los hacía reirse dulcemente entre besos. Guacayarima era un poeta con sus piropos. Candelaria era una preciosa flor. Entre piropos y besos pasaron largos ratos de silencio. Las miradas se concentraban en la alegría de las caras que contemplaban con ternura, cariño, amor... Luego, se acostaron en la cama. Guacayarima empezó a acariciar el cabello de Candelaria. Ella cerró los ojos y, de tanto en tanto, los abría para admirar al que cariñosamente, con manos de seda, le acariciaba el cabello, el rostro, los brazos... Luego, Guacayarima le acarició los senos después de quitarle la blusa, lentamente. Apasionadamente besó los senos, primero un seno, y después el otro seno, y luego, ambos senos a la vez. Besitos. Besitos. Besitos. Sin darse cuenta, Guacayarima y Candelaria quedaron desnudos, como recién nacidos. Inmediatamente, Candelaria dijo: "Ya. Por favor, amor mío". "Un poquito más, preciosa reina de mi vida, flor de mi jardín, amorcito de mi corazón". "Pero, alguien puede venir". "Nadie sabe que estamos aquí". "No,

Guacayarima, por favor, basta". "Amorcito mío". "Cuando seamos marido y mujer entonces me entregaré toda". "Amorcito mío". "Vamos a bailar y a celebrar este martes de carnaval". "Amorcito mío". Candelaria se puso la blusa. Guacayarima se acercó y besó a Candelaria. "Vamos que esto..." Guacayarima miró tiernamente a Candelaria. Volvieron a besarse. Se abrazaron fuertemente. Se acostaron. Ella dejó de protestar y de sermonear. Los apasionados besos de Guacayarima dominaron a Candelaria. Los "no, no, no" se volvieron "sí, sí, sí". Otra vez, ambos se desnudaron. Las caricias eran mutuas. Guacayarima acariciaba los senos, las piernas... Candelaria lo abrazaba. Se besaron más apasionadamente. "Pero, ¿si viene alguien?" Guacayarima la apaciguó a besos. "Pero, soy señorita". "No te preocupes". "Y, ¿si salgo en cinta?". "Me salgo antes de ya tú sabes qué". "Pero eso es peligroso". "Yo no quiero ponerme esa vaina contigo porque te quiero mucho y quiero sentirte". "Pero es una locura". Guacayarima la volvió a callar a besos. Esta vez, Candelaria quedó totalmente dominada por los piropos, los besos, las caricias... Se amaron. Ambos se quedaron dormidos tranquilamente después de los apasionados besos y abrazos.

Luego, exactamente cinco horas más tarde, de repente, los fuertes golpes a la puerta despertaron, con brusquedad, a Guacayarima y a Candelaria. Por todo el vecindario de la Casa 5 de Mayo, como locos alborotados en un laberinto incendiado, niños, mujeres y hombres, acompañados de ladridos de perros asustados, gritaban:

– Ya vienen.

– Dense prisa.

– Ya vienen.

– Apúrense.

– Ya vienen.

Guacayarima y Candelaria, dominados todavía por el profundo sueño post coitum se miraron en silencio. Ambos seguían desnudos. Estaban un poco desorientados. Al rato, pensaron: "es martes de carnaval" y al recordar la apasionada experiencia que habían sentido al amarse, se abrazaron cariñosamente.

Los vecinos repitieron los golpes a la puerta de la familia Moreno.

Esta vez, golpearon, fuertemente, cinco veces, la puerta, y volvieron a gritar:

—Ya vienen.

—Apúrense.

—Ya vienen.

—Dense prisa.

—Ya vienen.

En seguida, Guacayarima cubrió a Candelaria con su camisa azul. En la oscuridad buscó su pantalón negro y los zapatos negros. Mientras Candelaria se ajustaba la blusa y la falda, Guacayarima trató de ponerse, primero, los zapatos y, después, con dificultad, el pantalón. Ella arregló, rápidamente, la cama y en un rincón del cuarto escondió la toalla que estaba empapada con sudor y semen.

—Ya vienen —gritaron los que golpeaban la puerta, con puños y palos.

—Corran—dijeron las mujeres.

—Ya vienen —anunciaron los niños.

—Rápido—vociferaron los hombres.

—Ya vienen —gritaron todos.

Guacayarima corrió a la puerta, pero no la abrió. Regresó en seguida al rincón donde Candelaria se encontraba agachada. La levantó y la abrazó. Se besaron. "Pase lo que pase, te quiero, dijo Guacayarima, y te amo con todo mi corazón." Se abrazaron fuertemente. "Yo también te amo, dijo Candelaria, y te adoro con toda mi alma."

—Ya vienen.

—Apúrense.

—Ya vienen.

—Dense prisa, corran, apúrense.

—Ya vienen.

La Casa 5 de Mayo casi se derrumba cuando los curiosos salieron de sus cuartos y comenzaron a correr, atropelladamente, hacia el balcón de la casa, cerca del cuarto de los Moreno. Era una casa de madera vieja, construida más de medio siglo atrás, durante la construcción del Canal.

Cuando Guacayarima y Candelaria salieron del cuarto, arrastrados por el huracán de vecinos, quedaron a la cabeza de la turbamulta serpenteante que se movía, de lado a lado, mientras gritaba alegremente:

—Vengan por aquí.

—Por acá es mejor.

—Corran allá.

Guacayarima y Candelaria quedaron asombrados y petrificados, por la sorpresa, cuando varios vecinos les llamaron la atención, cantando y bailando alegremente, a los que en ese momento pasaban entre la muchedumbre por las calles de Guachapalí, diciendo: "aquí están, ya llegaron y vamos a gozar de lo lindo." Los que pasaban rodeados del bullicio, bajo un diluvio de confeti y serpentinas, eran los músicos del Gran Combo de Puerto Rico, la reina de la salsa Celia Cruz y su paisano cubano, la sensación del momento, el bárbaro del ritmo, Benny Moré.

—¡Viva Celia Cruz!

—¡Viva!

—¡Viva el Gran Combo!

—¡Viva!

—¡Viva Benny Moré!

—¡Viva!

Candelaria miró a Guacayarima. Tras un breve momento de silencio, Guacayarima soltó una catarata de carcajadas y Candelaria se tapó la boca, con ambas manos, tratando de contener, como una represa, el río de risas que se desbordaba de sus labios cuando ambos, simultáneamente, pensaron en los sorpresivos golpes fuertes a la puerta del cuarto donde habían estado durmiendo tranquilamente después de los piropos, la caricias, los besos, los abrazos...

Al regresar al cuarto, Candelaria buscó su cepillo de dientes, su peinilla, colorete, jabón, desodorante, toalla y ropa limpia, porque Guacayarima la había invitado a bailar, más tarde, en el sitio donde iban a cantar Celia Cruz y Benny Moré.

Tras de encontrar la escoba que usaba, a diario, para barrer azúcar, Guacayarima entró al cuarto donde, desde hacía rato, lo esperaba Felicidad Dolores, para comunicarle algo muy importante que se vinculaba con su ombligo, y el hecho de que debería tener cierta precaución con su castidad.

Pero, Guacayarima, en ese momento, andaba flotando por las nubes. Estaba enamorado. No le prestó atención a Felicidad Dolores. En un abrir y cerrar de ojos, más rápido que los relámpagos de su padrino orixa Changó, se bañó y se vistió. E inmediatamente, como bombero que oye gritos en un fuego, corrió a buscar a Candelaria para ir a bailar, ese martes de carnaval.

Al día siguiente, miércoles de ceniza, por la madrugada, a las cinco en punto, tras de bailar, comer, celebrar y amar, Guacayarima y Candelaria caminaron por la Avenida Central, hacia la iglesia Santa Ana, para escuchar la primera misa, jurarse amor eterno y recibir ceniza en la frente, como todos los fieles católicos, cada miércoles de ceniza, anualmente, cuando empieza la Cuaresma.

Luego, cuando los felices enamorados salieron abrazados de la iglesia, de repente, la alegría, que tanto gozaron desde el primer momento que se besaron tiernamente, el martes de carnaval, cambió cuando, como vomitada del infierno, los dos jóvenes se encontraron con la odiosa tía, la de los murciélagos.

Pasaron muchas tristes madrugadas. En aquel entonces, Guacayarima pasaba horas pensando en los besos, las caricias y los abrazos que añoraba, anochecer tras anochecer, darle a la reina de su corazón, flor de su jardín y muñequita linda de su alma. Desesperadamente, Guacayarima buscó, en vano, a la sobrina de Salvadora Moreno, en Portobelo y por los alrededores de Puente del Rey, allá en las ruinas de la ciudad de Panamá destruida por el fuego del pirata Henry Morgan. Buscaba, año tras año, a Candelaria porque, según un secreto que descubrió accidentalmente, nueve meses después de aquel martes de carnaval de mucha alegría, nació una criatura en Paraíso.

Por los relinchos y los ladridos, todo el vecindario en Guachapalí despertó, una madrugada, en que el Padre Montebello y Lesbiaquiña Petrablanche de las Nieves de Monte Monarca Moreno criticaban, amargamente, el hecho de que el nuevo obispo auxiliar de Panamá, en la época cuando el general Omar Torrijos derrocó del poder al presidente Arnulfo Arias, era el Mons. Carlos Ambrosio Lewis, S.V.D. Esa madrugada, "no es justo ni cristiano que ese hijo de chombos que no eran cristianos viejos, ladró, repetidas veces, Lesbiaquiña Petrablanche de las Nieves de Monte Monarca Moreno, y cuya lengua materna no era el castellano" tras cada letanía de su amigo cura (gordo de tanto hartar diariamente arroz con murciélago), quien relinchando repetía: "Si yo fuera Dios, ningún negro iría al Cielo y mucho menos ese nieto de creyentes africanos en Obatalá, Yemayá y Changó."

Luego, cuando los relinchos y los ladridos enronquecieron, al cuarto de Felicidad Dolores llegaron Triunfo Guerrero y Zabeth Liberateur, dos jóvenes: el muchacho cubano y la muchacha dominicana, acompañando al abuelo, un antiguo **digger** que fue compañero y amigo de Papá James durante la temporada que trabajaron en Gatún, Pedro Miguel y Miraflores, antes del obrero de Jamaica, Mr. Warrior, emigrar primero a Santo Domingo y luego a Guantánamo, para trabajar en los cañaverales e ingenios azucareros, después de completada la construcción del Canal.

–Mi abuelito busca a su amigo Papá James –anunció Triunfo Guerrero después de saludar cortés y respetuosamente a Felicidad Dolores.

—Cho, Papá James muriendo del corazón dejá long time ago mon cher garchón.

—¿Y la señora Nenén? —preguntó Zabeth Liberateur mientras su primo le explicaba lo de Papá James al abuelo, un anciano sordo por la mucha quinina (por lo de la malaria) que tomó cuando fue obrero del Canal.

—De repente mi amiga y comadre morir and she only teniendo catarata in one eye. Mais oui, en un ojo. Mon Dieu.

Mientras su prima le comunicaba al abuelo lo de la catarata en un ojo y la repentina muerte de Nenén, Triunfo Guerrero les comentó a los nietos de Felicidad Dolores que cuando su abuelo era joven, abordó el **Telémaco**, en Jamaica, contratado para trabajar quinientos días, como **digger**, en el Canal de Panamá, y luego, se trasladó a Cuba, después de muchos años en la República Dominicana, para trabajar, como machetero, en los cañaverales. Pero, decidió viajar, con su familia, rumbo a los Estados Unidos, según él, el paraíso de la justicia y la democracia, tras de hacer escala en Costa Rica, Nicaragua, Honduras, Guatemala y Belice, para invitar a los parientes, quienes trabajan en las bananeras, porque, según una santera en La Habana, las Siete Potencias africanas les habían comunicado que los ideales por los cuales sacrificaron sus vidas Plácido y el general Antonio Maceo —El Titán de Bronce— estaban en peligro por el plagio de Fidel Castro, quien durante discursos de cinco horas de duración, a voz en cuello, gritaba que había salvación solamente dentro de la Revolución.

El locuaz joven cubano narró, con lujo de detalles, sobre sus parientes, por parte de madre, que apoyaron a Plácido en la protesta de la discriminación racial en Cuba, y también, sobre los parientes que lucharon, por la libertad de Cuba, al lado del general afrocubano Antonio Maceo.

Felicidad Dolores no entendió muy bien todo lo que narró Triunfo Guerrero. Luego, un poco preocupada, decidió marcharse, junto con sus nietos, con el grupo de cubanos y dominicanos, que dirigía el amigo de Papá James, rumbo a los Estados Unidos, pensando que ellos regresaban a Jamaica, la tierra natal de Mr. Warrior, donde en Maroon Town algunos parientes de Nenén le habían comunicado al abuelo de Triunfo Guerrero y Zabeth Liberateur acerca de la mujer que, extrañamente, hablaba español cuando mostraba su tesoro: una tortuga de oro.

Al día siguiente, por la madrugada, a bordo de un barco viejo cuyo capitán zarpó de Portobelo, Felicidad Dolores, contemplaba el mar, pensando en el paradero de la tercera tortuga de oro que desapareció, cerca del Puente del Rey, con el secuestro de Adeola, una de las trillizas, cuando los filibusteros amigos del pirata Henry Morgan, siglos atrás, destruyeron chozas y bohíos en Malambo y Pierdevidas, antes de zarpar rumbo a Jamaica con centenares de esclavos africanos de la Casa de los Genoveses.

Al escampar, de repente, los torrenciales aguaceros aquel atardecer pletórico de fragancias y gorjeos, a las tres en punto de la tarde, por las calles de la ciudad de Panamá ya no había inundación de inmundicias, sino todo lo contrario, inundación de alegres niños que saltaban, jugaban y cantaban: "mirón, mirón, mirón donde viene tanta gente, mirón, mirón, mirón de San Pedro y San Vicente..." Soplaba una suave brisa que acariciaba, con dulzura, y embriagaba los sentidos, con un festival de colores, olores y sabores de frutas tropicales. Era un atardecer como aquel atardecer del maravilloso suceso en las cumbres del Kilimanjaro, en Africa, cuando Nana Olodumare dispuso que las figuras de barro esculpidas por orixa Obatalá fueran los primeros africanos (tatarabuelos de los nietos de Felicidad Dolores) y poblaran feliz y eternamente alrededor de un robusto y frondoso baobab, a orilla del río Nilo.

En efecto, el verano de fin de siglo era agradable. Jamás había soplado una brisa tan embriagadora. Además, nunca antes se había escuchado divinamente tan dulce sinfonía de gorjeos. Maravillosamente, era como si la Naturaleza se hubiera empeñado en obsequiar su más bondadosa temporada veraniega bajo el influjo de la noble y valiente trinidad africana integrada por Obatalá, Yemayá y Changó: los orixas más contentos por el arribo de la víspera del fin del horroroso presagio vinculado con el ombligo de mal agüero y la pesadilla invernal de la odisea apocalíptica, iniciada por la conspiración del baobab a orilla del río Nilo, y ejecutada celosamente por el verdugo entre los orixas: Omolú, en tierras madrastras, donde los descendientes de Felicidad Dolores desembarcaron encadenados de los navíos negreros que cruzaron el océano Atlántico, mecidos al compás de los latigazos de las olas.

Era el séptimo día de diciembre. Mientras Guacayarima disfrutaba de los colores, las fragancias y los gorjeos veraniegos, ese atardecer, pensó: "de haber estado Felicidad Dolores aquí, ahora mismo, hubiera pronosticado, al oler los coposos tamarindos, el mejor verano para saborear deliciosa chicha de tamarindo."

Guacayarima se columpiaba tranquilamente en una hamaca azul, en la esquina del balcón de la Casa 5 de Mayo, donde el zapatero zurdo John Brown y el frutero zurdo Juan Moreno habían disputado, con rencor amargamente, madrugada tras madrugada, el uso de dicha esquina para poner a secar y madurar, al sol, zapatos recién teñidos uno y el otro frutas verdes.

Tras de escuchar relinchos y ladridos (solamente los oídos de Guacayarima podían percibir esos sonidos misteriosos), del bolsillo izquierdo de su camisa azul sacó una fotografía de un féretro y, acto seguido, de su boca se derramaron estruendosas carcajadas. Al rato, buscó en las páginas de un periódico matutino la sección de necrología, e inmediatamente apuntó en un papel, escribiendo con un lápiz amarillo, los nombres de las iglesias donde esa tarde celebrarían misas en las cuales los sacerdotes despedirían a los difuntos rezando: "Requiescat in pace."

Tras las infructuosas búsquedas de Candelaria y también después de haber caído al mar (nunca se explicó con claridad si orixa Ogún, enemigo de orixa Changó, empujó a Guacayarima, el ahijado favorito del orixa de los truenos y relámpagos, o si resbaló accidentalmente, o si él mismo se lanzó al mar) cuando zarpó desde Portobelo el barco viejo llamado **Telémaco**, a bordo el cual estaban el amigo jamaicano de Papá James y sus descendientes cubanos y dominicanos, a quienes acompañaban Felicidad Dolores y sus nietos, Guacayarima dedicaba las mañanas para ir a los cementerios (los enterradores pensaban que Guacayarima era pariente de todos los difuntos y los enlutados pensaban que él era el más trabajador y el más fiel de los sepultureros que no faltaba nunca a los sepelios), y además de dedicar las tardes a asistir a las misas de réquiem, pasaba las noches buscando velorios por Chorrillo, Marañón, Calidonia, Guachapalí, para jugar dominó y observar a los muertos.

Por todos los vecindarios que frecuentaba Guacayarima, le decían "don Juan Velorio", porque se empeñaba en enamorar a las mujeres (solteras o casadas) que conocía en los velorios. Esta extraña manía, según los chismes, era una de las favoritas de Guacayarima porque, no deseaba ver a ninguna mujer amargada como Lesbiaquiña Petrablanche de las Nieves de Monte Monarca Moreno, quien no cabe duda, estaba obsesionada con lo de la gringa y hacía maldades para que otros sufrieran, sobre todo, hombres, porque nunca tuvo la fortuna y el placer de sentir el amoroso delirio de un coito como lo sienten y disfrutan gozosa y eufóricamente los enamorados.

La otra manía favorita de Guacayarima era dormir, horas tras horas, en la hamaca azul, cuando no estaba en una misa o un sepelio o un velorio porque, según explicó una tarde, "la gente hace muchas preparaciones cuando va a viajar a Penonomé, Chepo, Portobelo, Darién... pero, no hace ninguna preparación para el viaje más importante de su vida: la muerte, por eso duermo muchas horas cada día en preparación para lo que estaré haciendo cuando muera."

Luego, después de dormir la siesta, Guacayarima se levantó de la hamaca. Se lavó la cara. Tras de ponerse una camisa guayabera azul y zapatos negros, bajó la escalera y cruzó la calle rumbo a la primera misa de réquiem.

Después de asistir a cinco misas de réquiem, regresó para dormir otro rato, pero los relinchos y ladridos le impidieron conciliar el sueño.

Acto seguido, buscó una de las cartas que había recibido de los Estados Unidos y, en silencio, leyó:

Miércoles de ceniza

Hola Guacayarima,

Murió abuelita Felicidad Dolores.

Elsa se encargó del veloriofiesta con la botella de aguas del río Chagres, del mar Caribe y de la iglesia del Cristo Negro de Portobelo que le envió Chabela. Como de costumbre, durante el quinto día del veloriofiesta, la alegría cambió a tristeza cuando regresó Felicidad Dolores (acompañada de orixa Omolú) rechazada del feliz Reino de los Muertos.

Algunos dicen que abuelita se murió de tanto preocuparse porque bajo los arces, pinos, manzanos, robles y secoyas no encontraba la tortuga negra que desesperadamente buscaba a orilla de ríos todos los atardeceres lluviosos. En cambio, otros dicen que lo que causó la muerte de abuelita fueron los asesinatos de los hermanos John y Robert Kennedy, y sobre todo, del líder afronorteamericano Dr. Martin Luther King, y el encarcelamiento de Nelson Mandela en Sudáfrica. Pero, tú más que nadie sabes que la verdadera razón de la muerte de abuelita es el asunto del Canal. Pues sí, el tratado Torrijos-Carter, según dijo abuelita antes de morir, es el golpe final a los de ombligo (ya tú sabes) que no participaron en el éxodo después de la Ley 13, la Constitución del 41 y el tratado Remón-Eisenhower.

Por fin arreglamos los documentos de todos y nos hemos enterado de que el verdadero nombre de Ayoluwa es Eufemia, Asabi es Marcelina, Caizimú es Tiburcio, Bainoa es Policarpo, etc.

Hace años que ya no soy seminarista. Me enamoré de una linda mexicana, Guadalupe Olmecas, la madre de mi hijo y mi hija. Soy profesor de español, francés y latín en una escuela católica. A propósito, en el seminario me encontré con otro paisano, el nieto mayor de Nenén y Papá James, Litó. Me contó que su hermana Chabela fue estudiante sobresaliente en la Escuela de Enfermería. Ella ahora es enfermera en el hospital Gorgas de la Zona del Canal. Litó también salió del seminario y dice que lo que más le llamó la atención es que: "en casa de herrero cuchillo de palo." Por acá ha tenido problemas porque él dice que es necesario llamar al pan pan y al vino vino. Bueno, criticó el dinero que se "malgasta" en esas excursiones para acompañar a la Reina Negra a los carnavales en Panamá. Piensa que ese dinero lo deberían de utilizar para comprar bienes raíces y formar una "Pequeña Panamá" con negocios manejados por nuestra gente para nuestro beneficio (mercados, tiendas, zapaterías, librerías, restaurantes, panaderías) y, sobre todo, para becas que faciliten el ingreso de nuestros jóvenes a las mejores universidades. Otro bochinche, Litó criticó a una familia que "malgastó" miles de dólares cuando viajó a Panamá, solamente, por cinco días, para llevar el cadáver de la mamá (ella nació en Jamaica o Barbados) para enterrarla allá (la señora tenía más de 25 años que no visitaba Panamá). Litó comentó que ese dinero lo hubieran usado para los ahorros y estudios de los nietos de los que llegaron a Panamá para construir el Canal y los que menos se beneficiaron porque tuvieron que buscar empleo en la United Fruit, primero, en Bocas del Toro y, después, en Puerto Limón, Bluefilds, Puerto Cortés y Puerto Barrios antes de emigrar a los Estados Unidos.

Otro bochinche. El cura amigo de la amargada hija de Juan Moreno (la del arroz con murciélago que bebía gustosamente las limonadas que tú le comprabas) murió de AIDS (SIDA en español), según dicen, es la enfermedad de los maricones. Abuelita afirma que es el último castigo de orixa Omolú para muchos de los descendientes de los que cobardemente permitieron que los navíos negreros zarparan de la costa africana con millares de niñas y niños africanos. Según abuelita también es otra venganza de orixa Olodumare para los que, hoy día, piensan y sienten como su antepasado el manco del **Gitano**, don Bartolomé Ladrón.

Hasta por acá llegó la noticia sobre la mujer decapitada que encontraron cerca del aeropuerto de Tocumen. Muchos están seguros de que el horrorosamente mutilado cadáver es nada menos que Lesbiaquiña Petrablanche de las Nieves de Monte Monarca Moreno (Litó bailó más que orixa Changó al enterarse de la noticia esa). Todavía se comenta de la asquerocidad con la gringa en Balboa (la decapitada jugaba el papel de perrita y ladraba y ociqueaba hasta encontrar la salchicha que escondía la gringa entre las nalgas).

El gran bacilón por acá ahora es lo de mi prima Reina Panadera. Qué ridículo. Cuando vivía en Paraíso nunca visitaba al abuelo en la 5 de Mayo porque no deseaba ir a Guachapalí y codearse con pañapeople y no quería aprender pañalanguage y no le gustaba pañafood. Bueno, mi tío Winston Churchill la bautizó como Queen V. Brown y ahora que se casó con un tal Baker lo obligó a hispanizar su apellido y aprender español y comer comida latina (especialmente arroz con iguana) todos los días y bailar tamborito y... bueno, imagínate, todo lo que odiaba en Panamá, ahora por acá es obsesión para demostrar que es panameñísima. Es un mundo loco. En estos días gastó cinco mil dólares (ella aunque ahora vive muchas décadas en los Estados Unidos habla todavía de balboas) para comprar una pollera, un montuno, una mola y dos banderas.

¿Te acuerdas de los insultos (hijuechombo brutoestúpido) que gritaba la hija mayor del frutero? Bueno, lo curioso es que muchos de esos "yumecas, mecos, bembones..." son descendientes de esclavos africanos (cuya lengua materna era el castellano) que llegaron con los españoles que colonizaron a Jamaica (los ingleses luego tomaron posesión de la isla) y también algunos son descendientes de los esclavos africanos que el pirata Morgan robó de la Casa de los Genoveses en Panamá la Vieja. ¿Qué te parece eso? A muchos "chombos" que le quitaron la nacionalidad por la Constitución del 41 eran nietos de bisabuelos y tatarabuelos nacidos en Sevilla. Por lo tanto, muchos "chombos" son más "negros coloniales", católicos y de habla castellana que los que tratan de insultarlos llamándolos "negros antillanos, yumecas, criollos, mecos..."

Lo bueno de por acá es el orden en todo, la facilidad para estudiar de día o de noche, la limpieza, los empleos que pagan bien y las carreteras para viajar a las cataratas de Niágara, el Gran Cañón, Yosemite, etc. Los rascacielos, los trenes subterráneos, Disneylandia, la primavera y mucho más. Pero, el invierno con su frío es horrible (la primera nevada es bonita pero cuando se congela es otra historia). El frío por acá es criminal.

Otro asunto muy desagradable por acá es la KKK (Ku Klux Klan es un grupo de blancos armados que se cubren con sábanas blancas, queman cruces y asesinan a negros ahorcándolos cuando buscan empleo donde solamente quieren a blancos, cuando una familia negra compra una casa en una barriada donde solamente quieren vecinos blancos y, sobre todo, si un negro se casa con una mujer blanca. ¿Te acuerdas del caso en la Zona del Canal cuando condenaron al amante negro de una gringa a 50 años de trabajo forzado en la penitenciaría de Gamboa? Bueno, la discriminación gold roll and silver roll en la Zona del Canal es fuerte acá, lo cual es una contradicción de los ideales de este país donde negros han luchado y millares han muerto en guerras para defender la democracia y la justicia). Pero te voy a confesar algo, a pesar de todos los problemas acá hay esperanza de que la situación cambie y mejore por la gente decente. Pues sí, a veces por la discriminación racial y otros problemas pienso que el problema aquí es no morirse, pero, a decir verdad, este país es el menor de todos los males...

Nuestro grupo ha tenido problemas con los norteamericanos de ascendencia africana. Nos rechazan porque hablamos español, somos católicos y nos llamamos Victoriano, Marcelina, Triunfo, Eufemia (el negro de acá sospecha mucho de los negros que no hablan inglés, no son de religiones protestantes y no se llaman John Jones, Beula White, Joe Green). Por otra parte, también tenemos problemas con los latinos mestizos y mulatos acá. Nos rechazan porque somos de ascendencia africana.

Por si lo dicho fuera poco, lo más triste de todo es que entre nosotros mismos hay mucha fragmentación. Los colonenses no quieren asociarse con los capitalinos y viceversa. Además, entre los capitalinos, los de Calidonia no quieren codearse con los del Chorrillo y los de Parque Lefevre no quieren estar en la misma fiesta con los de Río Abajo y los de Guachapalí no quieren respirar el mismo aire con los del Marañón. ¿Puedes tú creer que hasta entre los marañoneros hay divisiones? Pues claro que sí, los marañoneros de la Calle 3 de Noviembre no les hablan a los de la Calle 12 de Octubre. Es verdad.

Bochinche. Ñato Pataperro es inquilino frecuente de las cárceles por el asunto de drogas y por chulo (la mala hierba nunca muere).

Lamento no haber estado al lado de Fidel Castro cuando entró triunfalmente en La Habana, pero después de hablar con el nieto del señor Guerrero (el señor que trabajó con Papá James en Gatún, Pedro Miguel y Miraflores antes de pintar el hotel Tívoli cuando visitó el presidente Roosevelt y quien luego fue a trabajar en los cañaverales de Guantánamo en Cuba), me alegré de no ser compañero guerrillero del Barbudo porque no se debe confiar en muchos que tuvieron a ciertos profesores jesuitas de engañosa sotana y vocación religiosa postiza. Bueno, también me alegro de que al fin los israelíes ejecutaron al ex oficial nazi Adolf Eichmann. ¿Qué te parece lo de Ghana?

Hasta la próxima, tu hermano Simón.

—¡Cholombó!—llamó Chabela, quien, así como ayudaba, bondadosamente, a Felicidad Dolores en la limpieza del cuarto y la preparación de comidas, cada sábado, después de la inesperada muerte de su abuela Nenén, ahora le ofrecía comida, todas las tardes, al que cuando no estaba durmiendo, horas tras horas, en la hamaca azul se encontraba en entierros, misas de réquiem y velorios.

—¿Qué?—preguntó el que se había dormido con la carta de Simón Bolívar Brown en la mano izquierda.

—Despierta. Aquí está tu comida —dijo Chabela—. También te traigo otra postal del Japón (la tarjeta postal era de Salvadora Moreno, quien como criada de la familia puertorriqueña con que trabajó en Curundú, Zona del Canal, viajaba para trabajar como niñera en las bases militares norteamericanas en Alemania, Italia, Inglaterra, Grecia, España, Corea, Filipinas y Japón).

—Los relinchos y los ladridos me...

—¡Cholombó! Despierta. No quiero nunca llegar tarde al trabajo

—dijo Chabela, quitándose un hilo suelto del uniforme de enfermera y pensando en el certificado anual que recibía por su puntualidad.

Cerca de la hamaca azul, un grupo de niños jugaba y cantaba alegremente: "Mirón, mirón, mirón donde viene tanta gente, mirón, mirón, mirón de..."

—Los relinchos y los ladridos me...

Chabela sacudió el hombro izquierdo de el que, atrapado en el laberinto de su pesadilla, gritaba: "los relinchos y los ladridos..." Y al momento de despertar, en vez de agradecer a la nieta enfermera de Nenén y Papá James por la comida y el refresco de tamarindo, súbitamente, buscó la fotografía del féretro y, a continuación, derramó de su boca la acostumbrada catarata de carcajadas.

"Mirón, mirón, mirón donde viene tanta gente, mirón, mirón, mirón de..."

—Chiquillos, vayan a saltar, jugar y cantar a otro lugar. Estoy cansado y harto de decirles que no quiero que canten cerca de esta esquina —regañó el que tenía la mirada clavada en la fotografía del féretro.

—¿Y desde cuándo hablas con acento francés? —preguntó Chabela.

—¿Quién?

—Tú mismo. Mamá me lo mencionó varias veces, pero no lo creía. Me parecía raro, extraño, no sé qué más decir.

—¿La señora Henrieta te dijo que hablo con acento francés?

—También mi hermano Turó. Y eso que tiene muchos años que no te ve cara a cara.

—¿Yo hablo con acento francés? —preguntó el que, antes de barrer la esquina con una escoba imaginaria, se lavó las manos, con aire, y se secó, con una toalla, también, imaginaria mientras balbuceaba, repetidas veces como letanía, frases amenazadoras como si alguien en la esquina lo estorbaba y no lo dejaba barrer tranquilamente.

"Mirón, mirón, mirón donde viene tanta gente, mirón, mirón, mirón de..."

Otra vez, el que barría gritó: "Chiquillos, a otra esquina con esa alegría porque no quiero que..."

—¿Has hablado recientemente con Felicidad Dolores?

—¿Qué piensas?

—Por eso te pregunto.

—Adivina.

—No hay tiempo para juegos. ¿Eufemia? ¿Marcelina?

—¿Qué tú crees?

—De saber no te preguntara.

—Adivina.

—Y lo de la... mejor me callo, porque, a veces, fastidias con tu...

La lavadera de manos y la barredera de la esquina se repitieron otra vez entre los ratos de balbuceos.

Extrañamente, cinco minutos después, Guacayarima volvió a lavarse las manos y a barrer la esquina como ya había hecho.

"Mirón, mirón, mirón donde viene tanta gente, mirón, mirón, mirón de..."

A una distancia, boquiabiertos, los vecinos nuevos fijaban las miradas en lo que ocurría en la esquina de la hamaca azul (los viejos vecinos de la Casa 5 de Mayo, con sus ahorros, compraron terrenos en La Chorrera y las Cumbres —lejos del bullicio y la inmundicia en Guachapalí—, donde construyeron casas para que sus hijos y nietos vivieran en un ambiente más cómodo y agradable).

—Cholombó, ¿te has dado cuenta del hermoso verano que disfrutamos?

—Sí, los atardeceres este año son maravillosos.

—Esas brisas acariciadoras...

—Emborrachan dulcemente.

—Embriagan con sus fragancias de flores.

—Tamarindo.

—Y los pajaritos celebran melodiosamente rodeados de frutas deliciosas que estallan en un carnaval de colores.

—Mirón, mirón, mirón donde viene tanta gente, mirón, mirón, mirón de...

—Chiquillos, vayan a...

Guacayarima volvió a lavarse las manos y a barrer como acababa de hacer antes de que Chabela le comentara sobre el hermoso verano, la fragancia de las flores, los colores de las frutas deliciosas y la sinfonía de gorjeos.

—Mirón, mirón, mirón donde viene tanta gente, mirón, mirón, mirón de...

—Chiquillos...

Al rato, después de escuchar lo que había escrito Salvadora Moreno en la postal del Japón, Chabela se despidió diciendo: "hasta mañana por la tarde, Cholombó." Y, al llegar a su automóvil para ir rumbo al hospital Gorgas, observó que el motor del automóvil no funcionaba (le acababan de robar la batería). Miró su reloj de pulsera e inmediatamente regresó, apresuradamente, a la Casa 5 de Mayo para usar el teléfono.

—Cholombó, ¿por favor, puedo hacer una llamada en tu teléfono?

—¡Cómo no!

—Gracias.

—De nada ahora, pero luego te mando la cuenta.

—¿En serio o en broma?

—Adivina.

Chabela sonrió e inmediatamente hizo una mueca burlona antes de marcar seis números en el teléfono. Se impacientó, un poco, murmurando "Doris (su hija) contesta el teléfono pronto" cuando nadie levantó el auricular del teléfono marcado. Tras de permitir que el teléfono sonara diez veces, dijo "voy a llamar a mamá." Al rato, marcó otros seis números y sonrió, en seguida, cuando escuchó la voz de su madre decir: "Bueno." "Hola mamá, ¿está Doris?" "Acaba de salir con su tío Enrique porque lo necesitaban como psicólogo para un caso de jóvenes que intentan suicidarse en..." "Pero, mamá, ¿no hay nadie con carro en casa?" "Tu hermano Manuel acaba de llevarse el carro del doctor (Víctor, un hermano médico) para arreglar unos alambres eléctricos en..." "Bueno, mamá, por favor dígale a Doris cuando regrese que tan pronto su papá termine de dictar cátedra en la Universidad Nacional que por favor tenga la bondad de ir a la 5 de Mayo para ver lo de mi carro porque ya se llevaron la batería y temo de que los de dedos pegajosos se adueñen de las cuatro llantas nuevas si observan el auto estacionado por acá en Guachapalí más de una hora. Hasta luego y gracias mamá."

—Perdona la molestia y gracias —dijo Chabela agradecida, cerrando el teléfono mientras lo colocaba al lado de una imagen de San Antonio, en un pequeño altar donde, delante de la imagen de Santa Bárbara, había una vela votiva roja con su mecha recién encendida.

—No hay de que —dijo él que se preparaba para comer antes de buscar velorios por el vecindario al anochecer.

—Por favor, pélale un ojo a mi carro hasta que llegue Eloy.

—¿Eloy?

—Mi marido.

—El doctor en física y medicina nuclear. A propósito, ayer salió en la televisión comentando sobre una nueva teoría nuclear y otros asuntos que para mí es chino y griego al mismo tiempo.

—No te olvides de vigilar mi auto.

—Chabela, pierde cuidado. Anda ve tranquila a ver a tus pacientes en el Gorgas.

—Gracias otra vez y hasta mañana.

—Hasta la vista.

—Tengo mucha prisa porque además le prometí a Reina Panadera enviarle por correo, hoy mismo, un disco del Himno Nacional (pedía este disco anualmente) y todos los discos recientes de calipsos en español. ¿Sabes la última? El cretino que se hace autor de libros que no escribió es un caso raro del síndrome de inmunodeficiencia adquirida.

—¿Qué es eso?

—SIDA.

—¿SIDA?

—AIDS.

—Sí, la enfermedad de los maricones.

—Te equivocas. Voy a ponerte al corriente porque no solamente los homosexuales están en peligro de...

—Sí, pero ellos fueron los que empezaron esa plaga.

Chabela miró el reloj despertador en una mesita cerca del teléfono y también el reloj de pared donde estaba y verificó la hora en su reloj de pulsera e inmediatamente cruzó la calle, tras de bajar la escalera de la casa para inquilinos, y llamó la atención de un taxi que pasaba. Subió al taxi y anunció: "Señor, por favor al Gorgas, pronto, y tenga la bondad de bajar un poco el volumen del radio." El chofer del taxi sonrió pensando en la buena propina que recibiría de una enfermera del hospital Gorgas, pero a la vez hizo una mueca por lo del radio que sonaba a todo volumen, en ese momento, con el programa "Lo mejor de la cumbia, la samba, el merengue y la rumba de ayer y hoy con Celia Cruz, Benny Moré, Ismael Rivera, Leonor González Mina, Martinho da Vila..."

Luego, tras de comer, con indiferencia, el plato de arroz con pollo y beber el refresco de tamarindo (secretamente, por primera vez, se le hacía agua la boca devorar un plato de arroz con murciélago y también tragar cinco vasos de limonada), Guacayarima se cepilló los dientes, se lavó las manos y la cara. Después de secarse la cara y las manos, se peinó el cabello.

Buscó una camisa guayabera limpia de color azul en el mismo cajón donde había guardado la carta que leyó antes de dormirse en la hamaca. Al salir del cuarto luego, sin pensarlo, miró el suelo y al no encontrar nada colocó la escoba detrás de la puerta y cerró la puerta con un candado. Bajó, en seguida, la escalera y al llegar a la calle giró inmediatamente a su izquierda porque hacia la derecha un grupo de niños jugaba y cantaba: "Mirón, mirón, mirón donde viene tanta gente, mirón, mirón, mirón de..." Cuando pasó un almacén se detuvo al escuchar relinchos y ladridos, y observó a Calixta metiendo, como de costumbre, en una bolsa blanca los siguientes artículos: un zapato negro, una chancleta negra, una media negra, un guante negro, un arete negro... Guacayarima también observó que el dueño del almacén, un acaudalado sefardita (uno de los herederos de la fortuna de Casa de los Genoveses), seguía de cerca a Calixta, apuntando en una libreta, como lo hacía diariamente, todo lo que metía en la bolsa blanca la que nunca pasaba donde la cajera antes de salir del almacén (el dueño del almacén enviaba, a fin de cada mes, una cuenta por las mercancías a los abogados de Calixta).

Cuando Guacayarima se alejó del almacén donde estaba Calixta, de repente, otra vez, escuchó relinchos y ladridos. Acto seguido, sacó la fotografía del féretro y estruendosas fueron las carcajadas que, como cataratas, se derramaron de su boca.

Guacayarima deambuló, lentamente, arrastrando los pies, buscando velorios por varias calles de Guachapalí como barco a la deriva, sin timón y sin brújula. Al rato, vió un foco grande en la puerta de un cuarto cerca de la Casa 5 de Mayo donde un grupo de niños jugaba y cantaba: "Mirón, mirón, mirón donde viene tanta gente, mirón, mirón, mirón de..." Aceleradamente, caminó directamente hacia la luz brillante porque, pensó: "sin duda alguna allí, por los arreglos (los espejos cubiertos con sábanas blancas, muchas sillas en la sala y un altar con velas votivas, flores y un vaso de agua) y la concurrencia, o era el primer o el noveno (último) día de un velorio." Y, al llegar al umbral de la puerta, una señorita, quien deseaba colocarse en la larga nómina (la número cincuenta y cinco) de las mujeres que hacían alarde de haber gozado apasionadamente la euforia erótica de Guacayarima, pestañeando coquetamente, dijo, sonriendo, "llegó por fin don Juan Velorio." "Aquí se viene para rezar por el alma del difunto y no para sinvergüenzuras", comentó, en seguida, una anciana torciendo la mirada.

Los rezos del rosario por el alma del difunto comenzaron poco después de llegar Guacayarima al velorio.

Mientras los hombres esperaban escuchar el último "amén" para empezar el primer juego de dominó, Guacayarima observaba a las mujeres, jóvenes y viejas, solteras y casadas, pensando "esta noche colmaré de alegría a la más triste."

En el momento en que el rezador, tras de hacer la señal de la cruz y recitar el Credo, el Padrenuestro, tres Avemarías y el Gloria al Padre, anunció: "Primer Misterio Doloroso –la oración en el huerto–, Padre nuestro, que estás en le cielo, santificado sea tu nombre; venga tu reino; hágase tu voluntad en la tierra como en el cielo..." Guacayarima comenzó a rememorar su primera conversación por teléfono:

– Hola Guacayarima.

– Hola.

– Es Tiburcio.

– ¿Tiburcio?

– Sí, antes me decían Caizcimú.

– ¿Eres nieto de Felicidad Dolores?

– Sí.

– ¿Y por qué te cambiaste el nombre? Sientes vergüenza?

—No, no es eso. Abuelita estaba equivocada.

—¿Cómo es posible?

—Pues sí, mi verdadero nombre es Tiburcio.

—Explícame ese asunto.

—Ahora mismo no puedo y como esta es una llamada larga distancia...

—¿Dónde estás?

—En los Estados Unidos.

—¿En los Estados Unidos?

—Sí

—¿Seguro?

—¡Claro que sí!

—Pero, ¿no zarpó el **Telémaco** rumbo a Jamaica?

—Eso fue lo que pensó abuelita...

—¿Dónde está ella y cómo...

—Perdona que te interrumpa, pero abuelita quiere saber si te habló la tortuga negra bajo la ceiba y si encontraste a la martiniqueña.

—¿Qué martiniqueña?

—La que tiene la otra tortuga de oro.

—Por favor, quiero hablar directamente con abuelita. Deseo preguntarle algo muy importante sobre mi ombligo y cuatro otras preguntas.

—No se puede.

—¿Por qué no?

—Abuelita nunca habla por teléfono porque lo considera un aparato moderno en que no se puede confiar.

—No entiendo.

—Pues, abuelita dice que es importante mirar los ojos y los labios de la persona cuando se conversa porque a veces la mirada y los gestos dicen más verdad que las palabras. Otra cosa, según ella, las personas que hablan por teléfono esconden sus verdaderos sentimientos. Algunas fingen mostrar interés en la conversación pero en realidad están más interesadas en una revista, un periódico, la televisión u otras cosas. Además, por teléfono una persona puede hacer gestos y muecas para burlarse de la otra persona y esto no se puede hacer cuando se habla cara a cara, sin consecuencias. Cambiando de tema, abuelita dice que Fenixa pasó la primaria con el primer puesto de honor y ahora en la secundaria es alumna sobresaliente. Ella quiere estudiar medicina y leyes.

—Un momento, por favor. ¿Quién es Fenixa?

—La bebé que le entregaron a abuelita poco antes de zarpar el **Telémaco** de Portobelo.

—Yo no conozco a esa chichí. Pero, ¿qué me cuentas de Ayoluwa y Asabi?

—Dirás Eufemia y Marcelina.

—Marcelina y Eufe... pero, ¿qué enredo es este?

—Son sus verdaderos nombres: Eufemia y Marcelina.

—No entiendo.

—Ellas no han cambiado mucho. Como de costumbre siguen hablando al revés y a cada rato dicen: "anacirfa aicnereh artseun ed sasollugro." Pues sí, una de las "sasollugro" es enfermera y la otra estudia administración de empresas en la universidad. A propósito, un compañero universitario, Triunfo Guerrero, el cubano que llegó a la 5 de Mayo buscando a Nenén y Papá James con su abuelo digger, nos reveló que, a veces, curiosamente, las "sosallugro", a pesar de no ser señoritas afrocubanas lucumí, usan palabras yorubas como: kabo (hola), oyinbos (europeos), asiwere (loco), buruku (malvado), kolekole (ladrón), majele (verano) y, especialmente, la palabra para tortuga...

—¿Quiénes cantan? —preguntó Guacayarima al escuchar en el fondo: "mirón, mirón, mirón donde viene tanta gente, mirón, mirón, mirón de...

—Eufemia y Marcelina con la hijita de Simón.

—¿Simón Bolívar Brown tiene una hijita?

—Sí, se llama Naualpilly Guadalupe. También tiene un varoncito bautizado Tezcatlipoca Urracá.

—¿De cuándo acá?

—Hace años abandonó los estudios en el seminario. Ahora es padre (pausa) de familia. Se casó con una linda y amable mexicana. Es profesor de latín en una escuela católica. En casa son trilingües: español, francés e inglés. Y, a cada rato, en las tres lenguas repite las últimas palabras que dijo su papá antes de zarpar el **Telémaco**: "Progress Through Education."

—A propósito, el tocayo del señor Dominusvobiscum enloqueció porque, según los bochinches, su esposa Leocadia dió a luz a Rudecinda, Ciriaca, Anacleta, Ceferina y Candelaria.

—¿Qué tiene eso de malo?

—En ningún parto llegó el varón que ordenó.

—¿Y por eso enloqueció?

—Otra mala noticia.

—¿Sobre la hija mayor del frutero?

—No. El tío de Simón y Victoriano ya no vive en Paraíso.

—Seguro que fue a Inglaterra para vivir con su primogénito George Washington Brown.

—Está en Gamboa.

—¿Gamboa?

—Sí, la penitenciaría.

—Pero, ¿estás loco? No es posible.

—Le dió una buena paliza a un gringo en Balboa que lo pateó porque... tú sabes, lo de siempre. Ahora es compañero de celda del chombo que fue condenado a 50 años por ser amante de una gringa.

—Qué vaina. Becado para ser miembro del Road Gang.

—Sí, el que adoraba tanto a los yanquis.

—Por acá su hija se hace la ridícula. Es más católica que el Papa, dizque domina el castellano mejor que Don Quixote y se siente más panameña que...

—Y dicen que no se puede esperar mango del cocotero ni tamarindo de la ceiba.

—A propósito, ¿qué le digo a abuelita?

—¿De qué?

—La tortuga negra bajo la ceiba y lo de la martini...

—Nada.

—¿Y la martiniqueña?

—¿Qué martiniqueña?

—Voy a tener que cortar porque Eufemia me hace señal con el reloj. Hay un bochinche de que Nato Pataperro anda para arriba y para abajo con obras de Nicolás Guillén, Adalberto Ortiz, Juan Pablo Sojo, Victorio Llanos Allende...

"...Santa María, Madre de Dios, ruega por nosotros pecadores, ahora y en la hora de nuestra muerte..."

Mientras completaban las primeras diez Avemarías del rosario en el velorio, Elegguá llegó al velorio para comunicarle un mensaje muy importante a Guacayarima, pero éste estaba distraido contando las diez Avemarías que todos los enlutados repetían en voz monótona. Además, Guacayarima estaba pendiente de los relinchos y los ladridos para mirar la fotografía del féretro y lo de las carcajadas.

También, desde que inició la búsqueda, en vano, de Candelaria a lo largo de la ruta del Canal, recorriendo en tren desde las esclusas de Miraflores hasta las de Gatún, y viceversa concentraba su atención, obsesionadamente, en dinero, lo cual ganaba en grandes cantidades todos los Viernes Santos cuando permitía que los católicos, algunos quienes se acuerdan de rezar solamente durante la Semana Santa, le pagaran por tocar, según él la quinta herida de Cristo, su ombligo que, extrañamente, sangraba cada Viernes Santo.

"Segundo Misterio Doloroso —la flagelación—Padre nuestro, que estás en el cielo, santificado sea tu nombre; venga tu reino; hágase tu voluntad en la tierra como en el cielo..."

—Hola Guacayarima.

—Hola.

—Es Eufemia.

—¿Eufemia?

—Sí, abuelita me llamaba Ayoluwa.

—¿Cómo está abuelita?

—Quiere saber si te habló y qué dijo la tortuga negra bajo la ceiba y si encontraste a la martiniqueña.

—¿Qué martiniqueña? Deseo hablar directamente...

—No se puede.

—Pero, tengo que preguntarle un secreto sobre mi ombligo.

—Primero contesta sobre lo de la tortuga negra y la...

—Pero...

—Abuelita dice que Fenixa completó la secundaria con el primer puesto de honor y ahora estudia en la universidad. ¿Te acuerdas de el que repetía todo el tiempo: "Progress Through Education" en varios idiomas?

—Simón.

—Pues, se fue para Vietnam y no se sabe nada de él. Sus últimas palabras fueron: "Despedida, despedida eres fuente de dolores, cuando las manos se sueltan y los abrazos se separan, se rompen los corazones."

—Recuerdo sus narraciones sobre la Silampa, la Tulivieja, el Chivato y otros cuentos de brujas.

—Y sus críticas de las películas de Tarzán.

—Sí. Y le agradaban mucho las películas de Charlie Chaplin y Cantinflas.

—Y, ¿qué le digo a abuelita?

—Nada.

—Ñato Pataperro anda fanfarroneando como mangotree lawyer de que él es el autor de "**Songoro cosongo, Juyungo, Nochebuena negra, y Marimbambe.**" ¿Sabes quiénes son los verdaderos autores?

"...Santa María, Madre de Dios, ruega por nosotros pecadores, ahora y en la hora de nuestra muerte..."

Esta vez, durante el rezo del rosario, Ogún y Oshún acompañaron a Elegguá al velorio, pero tampoco lograron llamar la atención de Guacayarima, quien seguía contando Avemarías, pensando en relinchos y ladridos y, sobre todo, deleitándose en la cantidad de dinero recibida por lo del ombligo que sangraba cada Viernes Santo.

"Tercer Misterio Doloroso —la coronación de espinas— Padre nuestro, que estás en el cielo, santificado sea tu nombre; venga tu reino; hágase tu voluntad en la tierra como en el cielo..."

—Hola Guacayarima.

—Hola.

—Es Policarpo.

—¿Policarpo?

—Sí, abuelita me llamaba Bainoa.

—¿Cómo está abuelita?

—Quiere saber si te habló la tortuga negra bajo la ceiba y si ya...

—Déjame hablar con...

—No se puede. Tu bien que sabes...

—Pero tengo que preguntarle sobre mi ombligo y también...

—Abuelita dice que Fenixa ahora es doctora en medicina general y tiene una clínica privada. Te acuerdas de quién nos enseñó, cuando éramos niños en Guachapalí, a cantar: "Mirón, mirón, mirón donde viene tanta gente, mirón, mirón, mirón de..." y también los viernes cuando salía del Instituto Nacional: "Altiva a la falda/fraterna del Ancón/se yergue la mole/de un templo del saber..."

—Victoriano.

—Sí, el hemano de el que repetía en varios idiomas "Progress Through Education." Pues, se casó con una borinqueña.

—¿Una qué?

—Puertorriqueña que se llama Teodora Laboricua, una maestra.

—¿Es Victoriano maestro?

—No. Es ginecólogo. Se parece mucho a Litó en las críticas que hace de...

—Sigue.

—No puedo. Marcelina me hace señas con el reloj. ¿Qué le digo a abuelita?

—Nada.

—Tu enemigo Ñato Pataperro anda por acá con libros de Nelson Estupiñán Bass, Nicomedes Santa Cruz, Manuel Zapata Olivella, Quince Duncan...

"...Santa María, Madre de Dios, ruega por nosotros pecadores, ahora y en la hora de nuestra muerte..."

Se acercaron Elegguá, Ogún, Oshúa y Obatalá, pero tampoco pudieron comunicarse con Guacayarima porque seguía con lo de las Avemarías, las carcajadas, tras los relinchos y los ladridos, y también con lo del dinero por el ombligo de Viernes Santo.

"Cuarto Misterio Doloroso —Jesús con la cruz a cuestas—Padre nuestro, que estás en el cielo, santificado sea tu nombre; venga tu reino; hágase tu voluntad en la tierra como en el cielo..."

—Hola Guacayarima.

—Hola.

—Es Marcelina.

—¿Marcelina?

—Sí, abuelita me llamaba Asabi.

—¿Qué me cuentas de abuelita?

—Quiere saber si te habló la tortuga negra...

—Ponla en el teléfono.

—No se puede.

—Pero tengo que. Lo del ombligo y...

—Abuelita dice que, además de ser doctora en medicina, Fenixa ahora también es abogada. Ayuda mucho a nuestra gente. Tiene una librería "Sankore", tres edificios para inquilinos llamados "Ghana", "Mali" y "Songhay", la clínica médica se llama "Timbuctú".

—Me alegro. Pero no entiendo por qué me hablan tanto de Fenixa cada vez que alguien llama por teléfono.

—Y, ¿qué le digo a abuelita?

—Nada.

—Hasta la fecha no hemos tenido ninguna noticia de tú sabes quién... "Progress Through Education".

—Sí, ¿estará todavía en Vietnam?

—Tu amigo chichipati, perdón, tu enemigo Ñato Pataperro dice que su pluma escribió **"Timarán y Cuabú, Canto a mi Perú, Changó, y Final de calle."** ¿Es verdad? Pongo esto en tela de juicio porque también dice que es el poeta de **"Pregón de marimorena, Mutaciones, y Ritmohéroe."** Pero da la casualidad que en la universidad estudié que esas obras poéticas son de las poetas afrolatinas Virginia Brindis de Salas, una uruguaya, Nancy Morejón, una cubana y Eulalia Bernard, una costarricense, respectivamente.

"...Santa María, Madre de Dios, ruega por nosotros pecadores, ahora y en la hora de nuestra muerte..."

Por las Avemarías, por los relinchos, por los ladridos, por las carcajadas y por el dinero del ombligo de Viernes Santo, Guacayarima hizo caso omiso de lo que decían, con voces de tambores, Elegguá, Ogún, Oshún, Obatalá, Orula y Yemayá.

"Quinto Misterio Doloroso —la crucifixión— Padre nuestro, que estás en el cielo, santificado sea tu nombre; venga tu reino; hágase tu voluntad en la tierra como en el cielo..."

—Hola Guacayarima.

—Hola.

—Llamo de parte de abuelita Felicidad Dolores y ella quiere saber si tuviste tiempo para buscar la tortuga negra bajo la ceiba y también a la martiniqueña que tiene la otra tortuga de oro.

—¿Quién canta mirón, mirón, mirón donde viene tanta gente, mirón, mirón, mirón de...

—Nadie.

—También escucho relinchos y ladridos.

—¿Qué?

Durante esta conversación telefónica, una madrugada, a Guacayarima le llamó la atención un diagnóstico de la doctora Libertad Lamento, en el cual informó que Ñato Pataperro moría de SIDA, y que era el caso más fenomenal en los anales de enfermedades que azotan a la humanidad (peor que el cáncer) porque, simultáneamente, sufría cinco tipos diferentes de la misma enfermedad: uno a causa de una transfusión de sangre contaminada, otro a causa de una aguja contaminada de un amigo narcómano, otro a causa de una prostituta infectada, otro a causa de un amante afeminado y, el último, el tipo más crónico y extraño, es una incógnita que ningún laboratorio ni médicos peritos en la materia han logrado, hasta la fecha, determinar la fuente del quinto tipo de la mortífera plaga.

Esa madrugada, Guacayarima, un ahijado de orixá Changó, por celebrar la desgracia del ahijado de orixá Ogún, Ñato Pataperro, no le prestó atención a lo siguiente: "Fenixa nos está organizando y estamos ahorrando dinero para un gran proyecto que se relaciona con nuestro futuro. Necesitamos tu participación. Es muy importante e indispensable. Cambiando de tema, el marido de Eufemia, un garífuna hondureño (descendiente de cimarrones caribes-africanos) oriundo de isla de Roatán, nos está enseñando a resolver muchos conflictos con música, sobre todo, por medio de contrapunteo improvisado. Y, durante la Navidad, él toca los garaunis (tambores) mientras bebemos saril (los garífunas dicen vino de Jamaica), cantamos y bailamos la punta, la parranda y la guanaragawa. En las festividades navideñas, el marido de Marcelina, un barloventeño de Venezuela, toca las biabuwes (claves), un nieto de Felicidad Dolores esmeraldeño del Ecuador toca la guadabu (concha de caracol) y la esposa de Tiburcio, una palenquera cartagenera de Colombia toca las sisiras (maracas) cuando cantamos en lengua garífuna: "Anite fedu yarali mama saliabiña guarini o ya ide guarini mama saliabiña mama sa lachuluruña saraba leibuga gurini". Fenixa viajó a Cachoeira, en Brasil, donde encontró, como le había indicado Felicidad Dolores un martes lluvioso por el atardecer, al niño Fihlozumbí Williams, un nieto, quien, cuando nació, en vez de los llantos, como todos los recién nacidos, vociferó truenos y sus manitos lanzaron relámpagos. Y, según abuelita, cuando toca una tortuga día martes si es un atardecer lluvioso, en seguida, la tortuga crece tres veces más su tamaño normal. Abuelita también ha revelado que además del ombligo del nieto bahiano descendiente de un tal Bandelé, hay otras señas que indican que el niño es personaje clave en el fin del horroroso presagio y la odisea que comenzó por la conspiración bajo el baobab a orilla del río Nilo, allá en Africa. Y cuando Fenixa regresó del Brasil nos narró mucho sobre el enorme potencial del país más grande en Latinoamérica. Pero, como eco de Litó, también nos reveló que su alegría fue atropellada cruelmente por la tristeza de descubrir que, allá donde hay millones de gente de ascendencia africana −el país más africanizado del mundo−,lo que debería ser el paraíso del afrolatino por los candomblés, macumbas y carnavales es, en realidad, una colosal favela, infierno, donde nuestra gente muere lentamente en la miseria y en condiciones peores que durante la época de la esclavitud".

"...Santa María, Madre de Dios, ruega por nosotros pecadores, ahora y en la hora de nuestra muerte..."

De repente, al escuchar relinchos y ladridos, Guacayarima abandonó el velorio, alegrando a los que esperaban el último rezo para comenzar a jugar dominó y, a la vez, entristeciendo a las que más ansiaban columpiarse, esa noche, en la hamaca del don Juan Velorio.

A lo largo del camino, rumbo a la Casa 5 de Mayo, tras escuchar relinchos y ladridos, Guacayarima derramó cataratas de carcajadas mientras clavaba la mirada en la fotografía del féretro.

Cruzó varias calles tratando de eludir a los niños que cantaban: "Mirón, mirón, mirón donde viene tanta gente, mirón, mirón, mirón de..."

Al llegar a la Casa 5 de Mayo, se acostó en la hamaca, después de lavarse las manos, repetidas veces, y barrer la esquina donde se encontraba la hamaca, y mientras se columpiaba, violentamente, su alma se trasladó a la iglesia Nuestra Señora de Los Angeles, en el barrio Carmona, en Sevilla, España, donde la Hermandad Cabildo de Negros se preparaba para la procesión de la fiesta de Corpus Cristi. Cerca de la iglesia se escuchaban relinchos y ladridos cuando otras almas rodearon a la de Guacayarima.

—Negro, prepárame un jarabe, como los cinco para el escorbuto allá en La Rábida, para curar las manchas que tengo en mis manos de navegante.

—Oye negro, yo soy el que le dió la bendición a los negreros en Santo Domingo y necesito urgentemente unas hierbas para limpiar mis manchas que son peores que las de ese genovés.

—Negrito, por un buen jarabe te daré oro azteca que me regaló doña Marina en Tenochtitlán.

—Tú negro, yo tengo oro inca que encontré allá en Cuzco en tiempos de Atahualpa. Quítame las manchas ahora mismo.

—Te llevaré al Dorado y Dabeiba si como buen negro me curas ahora mismo de mis manchas que son salpicadas de los colmillos clavados de mi perro mascota en la carne de Anacaona, Anayansi, Zabeth, Filippa María Aranha y Felicidad Dolores.

Además de su presencia en el barrio Carmona, el alma de Guacayarima, simultáneamente, estaba en el sitio, cerca de Santo Domingo, donde, en un árbol, el alma de la cacica Anacaona todavía se columpiaba ahorcada, y también estaba en otro lugar, en Tenochtitlán, donde la ahorcada alma de Cuauhtémoc decía en náualt: "Dile a ese hediondo a perro sarnoso que yo no soy indio, soy azteca y orgulloso de serlo". A la vez, el alma de Guacayarima, en otro espacio, allá en Macchu Picchu, conversaba, alma a alma, con la ejecutada alma de Atahualpa. Sin embargo, en Portobelo, hacía caso omiso de Bayano; en Palmares, no le habló a Zumbí; en Veracruz, no escuchó a Yanga; en Cartagena, rechazó a Benkos; en Fort-de-France a Fabulé; en Maroon Town a Cudjoe; y a Zabeth en...

En un manicomio, donde todos se entendían por medio de

relinchos y ladridos, el alma de Guacayarima se sintió a gusto como viajero que, tras de mucho deambular, por fin llega a su hogar.

Sin embargo, el cuerpo de Guacayarima que seguía columpiándose violentamente en la hamaca colocada en la esquina de la Casa 5 de Mayo, en el barrio Guachapalí, de repente, fue arrojado al suelo, como bagazo, por orixa Changó, quien furiosamente le propinó cinco hachazos decapitando y desmembrando a Guacayarima.

Antes de ir a las festividades para bailar y celebrar el arribo de la víspera del fin del horroroso presagio y la etapa final de la odisea de los nietos de Felicidad Dolores, orixa Changó recogió una carta (empapada con la sangre del decapitado y desmembrado cuerpo de Guacayarima) que se encontraba debajo de la hamaca azul.

Panamá, fiesta de Changó

Querida Fenixa,

¿Cómo estás? Espero que muy bien. Por acá las cosas están a color de hormiga. ¿Oyes los relinchos y los ladridos? Más adelante te pondré al corriente.

Muchas gracias por los dólares que llegaron a tiempo para ayudar a los que tienen el omblígo... ¿Oyes los relinchos y los ladridos?

Tengo mucho que contarte pero no sé por dónde comenzar. ¿Oyes los relinchos y los ladridos? Prometo contestar todas las preguntas que me hiciste en tu última carta. Pero, primero, ¿cómo estás hija? Sí, yo soy tu verdadero padre. Nuestro árbol genealógico se originó, gracias al arte de orixa Obatalá y la bondad del supremo orixa Olodumare, en las cumbres del Kilimanjaro. Nuestros tataratatarabuelos fueron testigos en Etiopía, Egipto, Zimbabwe, Ghana, Mali, Songhay y de muchas gloriosas hazañas en Africa, nuestra cuna ancestral. ¿Qué sucedió? ¿Cuál es el horroroso presagio de orixa Orula? ¿Por qué los mares nos han arrojado a todas las costas del mundo? Más adelante o en otra carta te contaré sobre todos esos asuntos y también sobre la canalla traición de los cinco malvados conspiradores irrespetuosos, bajo un robusto y frondoso baobab a orilla del río Nilo... el principio de una gran maldición vinculada con un ombligo de mal agüero y una odisea apocalíptica que se complicó a orilla del río Níger bajo un tamarindo en el corazón de Buruco, de donde zarparon los navíos negreros rumbo a tierras madrastras de felicidad y dolores.

Primero quiero comunicarte que Guacayarima no es mi verdadero nombre. Repito, mi verdadero nombre no es Guacayarima. Todos me llaman así (orixa Changó escupía truenos y lanzaba relámpagos) porque cuando nací, un martes, en la Casa 5 de Mayo aquí en Guachapalí, tras de la partera cortar el cordón umbilical, Felicidad Dolores gritó, a voz en cuello, ¡Guacayarima! Cholombó tampoco es mi verdadero nombre. Y, por supuesto, don Juan Velorio tampoco es mi verdadero nombre. Yo tu padre, soy nieto del zapatero Brown y del frutero Moreno. Ambos abuelos desaparecieron misteriosamente la madrugada del martes que yo nací. Jamás se ha sabido de ellos. Es como si el mar se los hubiera tragado, por orden de orixa Yemayá, sin dejar rastros. Nadie sabe nada del paradero de mis dos abuelos zurdos o si aún viven...

¿Por qué me crió Felicidad Dolores? Esa es otra historia que te contaré en la próxima.

En segundo lugar, también quiero que sepas que es muy noble de tu parte organizar la excursión para celebrar lo del Canal. Pero, hija, no te hagas ilusiones. Los últimos aguaceros torrenciales acompañados de los furiosos regaños relampagueantes y tronadores de orixa Changó y las lágrimas de Oshún hicieron que los ríos se desbordaran destruyendo puentes y carreteras, sin embargo, lo que más se discute apasionadamente por la Avenida Balboa y en la Plaza de los Mártires, pues, se comenta acaloradamente que deberían cancelar las escenas televisadas de las ceremonias de la entrega del Canal, asunto del tratado Torrijos-Carter, porque con tantos nietos descendientes de los obreros ferrocarrileros y de los diggers del Canal, la mayoría de ascendencia africana, que van a llegar contigo de los Estados Unidos, México, Belice, Honduras, Guatemala, Nicaragua, Costa Rica, República Dominicana, Cuba, Puerto Rico, Venezuela, Colombia, Ecuador, Brazil... para celebrar la fecha histórica, el mundo pensará que Panamá es país de negros. Y, a decir verdad, para muchos aquí mayor ofensa no hay.

Tu sueño es interesante, pero está lejos de la realidad. Lo más sobresaliente aquí en Guachapalí es el Museo Afro-Antillano de

Panamá, cerca de la antigua estación del ferrocarril. Debes saber que algunos textos escolares no informan a los estudiantes de hoy día sobre la heroica hazaña de los millares de obreros afroantillanos - diggers - que construyeron, con sudor y sangre, el Canal. El aeropuerto internacional no se llama Urracá-Bayano. Aquí no hay Paseo Barbados ni Avenida Martinica ni Vía Jamaica. Tampoco hay Plaza de las Antillas, Día de los Diggers, Monumento Nacional en honor a los obreros afroantillanos silver roll que hicieron patria en el Istmo construyendo, con sudor y sangre, el Ferrocarril y el Canal, cordón umbilical de Panamá.

En tercer lugar, la clave de la palabra esa que tanto te intriga, pues escribe la palabra en letras de molde negro y colócate delante de un espejo y mira la palabra en el espejo y lee lo escrito de izquierda a derecha. Esa es la clave de nuestra salvación.

¿Oyes los relinchos y los ladridos? Acabo de regresar de un velorio y por todo el camino me decían "mirón, mirón, mirón" y ahora tengo que lavarme las manos y barrer. Bueno, es un poco tarde y estoy muy cansado. Besos y abrazos. Hija, te contaré lo de la tortuga negra, el tamarindo, el secreto del ombligo, el fin de los castigos de orixa Omolú, lo de SIDA (AIDS en inglés) y las otras venganzas de Olodumare, Quetzalcoatl y Uiracocha, la última etapa de la odisea y nuestra partida a la tierra de promisión y mucho más en la próxima.

              Abrazos y besos de tu papá

La llovizna refrescaba los rostros de los nietos de Felicidad Dolores que fueron acariciados cariñosamente por las suaves brisas aquel martes al atardecer cuando orixa Elegguá llegó con una carta que le había entregado orixa Changó. Luego, tras de saborear chicha de tamarindo, cantar y bailar, todos escucharon la siguiente lectura:

Martes

Querida familia:

Por fin, nosotros, los nietos de Felicidad Dolores nos hemos organizado. Sí, nosotros los afrolatinos estamos **UNIDOS**.

Nuestra unión fraternal empezó un atardecer lluvioso, por supuesto, día martes, cuando el nieto mayor de Nenén y Papá James (él que fue compañero seminarista de nuestro hermano Simón Bolívar Brown y es padrino del bahiano Filhozumbí) en una conferencia citó a Marcus Garvey diciendo: "We must realize that upon ourselves depend our destiny, our future, we must carve out that future, that destiny." Repitió dicha cita en varios idiomas durante la conferencia, y además, enfatizó las palabras del Dr. George Westerman: "Progress Through Education." También, citó un refrán africano que dice: "Not to know is bad, not to wish to know is worse." Durante la conferencia hizo hincapié en el hecho de que "el principio de la salud está en conocer la enfermedad."

¡Mucha atención! Más importante aún, puso de relieve que nosotros los nietos somos descendientes de una raza fuerte (selección natural) de los abuelos que sobrevivieron el secuestro y el cautiverio en las factorías allá en Africa, de abuelos que sobrevivieron el cruce del océano Atlántico en navíos negreros y luego en cadenas desembarcaron en los Portobelos de las tierras madrastras, de abuelos que sobrevivieron el sol tropical, los aguaceros torrenciales y los latigazos en los cañaverales de las islas del Caribe, de abuelos que sobrevivieron la malaria y la fiebre amarilla durante la construcción del Ferrocarril, de abuelos que sobrevivieron la pulmonía, las culebras, los derrumbes, los accidentes de trenes y las explosiones de dinamita durante la construcción del Canal, y de abuelos que sobrevivieron las penurias en las plantaciones de banano a lo largo de la costa caribeña de Centro América, en Bocas del Toro, Limón, Bluefields, Puerto Cortés y Puerto Barrios.

Como resultado del diálogo entre nosotros los nietos de Felicidad Dolores, que se entabló ese atardecer lluvioso, hemos recaudado mucho dinero de bailes, ferias, rifas y, sobre todo, los ahorros del sudor de nuestra frente para comprar terrenos.

Decidimos nombrar nuestra tierra de promisión: "Cumbres del Kilimanjaro".

Tenemos proyectado construir dos carreteras principales: Vía Río Nilo (norte-sur) y Vía Río Níger (este-oeste).

A lo largo de dichas futuras carreteras, que serán pobladas de baobabes, palmeras, tamarindos y ceibas, vamos a colocar munumentos en honor al heroísmo cimarrón de Bayano, Zumbí, Yanga, Benkos, Fabulé, Cudjoe, Zabeth...

<u>Barriadas</u>: Etiopía   Egipto
                 Ghana   Mali   Benin
                 Songhay   Zimbabwe

<u>Avenidas</u>: Nicolás Guillén   <u>Calles</u>: Tarik
                Lima Barreto   Estebanico
                Adalberto Ortiz   T. L'Ouverture
                Aimé Cesaire   Felipillo

        Virginia Brindis de Salas   José Chiriños
        Nelson Estupiñán Bass   Ventura Sánchez
        Derek Walcott   Pedro Prestán

Universidad Lic. Juan Latino
Escuela de Enfermería Lcda. Isabela María de Gibbs
Instituto de Artes y Oficios Marcus Garvey
Colegio Mons. Carlos A. Lewis, S.V.D.
Escuela Joaquín Beleño C.

Biblioteca Doña Henrieta W. de Warner

Museo Gabriel de la Concepción Valdés - "Plácido"

Centro Cultural Maryse Condé
Centro de Estudios Afrolatinos Víctor Raúl Oyola Romero
Centro de Alfabetización Maestra Luisa Austin
Centro de Asistencia Nenén y Papá James
Banco Timbuctú
Centro Comercial Hermanos Wilsonchirú
Diario Tambor (periódico matutino)
Radio Tortuga (radiodifusora)
Revista Afrolatina (Cultura y Literatura)
Conjunto Folklórico Orixa Changó
Hospital San Martín de Porres

<u>Parques</u>:   General Antonio Maceo
             Almirante José Prudencio Padilla
             Coronel Lorenzo Barcala
             General Manuel de Piar
             Coronel Leonardo Infante
             Filippa María Aranha
             José María Morelos y Pavón

¡Atención! Para nuestra defensa contra los posibles enemigos (colaboradores u otros) ya hemos organizado grupos peritos en tácticas cimarronas y además...

                              Carlos "Cubena" Guillermo Wilson
                              Los Angeles, California, 1988

OBRAS PUBLICADAS / EDICIONES UNIVERSAL

COLECCION EBANO Y CANELA:

053-4	LOS NEGROS BRUJOS, Fernando Ortiz
0715-X	HISTORIA DE UNA PELEA CUBANA CONTRA LOS DEMONIOS, F. Ortiz
099-2	MUSICA FOLKLORICA CUBANA, Rhyna Moldes
204-0	LOS SECRETOS DE LA SANTERIA, Agun Efunde
322-3	EL SANTO (LA OCHA), Julio García Cortez (3ra. edicion)
236-7	PATAKI, Julio García Cortez
104	LA RELIGION AFROCUBANA, Mercedes Sandoval
052-6	INICIACION A LA POESIA AFRO-AMERICANA, Oscar Fernández de la Vega & Alberto N. Pamies
237-5	LA POESIA AFROANTILLANA, Leslie N. Wilson
468-8	IBO (YORUBAS EN TIERRAS CUBANAS), Rosalía de la Soledad & M.J. San Juan
153-0	LA POESIA NEGRA DE JOSE SANCHEZ-BOUDY, René León
106-9	LA OBRA POETICA DE EMILIO BALLAGAS, Rogelio de la Torre
341-X	PLACIDO, POETA SOCIAL Y POLITICO, Jorge Castellanos
463-7	CULTURA AFROCUBANA I, Isabel & Jorge Castellanos
506-4	CULTURA AFROCUBANA II, Isabel & Jorge Castellanos
507-2	CULTURA AFROCUBANA III, Isabel Jorge Castellanos
528-5	LOS NIETOS DE FELICIDAD DOLORES, Cubena
593-5	BLACK CUBENA'S THOUGHTS, edition & translation by Elba D. Birmingham-Pokorni

OTROS LIBROS DE TEMAS AFROAMERICANOS:

104	LA RELIGION AFROCUBANA, Mercedes Sandoval
175	ODUDUWA OBATALA, Ernesto Pichardo, Lourdes N. Pichardo
243-X	LOS ESCLAVOS Y LA VIRGEN DEL COBRE, Leví Marrero
008-9	BLACK POETRY OF THE AMERICAS, H. Ruiz del Vizo
007-0	POESIA NEGRA DEL CARIBE, H. Ruiz del Vizo

COLECCION DEL CHICHEREKU (OBRAS DE LYDIA CABRERA):

009-7	EL MONTE (Igbo Finda/Ewe Orisha/Vititi Nfinda)
3	LA SOCIEDAD SECRETA ABAKUA
4	REFRANES DE NEGROS VIEJOS
397-5	OTAN IYEBIYE (LAS PIEDRAS PRECIOSAS) (2da. edicion)
6	CUENTOS NEGROS DE CUBA
7	FRANCISCO Y FRANCISCA (chascarrillos de negros viejos)
8	POR QUE (cuentos negros)
9	ITINERARIOS DEL INSOMNIO (Trinidad de Cuba)
398-3	REGLAS DE CONGO. PALO MONTE-MAYOMBE

11	KOEKO IYAWO (APRENDE NOVICIA) (Pequeño tratado de Regla Lucumí)
010-0	AYAPA (CUENTOS DE JICOTEA) (cuentos negros)
171	LA MEDICINA POPULAR EN CUBA (Medicos, curanderos, santeros y paleros. Hierbas y recetas.
177	CUENTOS PARA ADULTOS NIÑOS Y RETRASADOS MENTALES
396-7	REGLA KIMBISA DEL SANTO CRISTO DEL BUEN VIAJE
395-9	ANAGO, VOCABULARIO LUCUMI
4611-2	ANAFORUANA (Ritual y simbolos de la iniciacion en la sociedad secreta Abakua. Con dibujos de la autora)
179	VOCABULARIO CONGO (EL BANTU QUE SE HABLA EN CUBA)
7153-1	YEMAYA Y OCHUN (Kariocha, Iyalorichas y Olorichas)
433-5	SUPERSTICIONES Y BUENOS CONSEJOS
434-3	LOS ANIMALES Y EL FOLKLORE DE CUBA
488-2	LA LENGUA SAGRADA DE LOS ÑAÑIGOS
195	SIETE CARTAS DE GABRIELA MISTRAL A LYDIA CABRERA
---	LA LAGUNA SAGRADA DE SAN JOAQUIN

OBRAS SOBRE LYDIA CABRERA:

191-3	HOMENAJE A LYDIA CABRERA (estudio sobre Lydia Cabrera y temas afroamericanos). R. Sanchez y J.A. Madrigal
088-7	IDAPO(sincretismo en cuentos negros),Hilda Perera
101-8	AYAPA Y OTRAS OTAN IYEBIYE DE LYDIA CABRERA, Josefina Inclán
389-4	LOS CUENTOS NEGROS DE LYDIA CABRERA, Mariela Gutiérrez
432-7	EN TORNO A LYDIA CABRERA, Isabel Castellanos & Josefina Inclán
444-0	MAGIA E HISTORIA EN LOS "CUENTOS NEGROS","POR QUE" Y "AYAPA" DE LYDIA CABRERA, Sara Soto
535-8	EL COSMOS DE LYDIA CABRERA: DIOSES, ANIMALES Y HOMBRES, Mariela Gutiérrez

COLECCION CANIQUI
(NARRATIVA: novelas y cuentos)

005-4	AYER SIN MAÑANA, Pablo López Capestany
016-X	YA NO HABRA MAS DOMINGOS, Humberto J. Peña
017-8	LA SOLEDAD ES UNA AMIGA QUE VENDRA, Celedonio González
018-6	LOS PRIMOS, Celedonio González
019-4	LA SACUDIDA VIOLENTA, Cipriano F. Eduardo González
020-8	LOS UNOS, LOS OTROS Y EL SEIBO, Beltrán de Quirós

021-6	DE GUACAMAYA A LA SIERRA, Rafael Rasco
022-4	LAS PIRAÑAS Y OTROS CUENTOS CUBANOS, Asela Gutiérrez Kann
023-2	UN OBRERO DE VANGUARDIA, Francisco Chao Hermida
024-0	PORQUE ALLI NO HABRA NOCHES, Alberto Baeza Flores
025-9	LOS DESPOSEIDOS, Ramiro Gómez Kemp
027-5	LOS CRUZADOS DE LA AURORA, José Sánchez-Boudy
030-5	LOS AÑOS VERDES, Ramiro Gómez Kemp
032-1	SENDEROS, María Elena Saavedra
033-X	CUENTOS SIN RUMBOS, Roberto G. Fernández
034-8	CHIRRINERO, Raoul Gárcia Iglesias
035-6	HA MUERTO LA HUMANIDAD?, Manuel Linares
036-4	ANECDOTARIO DEL COMANDANTE, Arturo A. Fox
037-2	SELIMA Y OTROS CUENTOS, Manuel Rodríguez Mancebo
038-0	ENTRE EL TODO Y LA NADA, René G. Landa
039-9	QUIQUIRIBU MANDINGA, Raul Acosta Rubio
040-2	CUENTOS DE AQUI Y ALLA, Manuel Cachán
041-0	UNA LUZ EN EL CAMINO, Ana Velilla
042-9	EL PICUO, EL FISTO, EL BARRIO Y OTRAS ESTAMPAS CUBANAS, José Sánchez-Boudy
043-7	LOS SARRACENOS DEL OCASO, José Sánchez-Boudy
0434-7	LOS CUATRO EMBAJADORES, Celedonio González
0639-x	PANCHO CANOA Y OTROS RELATOS, Enrique J. Ventura
0644-7	CUENTOS DE NUEVA YORK, Angel Castro
129-8	CUENTOS A LUNA LLENA, José Sánchez-Boudy
1349-4	LA DECISION FATAL, Isabel Carrasco Tomasetti
135-2	LILAYANDO, José Sánchez-Boudy
1365-6	LOS POBRECITOS POBRES, Alvaro de Villa
137-9	CUENTOS YANQUIS, Angel Castro
158-1	SENTADO SOBRE UNA MALETA, Olga Rosado
163-8	TRES VECES AMOR, Olga Rosado
167-0	REMINISCENCIAS CUBANAS, René A. Jiménez
168-9	LILAYANDO PAL TU (MOJITO Y PICARDIA CUBANA), José Sánchez Boudy
170-0	EL ESPESOR DEL PELLEJO DE UN GATO YA CADAVER Celedonio González
171-9	NI VERDAD NI MENTIRA Y OTROS CUENTOS, Uva A. Clavijo
177-8	CHARADA (cuentos sencillos), Manuel Dorta-Duque
184-0	LOS INTRUSOS, Miriam Adelstein
1948-4	EL VIAJE MAS LARGO, Humberto J. Peña
196-4	LA TRISTE HISTORIA DE MI VIDA OSCURA, Armando Couto
215-4	AVENTURAS DE AMOR DEL DOCTOR FONDA, N.Puente-Duany
217-0	DONDE TERMINA LA NOCHE, Olga Rosado
218-9	ÑIQUIN EL CESANTE, José Sánchez-Boudy
219-7	MAS CUENTOS PICANTES, Rosendo Rosell
227-8	SEGAR A LOS MUERTOS, Matías Montes Huidobro

230-8	FRUTOS DE MI TRASPLANTE, Alberto Andino
244-8	EL ALIENTO DE LA VIDA, John C. Wilcox
249-9	LAS CONVERSACIONES Y LOS DIAS, Concha Alzola
251-0	CAÑA ROJA, Eutimio Alonso
252-9	SIN REPROCHE Y OTROS CUENTOS, Joaquín de León
2533-6	ORBUS TERRARUM, José Sánchez-Boudy
255-3	LA VIEJA FURIA DE LOS FUSILES, Andrés Candelario
259-6	EL DOMINO AZUL, Manuel Rodríguez Mancebo
263-4	GUAIMI, Genaro Marín
270-7	A NOVENTA MILLAS, Auristela Soler
282-0	TODOS HERIDOS POR EL NORTE Y POR EL SUR, Alberto Muller
286-3	POTAJE Y OTRO MAZOTE DE ESTAMPAS CUBANAS, José Sánchez-Boudy
287-1	CHOMBO, Cubena (Carlos Guillermo Wilson)
292-8	APENAS UN BOLERO, Omar Torres
297-9	FIESTA DE ABRIL, Berta Savariego
300-2	POR LA ACERA DE LA SOMBRA, Pancho Vives
301-0	CUANDO EL VERDE OLIVO SE TORNA ROJO, Ricardo R. Sardiña
303-7	LA VIDA ES UN SPECIAL, Roberto G. Fernández
321-5	CUENTOS BLANCOS Y NEGROS, José Sánchez-Boudy
327-4	TIERRA DE EXTRANOS, José Antonio Albertini
331-2	CUENTOS DE LA NIÑEZ, José Sánchez-Boudy
332-0	LOS VIAJES DE ORLANDO CACHUMBAMBE, Elías Miguel Muñoz
335-5	ESPINAS AL VIENTO, Humberto J. Peña
342-8	LA OTRA CARA DE LA MONEDA, Beltrán de Quirós
343-6	CICERONA, Diosdado Consuegra Ortal
345-2	ROMBO Y OTROS MOMENTOS, Sarah Baquedano
3460-2	LA MAS FERMOSA, Concepción Teresa Alzola
349-5	EL CIRCULO DE LA MUERTE, Waldo de Castroverde
350-9	UN GOLONDRINO NO COMPONE PRIMAVERA, Eloy González-Arguelles
352-5	UPS AND DOWNS OF AN UNACCOMPANIED MINOR REFUGEE, Marie Francoise Portuondo
363-0	MEMORIAS DE UN PUEBLECITO CUBANO, Esteban J. Palacios Hoyos
370-3	PERO EL DIABLO METIO EL RABO, Alberto Andino
378-9	ADIOS A LA PAZ, Daniel Habana
381-9	EL RUMBO, Joaquin Delgado-Sánchez
386-X	ESTAMPILLAS DE COLORES, Jorge A. Pedraza
4116-7	EL PRINCIPE ERMITAÑO, Mario Galeote Jr.
420-3	YO VENGO DE LOS ARABOS, Estéban J. Palacios Hoyos
423-8	AL SON DEL TRIPLE Y EL GUIRO..., Manuel Cachán
435-1	QUE VEINTE AÑOS NO ES NADA, Celedonio González

439-4	ENIGMAS (3 CUENTOS Y 1 RELATO), Raúl Tápanes Estrella
440-8	VEINTE CUENTOS BREVES DE LA REVOLUCION CUBANA Y UN JUICIO FINAL, Ricardo J. Aguilar
442-4	BALADA GREGORIANA, Carlos A. Díaz
448-3	FULASTRES Y FULASTRONES Y OTRAS ESTAMPAS CUBANAS, José Sánchez-Boudy
460-2	SITIO DE MASCARAS, Milton M. Martínez
464-5	EL DIARIO DE UN CUBANITO, Ralph Rewes
465-3	FLORISARDO, EL SEPTIMO ELEGIDO, Armando Couto
472-6	PINCELADAS CRIOLLAS, Jorge R. Plasencia
473-4	MUCHAS GRACIAS MARIELITOS, Angel Pérez-Vidal
476-9	LOS BAÑOS DE CANELA, Juan Arcocha
486-6	DONDE NACE LA CORRIENTE, Alexander Aznares
487-4	LO QUE LE PASO AL ESPANTAPAJAROS, Diosdado Consuegra
493-9	LA MANDOLINA Y OTROS CUENTOS, Bertha Savariego
494-7	PAPA, CUENTAME UN CUENTO, Ramon Ferreira
495-5	NO PUEDO MAS, Uva A. Clavijo
499-8	MI PECADO FUE QUERERTE, José A. Ponjoán
501-3 Y	TRECE CUENTOS NERVIOSOS - NARRACIONES BURLESCAS DIABOLICAS -, Luis Angel Casas
503-X	PICA CALLO, Emilio Santana
509-9	LOS FIELES AMANTES, Susy Soriano
5144-2	EL CORREDOR KRESTO, José Sánchez-Boudy
521-8	A REY MUERTO, REY PUESTO Y UNOS RELATOS MAS, Jose Lopez Heredia
533-1	DESCARGAS DE UN MATANCERO DE PUEBLO CHIQUITO, Estéban J. Palacios Hoyos
539-0	CUENTOS Y CRONICAS CUBANAS, José A. Alvarez
542-0	EL EMPERADOR FRENTE AL ESPEJO, Diosdado Consuegra
543-9	TRAICION A LA SANGRE, Raul Tápanes-Estrella
544-7	VIAJE A LA HABANA, Reinaldo Arenas
545-5	MAS ALLA LA ISLA, Ramon Ferreira
546-3	DILE A CATALINA QUE TE COMPRE UN GUAYO, José Sánchez-Boudy
554-4	HONDO CORRE EL CAUTO, Mauel Márquez Sterling
555-2	DE MUJERES Y PERROS, Félix Rizo Morgan
556-0	EL CIRCULO DEL ALACRAN, Luis Zalamea
560-9	EL PORTERO, Reinaldo Arenas
565-X	LA HABANA 1995, Ileana González
568-4	DIALOGOS CON EL ETER. Pedro Báez
570-6 CAJON	CUANDO ME MUERA QUE ME ARROJEN AL RIMAC EN UN BLANCO, Carlos A. Johnson
574-9	VIDA Y OBRA DE UNA MAESTRA, Olga Lorenzo
575-7	PARTIENDO EL "JON", José Sánchez-Boudy
576-5	UNA CITA CON EL DIABLO, Francisco Quintana